*C. Erasmus Zöckler*

# Und nichts als die Wahrheit

Arztroman

Edition Medienhaus

Alle Personen und Handlungen sind frei erfunden.
Jede Ähnlichkeit mit lebenden oder verstorbenen
Personen und realen Handlungen ist nicht beabsichtigt
und wäre deshalb rein zufällig.

Bibliografische Information der Deutschen Bibliothek:
Die Deutsche Bibliothek verzeichnet diese Publikation
in der Deutschen Nationalbibliografie;
detaillierte bibliografische Daten sind
im Internet über
http://dnb.ddb.de
abrufbar.

1. Auflage, Dezember 2002
© Edition Medienhaus
Redaktion: Literatur-Agentur Axel Poldner Media GmbH,
München/Berlin
Konzeption und Gesamtherstellung:
Medienhaus Froitzheim AG Bonn Berlin
Umschlag: Nic Hartmann, Medienhaus Froitzheim AG
Schrift: Stempel Garamond
Gedruckt auf EPOS 1,3 Natur h'fr gelblich
ISBN 3-936837-04-X

# Inhalt

1 Blaulicht und der Olivenbaum  *7*
2 Entscheidung  *13*
3 Das Bild von Fildes  *23*
4 Im Urwald  *29*
5 Ein Schlag ins Gesicht  *31*
6 Wiederbelebung  *37*
7 Nur eine kleine Chance  *41*
8 In das Chaos  *45*
9 Zeitungsmeldung  *49*
10 Ein anderer Mann  *53*
11 Meistens tödlich  *59*
12 Vermutungen  *63*
13 Die Hosen von Seidel  *73*
14 Julia  *77*
15 Maria und Sebastian  *81*
16 Stumme Anklage  *89*
17 Sacre Cœur  *93*
18 Worüber sie reden  *95*
19 Was ist Mord?  *97*
20 Die große Operation  *101*
21 Der Zug fährt ab  *107*
22 Unter Palmen  *109*
23 Warum lügen sie?  *113*
24 Du bist schön  *117*
25 Der Vortrag  *121*
26 Raststätte  *131*
27 Der Morgen danach  *139*
28 Nahtinsuffizienz?  *151*
29 Aristoteles  *159*
30 Sie haben keine Zeit  *161*
31 Haben Sie Angst?  *163*

32  Der gemeinsame Patient  *167*
33  Hilflos  *171*
34  Der Konkurrent  *173*
35  Ischia  *179*
36  Der Blumenstrauß  *185*
37  Wieder Palmen  *189*
38  Aortenaneurisma  *195*
39  Intensivstation  *203*
40  Das schöne Bild  *207*
41  Verurteilung  *211*
42  Du bist nicht Jesus  *213*
43  Bei Rot über die Straße  *215*
44  Die Pergola  *221*
45  Es ist genug  *223*
46  Euthanasie  *227*
47  Eine Fliege auf dem Gesicht  *229*
48  Wolken im Fenster  *231*
49  1500 Kalorien  *237*
50  Um Mitternacht  *239*
51  Beweise  *255*
52  Via Vittorio Veneto  *257*
53  Und nichts als die Wahrheit  *263*
54  Der Staatsanwalt  *267*
55  Die Schockkurve  *271*
56  Das große Abenteuer  *275*
57  Der Doktor hat gelächelt  *279*
58  Krankenbesuch  *283*
59  Kriminalpolizei  *287*
60  Judith  *289*
61  Mehr Zwang als Pflicht  *291*
62  Der Putzeimer  *295*
63  Vom Winde verweht  *297*
64  Der Vortrag  *299*
65  Sauvignon  *303*

# 1
# Blaulicht und der Olivenbaum

Die Tageszeitung in den Händen des alten Mannes zitterte ganz leicht. Er konnte die Blätter mit ausgestreckten Armen kaum noch halten, und obwohl eine Schlagzeile seine Aufmerksamkeit erregte, war er nicht in der Lage, den Text in sich aufzunehmen. Die Buchstaben tanzten vor seinen Augen, und die Zeitung glitt aus den Händen. Von seinem Stuhl aus gegenüber der Balkontür blickte er auf den blühenden Oleanderbaum, und es beunruhigte ihn, daß sich jetzt die Zweige und roten Blüten vor seinen Augen drehten.

Ein Schwächeanfall. Er wollte sich ihm widersetzen, atmete mehrmals sehr tief ein, rieb sich die Augen und versuchte, weiter zu lesen. Die Zeitung lag jetzt aufgeblättert auf seinen Knien, und er vermochte aus der Entfernung nur die Überschrift zu erkennen. „Krankenschwester vor dem Staatsanwalt", weiter kam er nicht.

Jetzt brach der Schweiß auf seiner Stirn aus, und Übelkeit befiel ihn.

Die Gegenstände im Raum begannen sich wieder zu bewegen und verschwammen vor seinen Augen. Der alte Mann erreichte schwankend das Sofa, nahm wiederum mehrere tiefe Atemzüge und so tauchte er noch einmal aus seinem Zustand der beginnenden Bewußtlosigkeit auf.

Er lebte ganz allein in der Wohnung. Vielleicht würde der Tod kommen, wenn er jetzt nichts zu seiner Rettung unternahm. Niemand würde in diesem großen Mietshaus einen Bewußtlosen finden.

Er hatte immer klare Entscheidungen in seinem Leben getroffen. Der alte Mann schleppte sich zum Telefon:

„Herr Doktor! Hier spricht Hilscher, Rosenstraße. Bitte kommen Sie schnell. Ich fürchte, ich verliere das Bewußtsein."

Sie fuhren mit Blaulicht durch die Stadt, weil der Blutdruck von Hilscher deutlich abgefallen war.

Über den Milchglasscheiben sah er den Himmel, sah Wolken, Fassaden mit wohlbekannten Fenstern, Häusergiebel, einen Kirchturm, Baumwipfel. Das war seine Stadt, und er wollte möglichst viele Erinnerungen festhalten, bevor ihn das Bewußtsein vollständig verlassen würde, aber die Bilder flogen vorbei, entzogen sich der Betrachtung.

An einer Verkehrsampel stoppte der Krankenwagen. Der sanfte Stoß weckte ihn aus seiner Benommenheit, er spürte Wehmut. Er sah seinen Oleanderbaum, wie er auf dem Balkon gestanden und ihn angesehen hatte, als die Krankenfahrer ihn abholten.

Am Ende der Fahrt sah er über sich ein Glasdach zwischen Stahlrahmen. Die Tür an der Rückwand des Wagens wurde geöffnet, und weil sein Kopf leicht erhöht auf den Kissen lag, sah er durch die weit geöffnete Tür in den langen Gang des Krankenhauses. Um ihn nichts als weiß gekachelte Wände.

Sein Körper schwankte auf der Trage zwischen den beiden Männern in roten Overalls. Jetzt schloß sich die große Tür hinter ihnen automatisch, und Hilscher war nun endgültig getrennt von der wirklichen Welt, aus der er gekommen war.

Im ebenfalls gekachelten Ambulanzraum drängte sich der Vergleich mit einem gerichtsmedizinischen Sektionsraum auf, wie er ihn im Film gesehen hat. Es beugten sich fremde Gesichter von Schwestern und Ärzten über ihn; einige lächelten ihn an. Er hörte seinen Namen. Ihre Fragen weckten ihn aus der Benommenheit, aber sie hatten keine Zeit, mit ihm zu sprechen; sie gaben einander Anordnungen.

Vor einem grell erleuchteten rechteckigen Durchleuchtungsschirm an der Wand gegenüber sah er Röntgenbilder, Konturen von Lunge und Herz eines Unbekannten.

Hilscher blutete sehr stark aus einem Geschwür im Dickdarm. Über seinem Kopf hing jetzt an einem Metallständer die Blutkonserve. Er beobachtete, wie ein feiner dünner Strahl des roten Blutes in einen kleinen Glasbehälter und von dort in den durchsichtigen Plastikschlauch floß, der zu seiner Vene führte.

Herr Hilscher dachte an eine Stundenuhr. Er schloß die Augen, ließ alles geschehen, gab jeden Widerstand gegen die fremde Autorität und die Aktivität auf, mit der das Personal ihn zielstrebig mit seiner Krankheit bereits verplant und wohlbedacht einen Diagnostikmechanismus in Gang gesetzt hatte. Sie untersuchten Herz und Kreislauf, tasteten den Leib ab, entnahmen Blut und fuhren ihn in Untersuchungsräume. Vor dem flimmernden Bildschirm sah er die Kurven seiner Herzaktionen. Anfangs widerstrebte es ihm, das alles willenlos geschehen zu lassen; schließlich aber begab er sich ermattet, immer noch am Rande des Bewußtseinsverlustes hilfesuchend und fast dankbar endgültig in ihre Obhut. Die Präzision, mit der sie arbeiteten, und ihr Können weckten seine Bewunderung.

In einem abgedunkelten Raum würde sich sein Schicksal entscheiden, denn hier würden sie das Innere des Darmes spiegeln und das blutende Geschwür beurteilen. Er ahnte es.

In dieser Dunkelheit tauchten Bilder von Menschen auf, die früher einmal bei ihm waren.

Der untersuchende Arzt sagte nicht, daß es ein großer bösartiger Tumor war, aus dem es blutete, er sagte nur, daß es ein Geschwür sei, und daß der Chirurg alle Einzelheiten mit ihm besprechen werde.

Zwei junge Schwestern hoben ihn in ein Bett, sie nannten seinen Namen und stellten sich vor.

„Ich bin Schwester Judith", sagte diejenige mit dem Pferdeschwanz, „und das ist Schwester Petra. Wir werden Sie jetzt auf die Station fahren."

Sie lächelten ihn an und zum ersten Mal, seit die Krankheit seinem bisherigen Leben eine so erschreckende plötzliche Wendung gegeben hatte, versuchte er zu lächeln.

In seinem Krankenzimmer breitete sich die Dunkelheit aus. Als die Tür geöffnet wurde, erkannte er im Gegenlicht des beleuchteten Krankenhausganges nur die Umrisse einer Frau, die in sein Zimmer trat. Sie knipste das Licht an. Jetzt sah er ihren weißen Kittel.

„Ich bin Schwester Maria. Ich werde Sie in dieser Nacht betreuen." Diese junge Frau war also eine Schwester. Sie hatte keine Schwesterntracht und keine Haube auf wie das wohl früher üblich war. Sie hatte gepflegte dunkle Haare, die bis in den Nacken fielen. Hilscher hatte keine Vorstellung von modernen Krankenschwestern; er hatte nie in einem Krankenhaus gelegen. Er bemerkte, daß diese Frau, die soeben sein Zimmer betreten hatte, schön war.

Sie kam an sein Bett und fragte nach seinen Wünschen für die bevorstehende Nacht. Er schüttelte den Kopf. Er hatte keine Wünsche.

Sie kontrollierte das Einfließen des Blutes aus der Konserve, und dabei fiel der Ärmel ihres weißen Kittels über den runden Arm zurück. Sie lächelte ihn an, setzte sich auf die Bettkante und legte eine Blutdruckmanschette um seinen Oberarm. Als sie die Muscheln des Stethoskopes in ihre Ohren drückte, fiel ihr dunkles Haar seitlich über die Stirn. Sie pumpte die Manschette auf und setzte die Membran des Stethoskopes auf die Ellenbeuge.

„Es ist alles in Ordnung", sagte sie, „das ist die dritte Konserve. Der Blutdruck ist wieder normal."

„Sie wissen alles über meine Krankheit", sagte er. Das war keine Frage, es war eine Feststellung.

„Ja, ich kenne die Diagnose, und ich weiß, warum Sie bluten."

Eigentlich wollte er mit dieser Frau über seine Krankheit sprechen, aber er tat es nicht.

„Ich werde die ganze Nacht hier sein, wenn Sie mich brauchen, dann klingeln Sie bitte."

Dann ging sie zur Tür, und als sie das Licht ausschaltete, hörte sie, wie er hinter ihr sehr tief seufzte. Da ging sie zurück an sein Bett.

„Haben Sie Angehörige?", fragte sie.

Nein, er habe keine, er sei ganz allein, sagte Hilscher, und in diesem Augenblick dachte er an seinen Oleanderbaum, der in diesem Sommer zum ersten mal rote Blüten hatte.

Schwester Maria ging zum Fenster. Sie zog die Gardinen weit zurück. Da sah er den Nachthimmel. Er war wieder allein und suchte den Polarstern, den großen Bären und dann die Kassiopeia.

Doktor Sebastian, der Chirurg, der ihn operieren würde, kam als es vollends dunkel im Zimmer war. Hilscher wollte nicht, daß er Licht machte. Sie redeten sehr lange miteinander.

Herr Hilscher wußte jetzt, daß er sterben mußte, wenn man die Krebsgeschwulst nicht entfernte. Keiner der vertrauten Mitarbeiter auf der Station würde erfahren, was Sebastian und der Patient wirklich miteinander besprachen, weder Johannes, der Pflegeleiter der Station, noch Schwester Maria, die Zweitschwester, und auch Doktor Grohmann nicht, der Stationsarzt. Grohmann sollte es erst erfahren, als Hilscher am kommenden Tag operiert wurde.

## 2
# Entscheidung

Die Operation von Herrn Hilscher, dem Mann mit dem blutenden Dickdarmtumor, war der erste Eingriff an diesem Morgen.

Sebastian stand am vorderen der drei Waschbecken. Der schmale kleine Raum, in dem sie sich vor der Operation wuschen, ging offen in den Operationssaal über. Während er seine Hände mit der Bürste bearbeitete und die Unterarme einseifte, beobachtete er alles, was nun im Operationssaal geschah. Er sah, wie die beiden Assistenten, Dr. Grohmann und der neue, der erst kürzlich von der Universität zu ihnen gekommen war, mit ausgestreckten Armen vor dem Tisch der Instrumentenschwester standen, und wie sie ihnen die sterilen Kittel überstreifte. Der alte Operationspfleger Quentin knüpfte ihnen am Rücken die Bänder zu. Dann legte die Schwester die Rückenschürzen um und half ihnen in die Gummihandschuhe. Nicht, daß Sebastian das alles kontrollieren wollte, er nahm es nur beiläufig wahr. Es war ja das alles tägliche Routine und lief nach festen Regeln ab; es hatte etwas von einer Zeremonie an sich, einer Zeremonie vor einem Ereignis, das man zwar immer voraus plante, dessen Ausgang sie alle aber nie kannten. Nur Sebastian glaubte in diesem Falle nach den nächtlichen Gesprächen mit Hilscher zu wissen, wie es ausgehen würde. Er spülte die Hände unter dem laufenden Wasser ab, betrachtete seine Fingernägel und begann von neuem zu bürsten. Die Eieruhr neben dem Seifenspender zeigte an, daß er sich noch drei Minuten waschen mußte.

Die Sache mit Hilscher hatte gestern Abend mit einem Gespräch im dunklen Zimmer begonnen, drei Stunden nachdem der Patient wegen der schweren Blutung mit Blaulicht herein gebracht worden war. Alles das, was vor jenem Gespräch geschah, das Anlegen der Blutkonserven, das Abtasten des Bauches, die Untersuchung von

Herz und Kreislauf, die ganze Prozedur der Diagnostik mit EKG, Ultraschall und schließlich der Endoskopie des Darmes, das alles lief präzise und in rascher Folge nach einem festgesetzten Programm ab. Erst danach kam das mit dem Oleanderbaum. Hilscher wollte nicht, daß er Licht machte. Er hatte sich an den Bettrand gesetzt, und weil das Licht aus dem Nachthimmel das Bett des alten Mannes noch erreichte, konnte er sein Gesicht erkennen. Auf die Frage, ob er Angehörige habe, hatte der alte Mann mit dem Kopf geschüttelt. Nein, er habe keine Angehörigen, und dann erfuhr Sebastian, daß auf dem Balkon der kleinen Wohnung ein Oleanderbaum stand, der im vergangenen Jahr zum ersten Mal geblüht hatte, und der nun einer besonderen Pflege bedurfte, jetzt, da seine Wohnung unbewohnt war. Diese seine Sorge hatte Hilscher bereits vorher Schwester Maria mitgeteilt. Sie habe versprochen, seine Nachbarin anzurufen, um sie zu bitten, den Oleanderbaum zu gießen.

Keine Angehörigen also, nur ein Oleanderbaum.

Sebastians Blick ging seitlich über die hellblau gekachelten Wände des Saales, und er erinnerte sich, wie ein Freund, der noch nie einen Operationssaal gesehen hatte, und den er kürzlich zu einer Operation eingeladen hatte, enttäuscht und irritiert sein Befremden darüber geäußert hatte, daß sie da in diesem schrecklich gekachelten, so sterilen kalten Raum, unter dem grellen Licht der großen Lampen viele Stunden des Tages zubrachten, und Sebastian hatte erwidert, daß das keineswegs steril sei, denn man sehe ja nicht die gekachelten Wände, sondern nur diesen Menschen auf dem Operationstisch vor sich, man sehe in einen geöffneten Bauch oder Brustkorb. Dieser Mensch sei zwar gänzlich unbeteiligt in Narkose und werde beatmet, aber es sei doch eben derselbe, mit dem man vorher viele Gespräche geführt habe, und dann hatte Sebastian noch sagen wollen, daß man ja mit seinen Händen in die warme Bauchhöhle zwischen die Darmschlingen fasse und über der Wirbelsäule den Pulsschlag der Hauptschlagader fühle und am Zwerchfell den hart klopfenden Schlag des Herzens, aber das mit dem warmen Bauch hatte er dann doch nicht gesagt.

Jetzt standen die beiden fertig angezogen da mit vor dem Brustkorb gefalteten Händen, wie sie es immer taten, wenn sie wie jetzt auf den Patienten warteten, der im Nebenraum vorbereitet wurde. Diesen Narkoseraum, der sich parallel zum Waschraum befand und wie dieser offen in den Operationssaal überging, konnte Sebastian nicht einsehen. Irgendetwas mußte die Einleitung der Narkose verzögert haben, weil Hilscher immer noch nicht hereingefahren wurde. Sebastian sah in dem Spiegel, der über dem Waschbecken hing sein Gesicht, vielmehr nur die Augen und Nase über dem Mundtuch, und dahinter in seinem Rücken die große Uhr. Es war bereits 10 Minuten über der für den Operationsbeginn festgesetzte Zeit.

Zweifellos war es nichts Alltägliches im Leben eines Chirurgen, wenn er einen alten Mann operieren sollte, dessen letzter Gedanke vor dem Versinken in die Narkose ein Oleanderbaum war.

Neben dem Geräusch des fließenden Wassers hörte er, wie Grohmann, sein ältester Assistent, der Operationsschwester mitteilte, daß es sich bei Hilscher um einen blutenden Dickdarmtumor handele, übrigens eine Feststellung, die ja allein schon aus der Eintragung im Operationsplan dieses Tages ersichtlich war, und er hörte die Schwester sagen,

„Also eine ganz normale Sigmaresektion."

Grohmann nickte zustimmend. Im übrigen bedurfte es ja kaum einer Diskussion darüber, daß dieser Tumor entfernt werden mußte, aber sie wußten ja nichts von dem Gespräch am Abend zuvor, und daß sich Sebastian bereits entschieden hatte.

Die Eieruhr zeigte noch gut zwei Minuten Waschzeit an.

Inmitten des Lichtkegels der Operationslampe stand der alte Operationspfleger Quentin an der durch Fernbedienung lenkbaren Säule, auf der die Trage mit dem Patienten montiert werden mußte; aber der Patient kam nicht. Die beiden Assistenten entfernten sich aus dem Blickfeld von Sebastian. Sie gingen in den Vorbereitungsraum, um zu erkunden, wodurch die Verzögerung entstanden war, und dann kam Quentin zu Sebastian in den Waschraum, Quentin, der alte Vertraute, der seit 25 Jahren hier seinen Dienst tat und Generationen von Assistenten und nun auch den zweiten Chefchirurgen erlebte, ein Mann, der mit seinem wettergebräunten Gesicht eher ein Bauer, als ein Krankenpfleger war. Quentin hatte einen großen Garten mit Gemüse und Obstbäumen.

„Was ist da drüben los?", fragte Sebastian.

„Sie haben nicht die Subclavia erwischt, Chef. Es hat nicht geklappt mit dem Katheter."

Gemeint war jene Vene, die unterhalb des Schlüsselbeins punktiert wird, und die in die große Hohlvene mündet. Nach der Punktion wird ein Katheter bis vor das Herz eingeführt, über den dann während der Operation alle Infusionen und Bluttransfusionen einfließen.

„Jetzt versuchen sie es auf der anderen Seite", fügte er hinzu.

Quentin lächelte. Er trat zurück in den Operationssaal, faltete die Hände vor der Brust, wendete seine Augen nach oben und sagte:

„Herr, laß sie doch endlich eine Vene finden, damit wir anfangen können."

Sebastian hörte lautes Lachen im Saal.

Dann fuhren sie den alten Hilscher endlich herein. Sebastian sah vom Waschbecken aus, wie der Kopf des bereits narkotisierten Mannes schlaff hin und her schlenkerte, als man die Tage in die Schiene auf der Säule einrasten ließ.

Noch eine Minute Waschzeit.

Die großen Füße von Hilscher waren nicht vom Leintuch bedeckt, große knochige Füße.

Jetzt entfernten sie das Tuch. Er lag nun nackt auf dem Tisch; sie desinfizierten den Bauch mit einer bräunlichen Lösung und deckten ihn mit grünen Tüchern ab, so daß nur noch das Operationsfeld frei lag.

Die Eieruhr klingelte.

Quentin erschien wieder neben dem Waschbecken und an den kleinen Falten neben dem Mundtuch sah man, daß er lächelte.

„Es ist angerichtet, Chef", sagte er. Auch das gehörte mittlerweile zur Zeremonie.

„Dann wollen wir also anfangen, Quentin", sagte Sebastian, „ich fürchte, es wird nicht lange dauern."

Sebastian hielt die Hände hoch und ließ das Wasser über die Ellenbogen abtropfen. Er hatte es leise nur zu seinem alten Vertrauten gesagt.

„Nur auf und zu?", fragte Quentin, und Sebastian nickte.

Sebastian öffnete den Bauch durch einen langen Schnitt unterhalb des Nabels. Grohmann stand ihm gegenüber am Operationstisch, der Neue stand links zwischen Sebastian und dem Narkosebügel, der die Operateure vom Kopf des Patienten und den Anästhesisten trennte.

Sie unterbanden die Blutgefäße in der durchschnittenen Muskulatur, verschorften kleinere Blutungen elektrisch mit Präzision und fast pedantisch, so wie sie es immer taten. Sebastian durchtrennte das Bauchfell und drängte im geöffneten Bauch mit heißen, feuchten Tüchern die Dünndarmschlingen kopfwärts. Dann ging er mit der rechten Hand in die offene Höhle. Grohmann sah an den Bewegungen des Armes, in welcher Richtung die Hand von Sebastian im Bauch geführt wurde, und als die Bewegung aufhörte, wußte er, daß Sebastian nunmehr den Tumor gefunden hatte.

Dieser Tumor war fast faustgroß, und es war abzusehen, daß er in Kürze die Darmlichtung vollständig komprimieren würde. Der alte Mann würde somit vermutlich nicht an einer Blutung sterben, sondern an einem Darmverschluß, zumal das Geschwür bei der Spiegelung verschorft worden war und die Blutung seither stand.

Grohmann und der junge Assistent verschränkten die Hände mit den Gummihandschuhen über der Brust und warteten. Grohmann wußte, daß der Chef jetzt in diesen Augenblicken die Entscheidung treffen würde. Er war seit fünf Jahren sein Schüler. Er war nicht nur bemüht, jede technische Einzelheit zu erlernen, er war ein sehr kritischer Mann, der jeder Entscheidung seines Chefs auf die Spur kommen wollte, ja es trieb ihn geradezu Neugier, die Motive dieser Entscheidungen zu ergründen, und diese hier mußte also jetzt fallen. Man hörte im Saal nur das Auf und Ab der Beatmungsmaschine.

Eine junge Schwester flüsterte Quentin ins Ohr, warum denn alle auf einmal so still seien, und Quentin beugte sich zu ihr herab und sagte leise:

„Sie denken nach."

Mit seiner Hand ertastete Sebastian im Bauch die Lymphknoten entlang der Hauptschlagader und in der weiteren Umgebung des Tumors. Jetzt schüttelte er den Kopf.

„Hoffnungslos –", sagte er zu Grohmann, „alles voller Metastasen, vermutlich auch in den Lymphknoten entlang der Bauchschlagader. Sie sind steinhart."

Dann schob sich sein Arm weiter kopfwärts. Die Hand glitt in den Raum zwischen Zwerchfell und Leberoberfläche.

„Lebermetastasen", stellte Sebastian fest.

„Was werden Sie tun?", fragte Grohmann.

„Wir dürfen eigentlich nichts tun", antwortete Sebastian, „dieser Mann hat zu mir gesagt, daß ich nichts unternehmen solle, wenn es aussichtslos ist."

„Aber Sie werden doch den blutenden Tumor nicht im Bauch lassen." Grohmann war erregt.

„Er hat mir sozusagen ein Versprechen abgenommen."

„Was für ein Versprechen?"

„Wenn der Krebs nicht radikal entfernt werden kann, hat er gesagt, dann tun Sie bitte nichts. Eine ganz eindeutige Entscheidung war das. Ich habe ihm gesagt, daß er sich verbluten würde, wenn ich den Tumor nicht entfernen würde, und ich habe es so gesagt, daß er es begreifen mußte, aber er hat darauf bestanden."

„Haben Sie denn mit ihm über Sterben gesprochen, Chef?"

„Über alles haben wir gesprochen."

„Passive Euthanasie", stellte Grohmann sachlich fest.

„So ist es", bestätigte Sebastian, „aber auf ausdrücklichen Wunsch des Patienten."

„Dann will er also sterben", sagte Grohmann.

„Ja, der Mann will sterben, wenn keine Aussicht auf Heilung besteht."

Grohmann schüttelte den Kopf.

„Das haben wir noch nie gemacht, Chef, einen blutenden Tumor nicht entfernen und jemand verbluten lassen."

„Doch, ich habe es schon getan."

Sie spreizten die Wunde weit, setzten Haken so ein, daß der tumortragende Darmteil offen vor ihnen lag. Es konnte nur eine Frage von Tagen sein, bis dieses ekelerregende Etwas den Darm verschließen würde. Der Tumor war sehr derb. Auch Grohmann tastete ihn ab.

Sie schwiegen, sie diskutierten nicht mehr, und Sebastian bat den jungen Assistenten neben sich, einen Schritt zurückzutreten, damit er über den Narkoseschirm in das Gesicht von Hilscher blicken konnte. Dieses Gesicht war in Narkose starr und ausdruckslos, weil auf den Augen feuchte Wattetupfer lagen, und der Mund war halb geöffnet, verzerrt wegen des Gummitubus, den sie in die Luftröhre vorgeschoben hatten.

Entscheidungen müssen während einer Operation in Minuten, in lebensbedrohlichen Situationen manchmal sogar in Sekunden fallen.

Wiederum war im Raum nur das zischende Geräusch der Beatmung hörbar.

„Geben Sie mir die weichen Darmklemmen", sagte Sebastian zu der Operationsschwester.

„Er wird in Kürze einen Darmverschluß bekommen. Das ist schlimmer, als an einer Blutung zu sterben. Es ist eine neue Situation."

Das war also der Grund, warum sich Sebastian in diesem Augenblick nun doch entschloß, gegen den Willen des Patienten den Tumor zu entfernen.

Zwischen den Klemmen wurde das Darmstück, in dem sich der Tumor befand, beiderseits durchtrennt. Sie machten das in jeder Woche mehrfach, sie kannten jeden Handgriff. Die Wiedervereinigung der offenen Darmenden erfolgte mit Hilfe des automatischen Nahtapparates. Innerhalb zwanzig Minuten war alles erledigt, eine Routine.

Sie nähten zu.

„Kann er Sie juristisch belangen, weil Sie es gegen seinen Willen getan haben?", wollte Grohmann wissen.

„Im Prinzip ja, aber er wird es nicht tun. Nach diesem Gespräch gestern Abend wird er es nicht tun. Aber, wenn jetzt nach der Operation eine bedrohliche Komplikation eintreten sollte, dann werden wir nichts mehr unternehmen."

Quentin wollte nicht, daß sie alle so verbissen, so schweigend arbeiteten.

„Die da drüben", und er deutete durch die weit geöffnete Tür in den Nachbaroperationssaal, „die sind besser als ihr. Die sind mit ihren Gallensteinen schon fertig."

Grohmann versuchte zu lächeln.

„Die haben früher angefangen, Quentin", sagte er.

„Ja, aber sie haben zwanzig Steine herausgeholt, fünf davon aus dem Gallengang. Das macht jedenfalls mehr Spaß als dieses hier", und er deutete auf die Schale, in dem das Darmstück mit dem Tumor lag, und als immer noch keine Stimmung aufkommen wollte, sagte er:

„Chef, wissen Sie, daß es zu regnen aufgehört hat, wissen Sie, daß draußen die Sonne scheint?"

Sebastian blickte zum ersten Mal an diesem Tage zum Fenster. Über den Milchglasscheiben sahen sie weiße Wolken und einen blauen Himmel, und es mußte sehr windig sein, denn ein Ast der großen Eiche bewegte sich am seitlichen Rand des Fensters. Ein Flugzeug war zu erkennen, aber sie hörten kein Geräusch.

Die letzten Hautnähte waren gelegt. Quentin, dem es nicht entgangen war, daß alle seine Bemühungen, die trübe Stimmung zu verbessern, erfolglos waren, mußte jetzt den Verband anlegen, und er unternahm den letzten Versuch.

„Meine Herren, treten Sie bitte zurück von der Bahnsteigkante, der Zug aus Villach fährt ein."

Selbst diese Aufmunterung wirkte heute nicht.

Sebastian ließ sich im Waschraum Wasser in die hohlen Hände rinnen und wusch sich das Gesicht. Quentin war allein mit ihm und reichte ihm das Handtuch. Sebastian bedankte sich und blickte den alten Quentin über den oberen Rand des Tuches an.

„Ist was, Quentin?", fragte er.

„Na ja, Chef", Quentin zögerte, kratzte sich am Hinterkopf, „wie soll ich das ausdrücken? Das, was ich von der Sonne gesagt habe, das hab ich anders gemeint."

Sebastian trocknete die Oberarme ab und wischte mit dem Tuch über den Nacken. Er hatte geschwitzt. Die Klimaanlage funktionierte nicht.

„Das ist so mit der Sonne, Chef: Ich bin über zehn Jahre mit Ihnen zusammen, und ich bin nun schon in den Sechzigern, und da kann man einem jüngeren Chef schon einmal etwas klar machen. Man hat ja lange genug darüber nachgedacht."

„Und was ist das mit der Sonne und mit dem Nachdenken?", wollte Sebastian wissen.

Quentin lehnte sich an die gekachelte Wand und verschränkte die Arme vor der Brust.

„Ich meine das mit der Sonne so: Sie sitzen von morgens bis abends und auch noch in der Nacht hier in dem Laden, und dann wieder von morgens bis abends", sagte er. „Wenn Sie das immer so weiter machen ..."

„Schon gut, Quentin, ich weiß, wie Sie das meinen, es ist manchmal verdammt viel."

„Lassen Sie den alten Quentin mal ausreden. Sei müssen zwischendurch abschalten, Sie können Ihre Kranken nicht auf dem Buckel nach Hause tragen, wenn Sie abends aus dem Krankenhaus gehen, das können Sie nicht."

„Wissen Sie, Quentin, daß auch diese Entscheidung eben falsch gewesen sein kann?"

„Sag ich doch, Chef. Aber nun ist es geschehen. Sie haben entschieden und damit lassen Sie es gut sein. Und wenn Sie das so weitermachen, Chef?"

„Was dann?"

„Sie haben eine Frau, Chef, eine schöne Frau, wenn ich mir erlauben darf, das zu sagen. Wenn Sie so weiter machen, dann wird sie Ihnen vielleicht eines Tages weglaufen."

„Meine Frau läuft nicht weg, Quentin."

# 3

# Das Bild von Fildes

Wenn man das Arbeitszimmer von Dr. Sebastian betrat, so fiel der Blick auf ein großes Gemälde. Das Bild übte eine Art Zwang aus; man konnte sich diesem nicht entziehen. Es handelte sich um die Kopie eines Bildes von Fildes, dessen Original sich in der Tategalerie in London befindet. Die Unterschrift lautete: „The Doctor".

Im Lichtkegel einer Petroleumlampe, hervorgehoben aus dem Halbdunkel einer sehr ärmlichen Bauernstube, lag auf zwei Stühlen gebettet ein kleines Mädchen, ihr gegenüber auf einem Stuhl der Doktor. Er beugte sich zu dem Kinde hin und war in tiefe Gedanken versunken, so als wüßte er nicht weiter. Im halbdunklen Hintergrund, kaum erkennbar, die sehr jungen Eltern des Kindes, und hinter ihnen im sehr kleinen Fenster war blauschwarz die Nacht. Es ließ sich nicht mit Sicherheit sagen, ob das Bild nachgedunkelt war, oder ob es sich um eine schlechte Reproduktion handelte.

Im Augenblick, als Sebastian sein dunkles Arbeitszimmer betrat, fuhr ein Krankenwagen im Schrittempo an den Fenstern dieses Zimmers vorbei zur Einfahrt der Notaufnahme. Die Lichtstrahlen der Scheinwerfer huschten über den Schreibtisch, erfaßten an der gegenüberliegenden Wand das Bild von Fildes, holten für Sekunden den alten Arzt und das Kind unter der Petroleumlampe aus der Dunkelheit des Bildes, und weil der Wagen langsam über die Unebenheiten des Pflasters fuhr, gerieten die Konturen der Gestalten im Auf und Ab der Scheinwerfer zitternd in scheinbare Bewegung. Sebastian stand immer noch an der Tür, betrachtete Licht und Schatten auf dem Bilde, und es schien so, als würde der alte Mann dort sich einen Atemzug lang nach ihm umwenden. Nach so vielen Jahren sozusagen ein erstes Lebenszeichen; Sebastian lächelte. Diese Zuneigung des alten Kollegen, nichts anderes als eine Sinnestäuschung, freute ihn.

Sebastian unterhielt sich gelegentlich mit dem alten Doktor im Bilde. Er erhielt auch Antworten von ihm, weil Sebastian sie ihm in den Mund legte. Sebastian war im Begriffe, dieses Gedankenspiel wieder aufzunehmen, mußte aber darauf verzichten, weil in diesem Augenblick Doktor Grabner an die Tür klopfte. Er war angemeldet.

Grabner war einer der erfahrensten unter den niedergelassenen Ärzten der Stadt, Patienten, die operiert werden mußten, überwies er grundsätzlich in dieses Krankenhaus zu Sebastian, und bei äußerst schwierigen Fällen und Entscheidungsproblemen kam er persönlich. So auch heute.

Er kam zur Sache.

„Eine ziemlich schlimme Angelegenheit."

„Wollen Sie sich nicht zuerst setzen?"

„Wissen Sie, Sebastian, bisher waren wir ja immer einer Meinung."

„Fast immer." Sebastian lächelte. „Ich hoffe es bleibt dabei."

Sie setzten sich in die Sitzecke unterhalb des Bildes von Fildes.

„Diesmal weiß ich nicht, ob Sie mir zustimmen werden. Es geht um einen 55jährigen Mann mit einem Krebs der Speiseröhre."

„Wo genau sitzt er?", fragte Sebastian zuallererst.

„Ich habe erwartet, daß Sie das zu allererst wissen wollen. Er sitzt im mittleren Drittel."

Noch vor wenigen Jahren hatte es in Deutschland bei dieser Lokalisation des Tumors kaum einen Befürworter für die Resektion gegeben, weil die Überlebenschance nach fünf Jahren nach der großen Operation nur etwa 1 Prozent betrug. Seit aber die Japaner über eine große Zahl gelungener Operationen und eine weit höhere Erfolgsquote berichteten, gingen die europäischen Chirurgen auch zu dieser Strategie über. Sebastian erläuterte dem älteren Kollegen, warum er nach wie vor skeptisch sei, aber Grabner ließ nicht locker.

„Ich habe mich orientiert, Sebastian, aber es hat sich doch offenbar einiges geändert, wir schreiben heute das Jahr 1978."

Sebastian gab zu bedenken, daß man nicht jeder Statistik trauen könne, und immerhin läge zum jetzigen Zeitpunkt die Sterblichkeit noch bei annähernd zehn Prozent. Jetzt habe die europäischen Chirurgen der Ehrgeiz gepackt, fügte Sebastian hinzu. Auf jedem Kongreß wollten sie sich mit Zahlen überbieten. Grabner berichtete, daß er im vorliegenden Falle diesen Krebs vermutlich im Anfangsstadium entdeckt habe. Bei der Spiegelung sei es ein pfenniggroßer Bezirk gewesen. Der Mann habe kaum Beschwerden gehabt. Es sei eher ein Zufallsbefund gewesen.

Die beiden Männer besprachen die Ergebnisse der bisher durchgeführten Untersuchungen in allen Einzelheiten. Dann sagte Grabner:

„Sie sagen nichts, Sebastian. Sie können sich nicht entschließen, den Mann zu operieren?"

Sebastian zögerte.

„Wissen Sie, was das für ein Eingriff ist, Grabner?"

Ja, er habe zumindest eine Vorstellung.

„Wir müssen aus dem Magen einen langen Schlauch bilden, dann wird der Brustkorb eröffnet, die gesamte Speiseröhre reseziert, und alle Lymphknoten müssen minitiös entfernt werden. Allein dieser Eingriff im Brustkorb kann je nach Befund Stunden dauern. Dann wird der neugebildete Magenschlauch als Speiseröhrenersatz bis zum Hals hochgezogen und von einem dritten Schnitt aus am Hals der Anfangsteil der Speiseröhre freigelegt und mit dem Magenschlauch verbunden. Ich gehöre nicht zu den Chirurgen, die lediglich die Speiseröhre entfernen, um dem Patienten das Schlucken zu erleichtern, und auf Radikalität verzichten. Ich sage Ihnen, Grabner, über zehn Prozent sterben. Daran ändern auch die guten Statistiken einiger Kliniken und der Japaner nichts."

Es entstand eine ziemlich lange Pause. Sebastian kannte das. Der alte Kollege überlegte sehr lange, bis er mit großer Bedächtigkeit seine Antwort gab. Seine Hand lang auf der Tischplatte, und die Finger schlugen irgendeinen Takt. Er schloß für einen Augenblick die Augen.

„Hören Sie, Sebastian, wir reden über Statistik, über Überlebenschancen, aber Sie kennen diesen Mann noch nicht. Er hat Angst, und er weiß, daß nur diese Operation und nichts anderes ihm eine Chance bieten kann, zu überleben."

„Haben Sie mit ihm über die Diagnose offen gesprochen?"

„Ja, natürlich habe ich das. Hören Sie zu: Er saß vor mir und fragte, ob es ein Krebs sei, und ich sagte, ja, aber es sei ein kleiner,

einer im Anfangsstadium. Doktor, sagte er: Ein kleiner Krebs, was heißt das? Ich weiß, daß er mir nicht recht glauben wollte, daß er heilbar sei; er dachte, daß er sterben müsse. Das hat er gesagt, und man kann dem Mann nichts vormachen. Aber jetzt hören Sie bitte gut zu, Sebastian. Es gibt doch Fälle, die geheilt wurden."

„Sehr sehr wenige."

„Aber es gibt sie, und dieses ist sicher ein beginnendes Karzinom, und ich habe ihm gesagt, daß er zu Ihnen gehen könne, und auch das habe ich gesagt, daß es andere große Universitätskliniken gäbe, an denen das vermutlich häufiger operiert würde, aber ich habe gesagt ..."

„Daß er zu mir kommen soll", ergänzte Sebastian, „und jetzt sitzen Sie hier, und denken: warum sagt er nichts?"

„Ja, ja, so ist es."

„Und wenn er zu den 10 Prozent gehört, die an der Operation sterben?"

„Sebastian, Sie haben schon ganz andere Operationen gemacht und Entscheidungen gefällt." Er sei übrigens ein bedeutender Architekt, ein Mann, der sein Leben planen wolle und, wie gesagt, man könne ihm nichts vormachen, ein besonderer Mann. Man könne auch über das Sterben mit ihm reden.

Jetzt sah Grabner sein Gegenüber sehr fest an und fragte:

„Werden Sie es tun?"

„Ja, ich werde es tun."

Sie besprachen den Termin der Aufnahme und weitere diagnostische Maßnahmen, und dabei sah Grabner auf das Bild von Fildes.

„Jetzt werden Sie wieder mit ihm sprechen, mit dem alten Doktor dort im Bild?" Sebastian hatte einmal zu Grabner gesagt, daß er mit dem alten Kollegen manchmal Zwiesprache hielte.

„Sie lachen über mich."

„Nein, ganz und gar nicht. Nein, Sebastian, ich lache nicht, aber ich habe mich damals, als Sie davon sprachen, gefragt, warum tut er das? Warum spricht er mit dem Doktor im Bild? Weil er niemanden hat, mit dem er sprechen kann?"

„So ist es, und ich frage mich, wie der alte Kollege damals entschieden hätte, und ich lege ihm die Antworten in den Mund."

Grabner blickte auf die aufgeschlagene Zeitung und einen neuen Artikel über den Euthanasiefall.

„Glauben Sie, daß man die Schwester verurteilen wird?", fragte er.

„Ich weiß es nicht", sagte Sebastian, „aber ich fürchte, daß man ihr Unrecht tun wird."

„Würden Sie aktive Euthanasie begehen, wenn ein unheilbarer Kranker Sie darum bäte?"

Sebastian hob die Schultern.

„Ich weiß es nicht. Ich habe es noch nie getan."

Grabner war gegangen. Sebastian betrachtete den alten Doktor im Bild von Fildes, der so in Gedanken versunken vor dem schwer kranken Kind saß. Man müßte einen Schritt in die ärmliche Bauernstube tun können, im Schein der Petroleumlampe stehen bleiben und dem Kollegen Hilfe anbieten. Angenommen das Kind leidet an einer Lungenentzündung. Man könnte doch mit Antibiotica augenblicklich helfen. Vielleicht würde der Kollege den Finger auf den Mund legen und sagen:

*„Still, es schläft doch jetzt. Vielleicht schläft es sich gesund. Es ist eine Lungenentzündung in der kritischen Phase. Vielleicht kommt es jetzt in dieser neunten Nacht zur Auflösung des Sekrets und zur Expektoration. Dann würde es doch noch gesund."*

Eine abwehrende Handbewegung also. Die alten Holzdielen knarren.

„Ich bin froh, daß ich sie endlich zum Schlafen gebracht habe", sagt der Doktor.

Schließlich sieht einen der andere so lebendig im Bilde dargestellte Kollege an und fragt:

*„Wenn ihr nun alles schon erforscht habt, wenn eure Erfolge so immens sind, gibt es dann noch eine göttliche Fügung? Könnt ihr noch beten um eine Genesung, um den Erfolg einer zweifelhaften Therapie oder um einen gnädigen Tod? Könnt ihr das noch? Seid ihr nie hilflos? Habt ihr für alles eine Lösung?"*

Und weil Sebastian erschrak und diese Frage nicht beantworten konnte oder wollte, weil sie letztlich peinlich war, wandte er sich von dem Bild ab und fand sich wieder auf dem Stuhl vor dem Schreibtisch.

# 4

# Im Urwald

In der Nacht, die diesem Gespräch vorausging, geschah dem Krankenpfleger Johannes etwas sehr Merkwürdiges.

Er hatte in letzter Zeit schwere Träume. Die Bilder verfolgten ihn oft bis in den Tag.

Die Nacht war sehr schwül, und obgleich die Türen, die in den Garten führten, weit geöffnet waren, gab es bis nach Mitternacht keine Abkühlung. Ebenso erdrückend war auch der Traum von einem tropischen Urwald in dampfender Hitze. Mitten zwischen Riesenbäumen und Schlingpflanzen baute Johannes ein Haus umgeben von Palisadenstämmen.

Dann hörte er Stimmen, die aus dem Dickicht immer näher kamen. Menschen kletterten über den Palisadenzaun. Sie hatten Äxte und Macheten in den Fäusten. Sie schrien und lachten, und sie hatten die Gesichter der Ärzte und Schwestern und der Krankenpfleger im Krankenhaus. Johannes wollte sich befreien von diesem Traum.

Jetzt geschah es: Sie zerrten Schwester Maria, seine Maria, an einen Baum. Sigi, der große starke Krankenpfleger aus dem Operationssaal hielt sie fest. Sie wehrte sich, und sie sah Johannes an.

Johannes nahm seine Axt, er rannte auf sie zu. Er wollte Maria retten, aber er wußte, daß es sinnlos war.

Dann, endlich, kam sein Schrei, ein lauter befreiender Schrei.

Er wurde gestreichelt. Es war die Hand seiner Frau. In der geöffneten Tür stand tief über dunklen Büschen ein sehr blasser abnehmender Mond. Sein Licht drang nicht mehr bis zu den Betten vor.

Sie streichelte ihn immer noch. Dann schaltete sie das Licht an.

Er habe für sie und die Kinder ein Haus im Urwald gebaut, und dann habe es einen schrecklichen Krach gegeben.

Er schüttelte sich und wollte nun ganz wach werden. Seine Frau lachte. Vermutlich sei das Holz für die Pergola Schuld, die er am kommenden Samstag bauen wollte. Die Bretter lehnten draußen an der Hauswand, und waren soeben mit Gepolter umgefallen.

„Ja, so wird es wohl gewesen sein", sagte Johannes.

Er konnte ihr doch nicht sagen, daß er auch von Schwester Maria geträumt hatte.

Dann beugte sie sich über ihn. Er sah ihre Augen. Sie lächelte wieder.

# 5

# Ein Schlag ins Gesicht

Es war sieben Uhr morgens.

Der große Parkplatz hinter dem Krankenhaus war noch halb leer, als Johannes seinen Wagen abstellte. Nur einzelne Autos der Krankenschwestern, Pfleger und Ärzte, die in der Nacht Dienst gehabt hatten, standen verstreut auf dem Platz. Er ging nicht über die Stufen hinauf zum Hauptportal, sondern zum hinteren Kücheneingang im Souterrain.

Johannes wußte nicht, ob es zwischen dem Traum und seinem wirklichen Leben einen Zusammenhang gab, und was hätte denn dieser schreckliche Urwald mit Maria zu tun? Wovor in aller Welt sollten Renate und die Kinder denn beschützt werden?

Für Johannes gab es nur zwei Möglichkeiten, Träume zu deuten. Die einen sagen, Träume entstünden im Unterbewußtsein, sie hätten keinen Bezug zur Wirklichkeit. Das war etwas für diese Tiefenpsychologen, oder wie die Kerle hießen, für Damen aus Spiritualistenkreisen. Sie konnten aus Träumen alles das herauslesen, was ihnen in den Kram paßte. Aber das andere ist die Deutung eines Traumes, der in seinen Bildern Erlebtes widerspiegelt.

Johannes entschloß sich in diesem Augenblick, als er den Küchengang betrat, abzuwarten, ob der Traum mit dem Urwald ihm vielleicht etwas zu sagen hatte. Er wollte es auf sich zukommen lassen. Es kam noch etwas Verwirrendes hinzu. Im Mittelpunkt dieser Träume der vergangenen Wochen stand sehr häufig Schwester Maria. Er träumte von ihr, er träumte auch von ihrem Körper.

Vor dem Kücheneingang stand ein Lieferauto der Großbäckerei. Ein Mann trug Körbe mit frischen Semmeln.

Johannes blieb plötzlich stehen. Er sah Renate vor sich. Sie machte jetzt vermutlich zu Hause die Kinder für die Schule fertig. Sicher saß sie jetzt am Frühstückstisch den Kindern gegenüber, und vermutlich hatte sie den seidenen Morgenrock an, den mit dem weiten Ausschnitt. Er hatte ihn ihr in Italien gekauft.

Es roch in dem halbdunklen langen Gang widerlich nach Küche und Abwaschwasser. Also: Den Atem anhalten! Es war sehr unterschiedlich, wie lange er es aushielt und davon abhängig, wie viel Luft er vorher eingeatmet hatte. Er brachte es heute mit angehaltenem Atem weit über zwei Minuten, bis fast zur Einmündung des Nebenganges, der zur Wäscherei führte. Durch die offene Tür sah man in der Küche die Frauen am Fließband. Sie hatten Kopftücher auf, wie die Frauen in Griechenland bei der Feldarbeit.

Sigi, der Kollege aus dem Operationssaal, war übrigens alles andere als ein Wüstling, ein ganz normaler Bursche.

Warum also diese Hinrichtung in seinem Traum. Sigi war nur scharf auf Maria. Wir sind doch alle scharf. Du bist doch auch nicht besser, dachte Johannes, sei ehrlich.

An der Wand vor der Bettenzentrale holte er eines der frisch bezogenen Betten. Er schob es in Richtung Aufzug. Sie brauchten auf der Station frisch gemachte Betten für die Neuzugänge.

In diesem Augenblick kam ihm Sigi mit einem Bett aus dem Operationssaal entgegen. Wieder dieser verrückte Traum. Maria bedroht von Macheten an einem Baum im Urwald.

Sie mußten ihre Betten aneinander vorbei jonglieren. Es ging um Zentimeter. Der andere fuhr sein Bett ganz an die linke Wand. Es gab eigentlich nichts zu reden. Man mußte sich nur einen guten Morgen wünschen, mehr nicht. Sigi aber sagte:

„Wie geht es deinem schönen Bild?"

Vor Tagen hatte Johannes Sigi beim Mittagessen gesagt, daß Maria ein schönes Mädchen sei, das schönste, das hier herumliefe, eben wie ein Bild.

Jetzt berührten sich die Betten bereits. Sigi war braun gebrannt, weil er im Urlaub gewesen war, in Mallorca oder weiß der Kuckuck wo. Er sah immer so gesund aus.

„Mann, paß auf, daß du dir nicht die Finger einquetschst!", sagte Sigi.

Auf gleicher Höhe blieben sie stehen.

„Na also, was macht es, dein Bild?" Er grinste.

„Hör auf, du Idiot."

„Reg dich nicht auf, Mann", und Sigi tippte an die Stirn.

Wieder stieg Wut in Johannes hoch. Es war peinlich. Johannes versuchte zu lächeln. Irgendwie mußte er ja reagieren. Der andere fuhr weiter und berührte ihn an der Schulter.

„Machs gut, alter Junge, nichts für ungut."

Es war gut, daß er mit seinem Bett allein im Aufzug war. Die Station 10 lag im sechsten Stock. Das mit dem Bild hätte er nie sagen dürfen. Jetzt stellte Sigi seine Vermutungen an. Johannes schämte sich. Er hatte etwas von sich preisgegeben.

Johannes war seit drei Jahren Leiter der Station 10. Zu seinem Arbeitsteam gehörten sechs examinierte Schwestern und vier Schwesternschülerinnen. Sie arbeiteten in zwei Schichten. Er hatte es in den vergangenen Monaten so eingerichtet, daß in seiner Schicht Maria als Zweitschwester tätig war. Vor zwei Jahren war sie aus einer der größten Kliniken des Landes mit erstklassigen Zeugnissen zu ihnen gekommen. Als Johannes erfuhr, daß sie eine Abiturientin war, spürte er zunächst ein leichtes Mißbehagen. Es war die Furcht vor ihrer Überlegenheit. Jetzt war sie der Mittelpunkt der Schicht, liebevoll zu den Patienten und zu den Mitarbeitern, die sie als Autorität anerkannten, kompetent in allen medizinischen Sachfragen, und sie war schön. Für die beiden jüngeren examinierten Schwestern Petra und Judith war Johannes der Chef der Station und Maria ein Vorbild.

Sechster Stock. Aussteigen. Die Räder des Bettes stolperten über die Schwelle des Aufzuges. Johannes schob es vor sich her bis zum Stationszimmer in der Mitte des langen Krankenhausganges.

Am Ende des vierzig Meter langen Ganges war das große Fenster, das den Blick auf den Park und auf die Stadt frei gab. Weiter nichts. Das Besondere und ins Auge Fallende war nur eben dieses große Fenster, weil es den Blick in die andere Welt vor dem Krankenhaus öffnete. Zunächst, wenn man aus dem Aufzug trat, sah man in dem entfernten hellen Fenstervierecke nur blauen Himmel. In den vorderen Teil des Ganges fiel nur gedämpftes Licht durch die Glastüren des Schwesternzimmers und aus dem anschließenden Lichthof, einem

Aufenthaltsraum der Patienten. Einige Sessel standen dort, eine langweilige, großblätterige Topfpflanze, dieser idiotische fette Gummibaum, dessen fleischige Blätter man von Zeit zu Zeit mit einem feuchten Lappen von Staub reinigen mußte. Auf dem kleinen runden Tisch wurden meist veraltete Zeitschriften abgelegt.

Wenn man also den Gang entlangging, schob sich allmählich das Dach des Rathauses von unten in das Fenstervierreck, und wenn man weiter ging, die Wipfel der Bäume im Park.

Der graue Kunststoffbelag auf dem Boden, die Wände mit ihrem fahlen, gelblich angehauchten Weiß ließen keine freudigen Gedanken aufkommen. Rechts die Türen der Krankenzimmer, links die der Funktionsräume. Die Nischen vor den Türen mit ihren blauen Umrandungen waren die einzigen Kontraste dieses so gestaltlosen Ganges.

Dann war da noch der eigentümliche Krankenhausgeruch. Nein, Johannes hätte ihn nicht beschreiben können.

Wenn man nachts ganz allein auf der Station Dienst tat und aus dem Fenster am Ende des Ganges sah, hatte man den halb abgedunkelten langen Gang im Rücken, und vor einem lag die Stadt mit ihren Lichtern. Es gab zwei Welten. Das eine war das Krankenhaus und das andere die wirkliche Welt draußen. Wenn es nachts so still war auf der Station, hörte man Autos fahren und Menschen auf der Straße lachen. So war das, wenn man Nachtdienst hatte, und erst am Morgen, wenn man endlich fertig war und durch die große Glastür das Krankenhaus verließ, wenn man ganz tief einatmete und das frisch gemähte Gras auf dem Rasen roch, wenn man unter Bäumen ging und das Straßenpflaster unter den Füßen spürte, dann ließ man sie hinter sich, die Welt des Krankenhauses.

Es war 6 Uhr 30. Johannes war auch heute der erste auf der Station, bis auf die Nachtschwester natürlich, die im Stationszimmer ihre Sachen zusammenpackte. Sie war jetzt zehn Stunden im Dienst und wollte Schluß machen.

Johannes ging in den kleinen Vorratsraum nebenan, wo alles das gestapelt wurde, was man auf einer Station nicht dringend benötigte, die Zellstoffpakete, Blumenvasen, Medikamentenschachteln, Armstützen und der Gehwagen, ein Gestellt auf Rädern, das sie brauchten, wenn einer nach einer Operation wieder gehen lernen mußte.

Johannes hängte seine Jacke an einen der Infusionsständer, die da herumstanden, und öffnete den Spind. Es war nicht viel Platz zwischen all dem Kram, und während er sich die Hose auszog, konnte er durch das schmale, halb geöffnete Fenster auf den Parkplatz tief unter sich sehen und hörte gedämpft das Motorengeräusch der ankommenden Autos. Sie kamen fast alle zur gleichen Zeit zur Arbeit. Er sah wie sich die Schwestern, Pfleger und Ärzte begrüßten, und es gab ein ziemliches Gedränge da unten.

Dann kam Maria mit ihrem blauen Volkswagen. Als sie ausgestiegen war, ging sie um den Wagen herum, machte die Beifahrertür auf und bückte sich. Johannes sah, daß sie wieder den engen Rock mit dem seitlichen Schlitz anhatte. Sie holte den Lederbeutel heraus, den sie immer bei sich hatte, in dem sie alles verstaute.

Eben in diesem Augenblick, als sie um das Auto herum ging und die rechte Tür öffnete, sah Johannes, wie Sigi aus dem Hause kam. Offenbar wollte er etwas aus seinem Wagen holen. Dann hatte er Maria entdeckt.

Johannes verfolgte von hier oben aus jeden seiner Schritte. Als sie den Beutel herausgeholt hatte und sich aufrichtete, erschrak sie offenbar. Sie trat einen Schritt zurück. Sie hatte Sigi nicht kommen hören. Er lachte. Man sah von hier oben seinen geöffneten Mund. Das Lachen selbst konnte man nicht hören, aber es gab keinen Zweifel, daß er lachte, und daß sie erschrak. Es gab auch keinen Zweifel, daß dieser Kerl, der Sigi, ihr den Hof machte. Es war lächerlich. Man konnte sehen, wie er einen halben Schritt hinter ihr her lief, wie sie dann anhielt und sich scheinbar dagegen wehrte. Wogegen? Johannes wußte, daß Frauen wie Maria Angst haben vor diesen bedrängenden fordernden Angriffen. Renate hatte es ihm einmal zu erklären versucht.

„Männer begreifen das nicht richtig", hatte sie gesagt, aber Johannes hatte es sehr wohl begriffen.

Maria also unten zwischen den anderen, verfolgt von Sigi. Sie ging auf die Eingangstür zu. Johannes kannte ihren Gang, er kannte jede ihrer Bewegungen.

Kurz vor der Eingangstür hatte Sigi sie eingeholt und faßte sie am Oberarm. Maria nahm aus ihrer Tasche eine Zeitung und klatschte sie dem Mann mitten ins Gesicht, einmal von rechts, dann von links. Jetzt hatte sie den Sigi wohl endgültig abgeschüttelt.

Ein Mann wie er wird sich rächen, dachte Johannes. Eines Tages würde er sich rächen.

# 6

# Wiederbelebung

Hilscher ging es schlechter. Der Blutdruck sank ab. Als Johannes die Blutdruckmanschette anlegte, blickte der alte Mann irgendwohin in die Ferne.

Das Schlimme war, daß man nicht eingreifen konnte. Der Chef hatte es so befohlen, und der Mann wollte es so und nicht anders. Johannes wollte Maria fragen, ob sie sich an sein Bett setzen könne.

Die jungen Schwesternschülerinnen redeten im Stationszimmer alle durcheinander. Zum Kuckuck mit ihrer Disko und dem Kinobesuch am vergangenen Abend. Sie sollen endlich an die Arbeit gehen. Johannes wurde böse, aber Schwester Judith lachte. Noch vor zwei Jahren war sie ebenfalls Schwesternschülerin gewesen.

„Was gibt es denn nun schon wieder zu lachen?", wollte Johannes wissen.

„Weißt du, manchmal kommst du mir vor wie ein Papa. Mann, Johannes, laß sie doch! Du ärgerst dich ja nur, weil du nicht mehr so jung bist", sagte Judith. Sie wußte, wie man die Leute zum Lachen bringen konnte. Nein, es hatte nichts mit dem Alter zu tun, daß Johannes heute nicht nach Lustigsein zumute war. Es ging um diesen elenden Fall Hilscher.

Die Grundstimmung im Wesen von Judith war Fröhlichkeit. Ihre schönen langen blonden Haare band sie auf Marias Anordnung während des Dienstes zu einem Pferdeschwanz zusammen. Sie durften am Krankenbett nicht herabfallen, und wenn sie noch so schön waren.

Schwester Petra dagegen gelang es nicht immer, sich der Fröhlichkeit ihrer Kollegin anzuschließen, auch wenn sie sich darum bemühte. Es gab Augenblicke, wo sie Judith etwas neidvoll bewunderte. Das, was um sie herum in der Klinik geschah, lag an manchen Tagen wie ein Schatten auf ihren Gedanken und Empfindungen.

Gegen Mittag kam Grohmann aus dem Operationssaal auf die Station. Bis vor einem Monat hatte er hier auf der Station 10 gearbeitet. In der kleinen Teeküche bekam er von Maria wie immer seinen Kaffee. Er hatte soeben seine erste Gefäßprothese in die Hauptschlagader eingebaut.

„Wie ist es gegangen?", wollte Judith wissen.

„Gut." Wie lange es gedauert habe, wollte sie wissen.

„Dreieinhalb Stunden."

„Ist das eine gute Zeit?"

„Ich glaube schon, aber es kommt nicht nur auf die Zeit an, sagt der Chef immer. Es kommt darauf an, daß alles exakt präpariert ist und daß es gut wird."

Judith wollte am liebsten sagen, daß sie stolz auf ihn war, aber sie sagte es nicht. Alle Schwestern liebten Grohmann. Er war einer von den Stillen im Lande, und die Patienten hätten ihn alle gern, so meinte Judith vor einigen Tagen. Er sähe ja auch wirklich gut aus mit dem scharf geschnittenen Gesicht und den dunklen Haaren.

Und überhaupt, am liebsten hätte sie noch etwas von seinen Augen gesagt. Schade, daß er manchmal ein bißchen stotterte, wenn er aufgeregt war, dachte Judith.

„Hast du Angst, wenn du so eine große Operation zum ersten Mal ganz selbständig machst?", fragte Judith wieder.

„Ja, hab' ich, aber Sebastian hat mir assistiert."

Dann wollten Judith und Johannes wissen, wie viele Eingriffe er schon gehabt hatte, an den Gefäßen, am Magen und an der Galle. Bypaßoperationen am Oberschenkel, hundert Gallenoperationen und dreißig Magenresektionen.

„Das reicht ja schon fast zum Facharzt für Chirurgie", sagte Johannes.

„Ich wußte gar nicht, daß du so gut bist."

Das hatte Judith gesagt, und sie wurde rot dabei.

Sie flüsterte mit Maria, und dann holte sie aus dem Eisschrank eine Flasche Sekt, die für feierliche Anlässe aufgehoben wurde.

Schließlich kam jeden Augenblick die nächste Schicht zur Ablösung, und man konnte sich ein Glas auch während des Dienstes genehmigen.

Sie standen da in der kleinen Teeküche, als Petra hereinkam, außer Atem und sehr blaß.

„Der Hilscher stirbt, schnell, ruft den Chef. Er stirbt. Der Puls geht weg."

Nein, sie konnten den Chef nicht holen. Der stand am Operationstisch.

Zwei Minuten später war Oberarzt Seidel am Krankenbett.

Er gab seine Befehle knapp und präzise.

„Intubationsbesteck – Sauerstoff."

Grohmann wußte, daß das jetzt alles gegen den Willen von Sebastian geschah. Er widersetzte sich der Anordnung von Seidel, die künstliche Beatmung zu übernehmen und lief zum Telefon. Er ließ Sebastian vom Operationstisch weg an den Apparat rufen, und er war erregt. Jetzt fängt er wieder an zu stottern, dachte Judith. Sie stand neben ihm.

„Ch-ch-chef, der Seiheidel will den alten Mann wieder lebendig machen."

Als Sebastian drei Minuten später in Operationskleidung außer Atem im sechsten Stock ankam, stand er für einen Augenblick wie erstarrt in der offenen Tür. Über dem Sterbenden kniete mit gespreizten Beinen Seidel und führte mit den flachen auf die Brust aufgelegten Händen in rhythmischen Bewegungen die Herzmassage durch. Johannes betätigte den Ballon zur künstlichen Beatmung. Seidel hatte ihm den Befehl gegeben.

Wie ein Kobold, wie ein schrecklicher Waldschrat kniete er da auf dem alten Mann.

„Seidel!", rief Sebastian; wie ein militärischer Befehl klang das. Sie hörten es alle, auf dem Korridor und bis in das Stationszimmer. Maria hielt den Atem an. Sie stand mit Grohmann hinter Sebastian.

Dann wurde er ganz ruhig, denn der Mann war im Begriff, wieder selbständig zu atmen.

„Sie hören jetzt sofort auf", sagt Sebastian, „haben sie mich verstanden?"

Maria sah, daß Johannes zitterte, und daß er den Beatmungsbeutel weg legte, und sie sah, wie der Seidel vom Bett herunter stieg und den Kopf schüttelte.

Er ging auf Sebastian zu und sagte:

„Der braucht Volumen, weiter nichts, dann kommt er wieder. Wollen Sie ihn vielleicht an Kreislaufversagen sterben lassen?" Dabei wußte er doch wie alle anderen, daß der Chef angeordnet hatte, daß bei Hilscher nichts mehr unternommen werden sollte. Er wußte es ganz genau.

Maria legte beide Hände vor das Gesicht. Nicht die Wiederbelebung als solche war schrecklich. Sie wurde ja nach allen Regeln der Kunst durchgeführt. Nein, das Schreckliche war, daß er da über dem Mann kniete und den Tod vergewaltigte.

Sebastian hatte alle gebeten, den Raum zu verlassen. Er hatte den Tubus aus der Luftröhre gezogen und dann stand er so lange neben dem Mann, bis er den letzten schwachen Atemzug machte.

Später, als Grohmann gegangen war, sagte Maria:

„Manchmal denke ich, daß der Martin Grohmann nicht bei der Chirurgie bleiben wird."

„Meinst du, daß er sich alles zu sehr zu Herzen nimmt?", fragte Judith.

„Vielleicht."

„Aber sieh dir den Chef an. Meinst du, es geht ihm anders?"

„Vielleicht war er genau so, als er jung war."

# 7

# Nur eine kleine Chance

Brunngrabe wußte, daß in seiner Speiseröhre ein Krebs wuchs. Er könne durch eine große Operation geheilt werden, so hatte es sein Hausarzt, Doktor Grabner, gesagt, eine Hoffnung, mehr nicht, und Sterben wurde zum ersten Mal in seinem Leben greifbar nahe. Am Ende gab es nur noch ein Nichts, etwas Schwarzes, Grundloses. Wenn sein Körper in diesen Abgrund abstürzen würde, so würde man keinen Aufprall hören.

Es gab Menschen, die an die Auferstehung glaubten. Brunngrabe kannte keinen von ihnen, und also hätte er mit niemandem darüber sprechen können.

Doktor Sebastian stand vom Schreibtisch auf, als Brunngrabe eingetreten war. Er ging ihm bis zur Tür entgegen und gab ihm die Hand.

Dieser Arzt hatte sehr große Hände. Brunngrabe stellte sich vor, wie er mit diesen Händen in seinem Bauch eindringen würde.

Sebastian deutete mit der linken Hand auf den Stuhl gegenüber dem Schreibtisch, mit der rechten berührte er leicht die Schulter des Patienten.

Brunngrabe versuchte, sich ein Bild von seinem Gegenüber zu machen. Er entwarf sozusagen eine Skizze, etwas Vorläufiges, das noch revidiert werden konnte.

Ein kräftiger, mittelgroßer Mann stand vor ihm. Er hatte ein enganliegendes weißes Polohemd an, das über der Brust nicht geschlossen war. Vielleicht kam er gerade aus dem Operationssaal. Die dichten, dunklen Haare waren an den Schläfen weiß. Vielleicht war die aufreibende chirurgische Tätigkeit die Ursache. Der Chirurg war vermutlich nicht älter als er.

Doktor Sebastian lächelte jetzt.

Er ist freundlich, dachte Brunngrabe und atmete auf. Er hatte auf einem der Sessel Platz genommen, und stellte sich vor, daß ihre Rollen vertauscht wären. Der Chirurg könnte ihn, den Architekten, zum Beispiel bitten, ihm ein Haus zu bauen oder eine neue Klinik zu entwerfen.

Sebastian stand immer noch vor dem Schreibtisch, ordnete die Papiere vor sich, blätterte in jenen ihm längst bekannten Unterlagen, welche ihm von Grabner zugeschickt worden waren. Er wollte nur Zeit gewinnen.

Brunngrabe als Patient, nicht der Arzt, eröffnete das Gespräch.

„Es ist eine bösartige Geschwulst der Speiseröhre."

Eine sachlich nüchterne Feststellung war das, aber für ihn in diesem Augenblick unvorstellbar.

Sebastian hatte sich an den Schreibtisch gesetzt, er stützte das Gesicht in die Hände, dann glitten die Hände langsam über Wangen und Schläfen abwärts. Dabei straffte sich die Haut seines Gesichtes. Das sah sehr gequält aus.

Bevor Brunngrabe endgültig der Angst preisgegeben war, die jetzt auf ihn zukam, dachte er: Dem Arzt, der mir da gegenüber sitzt, fällt es schwer, über das Schreckliche zu sprechen, vielleicht leidet er sogar. Er, Brunngrabe, hatte es ja so und nicht anders gewollt. Er hatte sich ja fest vorgenommen, den Arzt zu zwingen, ihm die Wahrheit zu sagen.

„Ja, es ist ein Karzinom", erwiderte Sebastian und sah, wie Brunngrabe die Hände über den Knien zusammenpreßte. Er beobachtete auch, wie die Knöchel dabei weiß wurden.

Brunngrabe hatte nichts anderes erwartet als diese Bestätigung der Diagnose. Trotzdem befiel ihn ein ganz leichter Anflug von Schwindel. Die Angst nahm Besitz von ihm und seine Gedanken stürzten in den Abgrund. Darum schloß er jetzt die Augen, und er sah drei Menschen, seine Frau und die beiden Kinder wie in einem Kaleidoskop in sehr rascher Folge in den verschiedensten Situationen. Alle diese verrückten Erinnerungen erzeugten augenblicklich eine unerträgliche Wehmut.

In diesem Augenblick wurde es für ihn überdeutlich: Nicht die Angst vor dem Sterben erzeugte das vernichtende Gefühl, es war der endgültige, unwiderrufliche Abschied von diesen drei Menschen.

Dann sah er wieder den Arzt an und das Gefäß mit Federhaltern und Bleistiften, das auf dem Schreibtisch stand, den Aschenbecher und das Stethoskop neben dem Berg von Akten.

„Ich werde daran sterben", sagte Brunngrabe, „an dieser Geschwulst werde ich sterben."

Daß ein Patient das so aussprach, kam für Sebastian völlig unerwartet.

„Ich werde Sie operieren", sagte er. „Es wird ein sehr großer Eingriff, aber es ist ganz sicher ein sehr kleiner Tumor, sozusagen im Anfangsstadium, und man kann ihn vermutlich ganz radikal entfernen."

Sebastian ahnte, daß er diesem Mann nicht die Unwahrheit sagen konnte. Was er jetzt von dem Patienten brauchte, war ein Vertrauensvorschuß.

Er glaubt mir nicht, dachte er. Er sieht mich an, aber er sieht durch mich hindurch, und er denkt an das Sterben.

„Sie sagen, daß Sie das alles herausoperieren können", sagte Brunngrabe, „und Sie sagen mir, daß es radikal entfernt werden kann."

„Ja, man kann es vermutlich im Gesunden herausschneiden."

„Im Gesunden? Was bedeutet das?"

„Das bedeutet, daß man den kleinen Tumor mitsamt dem gesunden umgebenden Gewebe, also weit ab von den Tumorgrenzen entfernen kann."

Sebastian wollte den Blick von Brunngrabe aushalten.

Wenn ich ihn jetzt so ansehe, dachte er, und wenn ich seinem Blick nicht ausweiche, dann wird er mir vielleicht glauben, daß es gelingen kann.

Brunngrabes Hände spielten mit dem leeren Aschenbecher, der vor ihm auf dem Tisch stand.

„Wissen Sie, Doktor, ich glaube Ihnen das ja mit dem Herausschneiden des Tumors ...", seine Stimme war rauh, vielleicht deswegen, weil er soeben das aufkommende Weinen unterdrückt hatte. Wie hätte er denn weinen können? Der Arzt war ein fremder Mann, und es wäre peinlich gewesen. Er, Brunngrabe, ein schwacher Mann, der weinte!

„Aber?"

„Ich habe eine Frau und zwei Kinder."

Es entstand eine Pause. Das, was Brunngrabe soeben gesagt hatte, stand nicht im direkten Zusammenhang mit dem Gesagten, aber Sebastian spürte jetzt, daß ihm der Vorschuß an Vertrauen sicher war, die Voraussetzung für alles, was jetzt geschehen mußte, und sehr viel mehr konnte er in dieser ersten Begegnung nicht erwarten.

„Ich müßte es schon ganz genau wissen, Herr Doktor. Das ist doch nur eine kleine Chance, das mit dem radikalen Herausschneiden."

„Eine ganz reelle Chance, eine wirkliche Chance."

Dann sprach Sebastian nicht mehr von der Krankheit. Er wollte etwas über die drei Menschen erfahren, die Frau und die Kinder, und Brunngrabe sollte von seinem Beruf erzählen.

Brunngrabe war aufgestanden, und Sebastian ging zur Tür, um ihn herauszubegleiten. Er sah einen Kollegen aus Rom vor sich, den er vor einem Jahr operiert hatte. Er erinnerte sich daran, daß sie im „Tre Scaline" ihren Cappuccino getrunken hatten mit Blick auf die Fassade der Santa Agnese in Agone. Der Römer war sein Freund geworden. Vielleicht gab es irgend eine Verbindung zu Brunngrabe? Jedenfalls bestand eine gewisse Ähnlichkeit mit Brunngrabe, das scharf geschnittene Gesicht, die dunklen Haare.

Brunngrabe bemerkte das Lächeln im Gesicht von Sebastian, ein sehr kleines nur angedeutetes Lächeln.

Es stellte sich viel später heraus, daß der Vergleich mit dem römischen Freund eine nicht nur äußerliche Bedeutung hatte, und es kam noch hinzu, daß Brunngrabe häufig in Rom gewesen war und die Stadt liebte.

# 8

# In das Chaos

Brunngrabe verließ die Klinik. Auf der Straße öffnete er die oberen Knöpfe seines Hemdes und nahm die Krawatte ab. Er brauchte mehr Luft.

Er dachte an den Krieg, das Trommelfeuer in den letzten Monaten des Krieges, an die Stalinorgel, russisches Roulett. Die Granaten schlugen im Abstand von wenigen Metern ein. Damals im Wald glaubte er tot zu sein, Sekunden lang, dann war er aufgestanden zwischen den Toten. Brunngrabe fiel aus der Ordnung in ein Chaos. Es war der reine Wahnsinn.

Wo also wird man sein, wenn man gestorben ist? In der Kälte.

Die Menschen, die ihm auf dem Wege zum Parkplatz begegneten, sie alle würden weiter leben, wenn er bereits in der Kälte sein würde. Er wird nicht mehr dazu gehören.

Er fuhr aus der Stadt heraus. Dort, wo die Hügel bis ans Ufer des Flusses reichten, begann der große Wald, in dem sie zu viert so oft gewandert waren, seine Frau und die Kinder. Brunngrabes Gefühle waren gespalten. Je bedrohlicher das Nichts war, dem er sich zu nähern glaubte, um so verzweifelter waren in den letzten Tagen seine Bemühungen, Erinnerungen aus früherer Kindheit lebendig zu machen, und wenn sie vor ihm auftauchten, dann wartete er so lange, bis sie Farbe bekamen und schließlich zu sprechen begannen. Sie hatten wirklich Stimmen.

Jetzt, als er in den Wald ging, sah er seine Frau und die Kinder vor sich. Wiederum Erinnerungen und Bilder in völlig wirrer Reihenfolge; sie überfielen ihn mit ihrer schmerzhaften Eindringlichkeit. Er wollte sie nicht ansehen, aber sie drängten sich auf. Diese Heimsuchung hatte vor einer Stunde nach dem Gespräch mit dem Chirurgen begonnen.

Die optimistischen Heilungsaussichten, von denen Dr. Sebastian berichtet hatte, konnten ihn nicht überzeugen.

Dieser Tumor in der Speiseröhre wird immer weiter wachsen, und er wird mich umbringen.

Er war ausgestiegen und ging jetzt Schritt für Schritt in den Wald hinein, ohne wahrzunehmen, wohin ihn seine Füße trugen. Gedanken und Bilder waren nicht mehr so eindringlich. Alles zog sich in seinem Kopf zusammen, bis er überhaupt nichts mehr dachte. Das ging eine ganze Zeit lang so weiter, und nur wenn Steine unter seinen Sohlen knirschten, schreckte er auf, und es wurde ihm bewußt, daß er ging.

Einmal wich er vom Weg ab, weil er für einen Augenblick die Augen geschlossen hatte. Er trat auf weichen Waldboden. Äste und Sträucher berührten ihn, und er war auf einmal ganz wach. Die Bilder kamen wieder.

So ging er eine halbe Stunde. Er versuchte, die gedankenlosen Intervalle auszudehnen, und sich ganz auf das Gehen zu konzentrieren. Das gelang schließlich. Er sah dann nur den unteren Rand der Hosen und die Schuhspitzen, verfolgte jeden Schritt, sah, wie die Füße Steinen auswichen, er trat auf kleine Zweige, um das Knacken zu hören. Er sah die Baumstämme am Wegrand zu einem hohen Stapel aufgetürmt, und er wußte, daß er sie zum Rollen bringen könnte, wenn er auf den Stapel klettern würde, und daß sie ihn sogar im Sturz festhalten und unter sich begraben könnten.

Noch einmal hundert oder zweihundert Meter, ohne zu denken. Er hörte sein Aus- und Einatmen. Dann kam die bekannte Kreuzung. Wenn er zu der Waldlichtung mit der Schonung wollte, dort, wo sie so oft Rast gemacht hatten, mußte er sich rechts halten. Er blieb stehen. Er wollte jetzt beten, aber er konnte es nicht.

Jenseits der kleinen Tannen auf der anderen Seite der Schonung, hatte er vor langer Zeit mit den Kindern ein kleines Haus aus Zweigen und Baumrinden gebaut. Es war so groß wie eine kleine Hundehütte.

Er legte seine Arme auf den Holzzaun und das Kinn auf die Arme.

Es war mittlerweile sechs Uhr abends geworden. Wenn er den Weg nach L... nehmen würde, dann konnte er in etwa einer Stunde seinen Wagen erreichen. In der anbrechenden Dunkelheit hörte er wiederum nur das Geräusch seines eigenen Ein- und Ausatmens; so still war es hier, und er hörte, wie sich Zweige im Wind bewegten.

Jetzt wird sie in der Küche stehen. Am Küchentisch macht vielleicht sein kleiner Sohn Schularbeiten. Sie hat vielleicht ihre blau-weiß gestreifte Schürze an mit der weißen Rüsche, und diese Schürze ist mit einer großen Schleife im Rücken zugebunden. Ihre dunklen Haare fallen seitlich über die Schultern. Man sieht ihren Hals.

Daß die dumme weiße Schleife ihn so wehmütig machte.

In einer Stunde werde ich bei dir sein. Du lachst und küßt mich. Warum bist du so spät gekommen, wirst du sagen. Was ist mit dir? Ich streichele dich und drücke dich an mich und sage irgend etwas von dieser Krankheit, und dann weißt du auf einmal alles. Du weißt meistens alles, ohne daß man es ausspricht. Wirst du dann weinen? Oder wirst du irgend einen sinnlosen Versuch machen, mich zu trösten?

Es bewegte sich irgend etwas in der Schonung. Er hörte ein raschelndes Geräusch, ein Tier, vielleicht ein Hase.

Ob die Reste von dem kleinen Blockhaus noch stehen geblieben sind? Als sie damit fertig waren, hatte er die Tür erweitern müssen, weil sie noch Stühle und Betten einbauen wollten. Dann, als es gelungen war, war der kleine Bub vor dem Haus niedergekniet und hatte durch die Tür hineingesehen. Sein blonder Haarschopf und der kleine Wirbel am Hinterkopf. Es gab Ereignisse in seinem Leben, Bilder, die er im Augenblick des Geschehens für immer in seinem Gedächtnis festhalten wollte. Dazu gehörte auch der blonde Schopf seines Jungen. Aber das, was geschehen war, war unwiederbringlich.

Irgendwann werdet ihr an meinem Bett stehen und nicht wissen, was ihr mir sagen sollt.

Jetzt kam das Weinen. Es schüttelte ihn. Sein Gesicht lag auf den Armen über dem Drahtzaun der Schonung.

Wieder das raschelnde Geräusch. Das Tier war näher gekommen. Es mußte ein größeres Tier sein, ein Reh. Es stand da irgendwo verborgen hinter Zweigen und sah ihn an.

Dann ging Brunngrabe auf seinem Wege nach L ... weiter. Manchmal blieb er stehen.

Als es im Wald bereits dunkel wurde, verließen ihn seine Gedanken wieder. Die Füße bewegen sich wiederum mechanisch. Er ging auf einmal immer schneller. Dann begann er zu laufen, bis er atemlos war.

Am Ende des Waldweges dämmeriges Licht ausgebreitet über den Feldern. Er setzte sich auf einen Baumstamm, wollte wiederum mit seiner geliebten Frau reden, aber er kam nicht dazu. Er sah die große weiße Schleife an der Schürze. In einer halben Stunde würde sie ihn umarmen.

# 9

# Zeitungsmeldung

Der vermeintliche Mord, über den die Zeitungen laufend berichteten, war während einer Nacht in einem deutschen Krankenhaus geschehen. Die Zeitungsberichte führten zu einem regelrechten Aufruhr im Krankenhaus.

Als Schwester Maria an diesem Morgen das Stationszimmer betrat, redeten sie alle durcheinander. Sei waren alle betroffen, fühlten in der Öffentlichkeit ihren Berufsstand angegriffen.

Die Überschriften waren wie immer in solchen Fällen sensationell:

> Ruhig eingeschlafen oder kaltblütig ermordet?
> Krankenschwester ermordet krebskranke Frau.
> Der Tod einer Schwerkranken – Eigenmächtiges Handeln
> einer rücksichtslosen Krankenschwester.

Wer konnte denn von Mord reden, wenn noch nicht einmal beweisen war, daß die Schwester der 85jährigen Krebspatientin eine Überdosis eines Schlafmittels gegeben hatte. Wer von den Richtern wußte denn, was sich da zwischen der schwerkranken Frau und der Krankenschwester ereignet hatte? Es war doch niemand dabei, wie es nachts geschehen war, es hatte doch niemand gehört, was sie miteinander gesprochen hatten.

„Sie ist Mutter von drei Kindern,", sagte Schwester Petra.

Johannes schaffte Ordnung. Er schickte die drei jungen Schwesternschülerinnen an die Arbeit. Sie sollten endlich die Betten machen. Schließlich käme das Frühstück in einer Dreiviertelstunde. Aber so einfach, wie sich das Johannes dachte, war das dieses Mal nicht. Man konnte doch nicht einfach zur Tagesordnung übergehen.

Die alte Nachtschwester bückte sich und wollte den Henkelkorb nehmen, der vor ihr auf dem Boden stand. Sie war bereit zum Gehen, denn sie mußte den Autobus noch erreichen.

Johannes hatte sie „Mutter Maria" getauft, damit man sie nicht mit der jungen Schwester Maria verwechselte. Sie machte seit zehn Jahren Nachtwache.

Mutter Maria schüttelte den Kopf und sagte:

„Kinder, regt euch nicht so auf. Die Zeitungen erzählen viel. Jetzt haben sie wieder einmal eine Sensation." Und dann berichtete sie über das, was in der Nacht alles so geschehen war.

„Zuerst hat diese Dicke, die hysterische Patientin mit der Galle auf Zimmer 24, alle zehn Minuten geklingelt. Manchmal frage ich mich, ob ich mich auch so anstellen würde, wenn ich an der Galle operiert worden wäre. Sie wollte auf den Topf, also schiebe ich ihr die Schüssel drunter, aber sie konnte nicht. Dann hatte sie Blähungen, und ganz zum Schluß klappte es endlich."

„Ein Kilo ohne Knochen", sagte Judith, „die Hälfte war noch gut." Ein stehender Ausdruck.

Alle lachten.

„Und dann der Mann auf Zimmer 22. Er wird immer schlechter, und manchmal denke ich, hoffentlich stirbt er dir nicht in der Nachtwache."

Was sollte man nun dazu sagen. Es war doch immer schlimm, wenn einer starb, auch am hellichten Tage.

„Na dann macht es gut, Kinder, ich muß meinen Autobus erreichen."

Sie nahm den Henkelkorb über den Arm, in dem alles verstaut war, was eine Nachtschwester in ihrem Alter braucht: Strickzeug, illustrierte Zeitungen und der Nescafé. Aber Schwester Petra ließ sie nicht gehen. Sie wollte wissen, ob Mutter Maria das mit dem Mord in den Zeitungen wirklich alles gelesen hatte.

Mutter Maria seufzte und stellt den Korb wiederum auf die Erde.

„Also, das ist eine ganz schlimme Geschichte", sagte sie, „vielleicht war es ganz anders als es in der Zeitung steht."

Sie setzte sich auf einen Schemel und alle standen um sie herum, Johannes, Maria, Petra und Judith.

„Das gibt es nicht, daß eine Krankenschwester eine Patientin umbringt", sagte Petra.

„Eine Vorverurteilung in der Presse", sagte Johannes, und Maria fügte hinzu:

„Vermutlich wollte die alte Frau sterben, weil sie sich quälte und weil sie spürte, daß es langsam zu Ende ging. Sie war vielleicht voller Metastasen."

„Das mit dem Sterbenwollen ist manchmal ganz anders", sagte Mutter Maria. „Wie oft haben alte Menschen mir gesagt, daß sie sterben wollen. Oder sie sagen: Laßt mich doch bitte sterben, ich kann doch nicht mehr, aber das ist vielleicht nur ein Seufzer."

„Nur ein Seufzer?", fragte Johannes.

„Ja, ein Seufzer, mehr nicht. So als würde ich sagen: Laßt mich endlich zu meinem Autobus, sonst sterbe ich vor Hunger."

Sie nahm ihren Korb und ging.

Eigentlich sah sie nicht aus wie eine Schwester, eher wie eine etwas korpulente Mammi, die zum Einkaufen geht, dachte Johannes. Die leiblichen Kinder von Mutter Maria waren erwachsen und längst aus dem Hause. Die Kranken der Station 10 waren nunmehr sozusagen Ersatzkinder. Sie pflege diese Kinder autoritär mit mütterlicher Hingabe. Ordnung mußte sein. Ihre eigenen Kinder liebte sie mit der Bitterkeit einer alternden Mutter, die von ihnen oft enttäuscht worden war. Ebenso enttäuscht war sie manchmal von den Kranken, wenn ihre Liebe nicht gebührend erwidert wurde, und manchmal erfaßte sie der Zorn über deren schlechte Manieren. Dennoch sagte man ihr nach, daß sie, vom Mitleid getrieben zärtlich sein konnte …

## 10

# Ein anderer Mann

Der Zug stand zur Abfahrt bereit. Aus einem geöffneten Fenster lehnte sich ein junger Mann. Er beugte sich so weit heraus, daß er mit der Hand fast den Scheitel der Frau erreichen konnte, die unter seinem Fenster auf dem Bahnsteig stand. Er hob die Hand, ließ sie wieder fallen, eine hilflose Gebärde. Die Frau wollte sich nicht streicheln lassen, und sie sah angestrengt den Zug entlang bis zur Lokomotive, so als erwarte sie sehnsüchtig das Abfahrtssignal.

Der Pfiff ertönte, und der Zug setzte sich in Bewegung. Maria wußte, daß es ein endgültiger Abschied war. Sie hatte es so gewollt.

Der junge Mann hatte sich immer wieder bemüht, zu ergründen, was diese große Liebe war, von der sie gesprochen hatte, und zu der er nicht fähig sei. Sie hatte von einem anderen Mann gesprochen. Der Zug beschleunigte das Tempo, und als sie ihn hinter der großen Richtungstafel noch einmal auftauchen sah, da bemerkte sie die Traurigkeit in seinem Gesicht. Sie begann auf einmal neben dem fahrenden Zug her zu laufen, sie streckte sogar ihre Hand nach ihm aus, auch das ihrerseits eine hilflose Bewegung. Sie konnte nichts als winken, und als der letzte Wagen des Zuges den Bahnsteig verließ, war sein Kopf nur noch in Umrissen erkennbar. Die Schlußlichter bewegten sich weit außerhalb des Bahnhofes zwischen dem Gewirr der sich überkreuzenden Gleise. Der Zug war abgefahren.

Sie verließ den Bahnhof, bewegte sich mit kurzen und festen Schritten auf ihr Auto zu, und die leicht erhöhten Absätze klapperten auf das Pflaster. Als ihr bewußt wurde, wie energisch die Absätze den Takt schlugen, lächelte sie und trat noch fester auf. Sie inszenierte ein Staccato. Nein, sie wollte sich nicht dieser leichten Wehmut hingeben. Ihre Entscheidung war richtig. Maria liebte einen anderen Mann. Er wußte nichts von ihrer Liebe. Dieser Mann war verheiratet.

Die Wohnung der Mutter lag am Ende der Stadt. Marias Krankenbesuch war nicht aufregend, wäre nicht die Trennung von ihrem Architekten, wie die Mutter ihn genannt hatte, und wäre da nicht die Bemerkung des Hausarztes, Doktor Grabner, gewesen, der die Mutter behandelte. Die unbedeutenden Kreislaufbeschwerden und Rhythmusstörungen seien möglicherweise auf die jüngsten Veränderungen im Leben der Mutter zurückzuführen. So hatte er sich ausgedrückt und Grabner war offenbar der Meinung, daß Maria, die einzige Vertraute, in diese Veränderung eingeweiht war. Maria hatte es dabei belassen, obwohl sie keine Ahnung hatte, was mit diesen Veränderungen gemeint war.

Die leichten Beschwerden waren also keineswegs besorgniserregend, aber die von Doktor Grabner verordnete Einschränkung der Spaziergänge im Park, insbesondere aber Besuche bei Freundinnen, führte nun zum erstenmal nach dem Todes ihres Mannes wiederum in eine Vereinsamung. Die Tochter Maria glaubte bis zu dem vorausgegangenen Telefongespräch mit Grabner, daß sie selbst der einzige Mensch sei, der diese Einsamkeit unterbrechen könnte.

Nach der üblichen Begrüßung ging Marias Blick über das überaus geschmackvoll eingerichtete Wohnzimmer, das ihr so vertraut war. Wiederum wurde ihr in diesem Augenblick bewußt, daß sie überall ihr eigenes Abbild in zahlreichen Fotografien anblickte. Die Bilder hingen an den verschiedensten Stellen über Biedermeiermöbeln und über dem grünbezogenen Sofa, sie waren scheinbar unauffällig zwischen den Drucken der französischen Impressionisten und alten Stichen von Salzburg untergebracht und stellten nur Maria dar, wenn man von dem großen Foto ihres verstorbenen Vaters absah. Maria mit einer großen Tüte am ersten Schultag, am Strand eines Sees in den Bergen, Maria im Arm ihres Vaters und nach bestandenem Abitur zwischen Freundinnen, Maria auf dem Pferde sitzend oder im leichten Galopp, der Körper über dem Sattel emporgehoben. Maria, Maria und überall Maria. Alle Versuche, die Mutter dazu zu bewegen, alle diese Bilder einem Album anzuvertrauen, waren bisher gescheitert, aber Maria wußte, warum die Mutter sich mit diesen Bildern umgab. Es war der immer wieder neue Versuch, den Weg zurück in die Vergangenheit zu gehen. Das waren die Zauberformeln der Einsamen, aber je mehr sie sich anstrengte, mit Hilfe der Bilder die Erinnerungen lebendiger zu machen, um so mehr nahm die Wehmut über das Unwiederbringliche zu, und diese Stimmungslage änderte sich nur, wenn Maria sie besuchte.

Maria war bereits eine Stunde bei der Mutter. Sie blieb jetzt vor einem Bild stehen. Neben einem Strauß mit getrockneten Feldblumen stand es auf dem Sekretär: Die kleine vierjährige Maria am Ufer des Sees. Und jetzt kamen Mutters „Weißt-du-noch-damals-Geschichten", jene Geschichten, welche sich unter der Fantasie der Mutter immer aufs Neue veränderten.

Das schreckliche Erlebnis mit dem Tintenfleck. Maria hatte sich aus Angst vor Bestrafung den großen Fleck aus der Schürze herausgeschnitten. Zur Strafe durfte sie nicht mit den Eltern die Dampferfahrt über den See machen.

Maria nahm das kleine Bild in die Hand, und jetzt fing sie selber an:

„Ich habe am Ufer gestanden und geweint, und das Schiff fuhr immer weiter auf den See. Ihr seid fortgefahren und habt mich verlassen. So ist es gewesen. Ich wollte das Loch doch gar nicht hinein schneiden. Ich hatte doch nur so große Angst, weil der Fleck so groß war, und dann bin ich am Ufer gestanden und habe geschrien, daß ihr doch nicht ohne mich wegfahren sollt."

Einsamkeit, Verlassenwerden, zum ersten Mal im Leben erlebt.

„Und ich habe dort am Ende des Schiffes gestanden", sagte die Mutter, „und habe gesehen, wie du immer kleiner geworden bist, und auf einmal wollte ich ins Wasser springen und zu dir schwimmen."

„Und warum hast du es nicht getan?"

Das war sie wieder, ihre Maria. Wenn es um Liebe ging – natürlich ging es um Liebe – dann sollte man sogar ins Wasser springen.

Vielleicht war das diese starke Maria, die alles einsetzen konnte, und das war es auch, warum sie ihr manchmal fremd erschien und zugleich so liebenswert.

„Weißt du noch, wie das mit dem Vogel und der Katze war?"
„Ja, ich weiß. Mutter, du mußt es mir nicht erzählen. Ich weiß es."
Aber sie erzählte es doch. Wenn man schon über das Ins-Wasserspringen sprach, dann mußte man auch das andere erzählen, das mit der Katze.

Maria als Zwölfjährige auf dem Balkon. Drei Meter unter ihr im Vorgarten eine Katze, die sich im Sprung auf einen jungen Vogel stürzen wollte. Ohne Überlegung und so schnell, daß die Bewegung des schwarzen Tieres noch unterbrochen werden konnte, war Maria über die Brüstung des Balkons hinunter gesprungen.

„Ich weiß das alles, ich weiß es", sagte Maria, „und ich würde auch heute noch springen. Es war eine Amsel, die vermutlich soeben aus dem Nest gesprungen war."

„Mein Kind ... ich muß dich etwas fragen."

Jetzt also kam eine der von Maria so gefürchteten Versuche der Mutter, in ihr Leben einzugreifen. Maria war fünfundzwanzig Jahre. Die Anrede „Mein Kind" war meistens Ausdruck von Resignation, denn die Mutter ahnte, daß dieser Versuch vermutlich scheitern würde. Die Anrede „Mein liebes Kind" war dagegen wie eine Vorwarnung, denn darauf folgten meistens mütterliche Ermahnungen.

„Mein Kind! Warum hast du dich von deinem Architekten getrennt?"

„Mutter, ich bitte dich. Laß das. Ich konnte nicht anders entscheiden."

„Er war ein sehr netter freundlicher Mann. Er war liebenswert, und er hatte sehr gute Manieren."

„Aber das genügt nicht. Er konnte nicht wirklich lieben."

„Was heißt das?"

„Wenn man wirklich liebt, dann kann man immer nur das Eine denken, daß es das Schönste und Wichtigste im Leben ist, aber so war es nicht. Auf einmal wußte ich, das sich nicht immer bei ihm bleiben könnte."

„Ach, Maria!", die Mutter seufzte. „Wenn es so wäre. Es ist meistens anders."

„Hast du immer nur diesen einen Mann geliebt, Mutter?"

„Nein!"

„Was, du hast auch andere Männer gehabt? Und du hattest keinen Mut, den einen zu verlassen und zu dem anderen zu gehen, den du stärker geliebt hast?"

„Das hat nichts mit Mut zu tun, sondern mit Liebe. Der, den du verläßt, der bleibt zurück, und vielleicht hast du seiner Seele sehr, sehr weh getan."

Die Mutter wirkte sehr klein in ihrem Lehnsessel.

Warum dann Maria noch einmal in Gedanken durch das Zimmer ging und gedankenlos auf die Fotografien blickte, wußte sie selbst nicht. Auf einmal war sie hellwach. Hinter einem der aufgestellten Fotos lag das Bild eines Mannes, den sie nicht kannte. Die Mutter hatte es möglicherweise vor ihr versteckt, als sie ihren Besuch angekündigt hatte. Es könnte etwas mit den Veränderungen im Leben der Mutter zu tun haben, von denen Dr. Grabner gesprochen hatte. Es war offenbar ein Geheimnis der Mutter, an dem sie zumindest jetzt noch nicht teilhatte. Alle Vorstellungen von der Einsamkeit der Mutter mußten vermutlich revidiert werden.

Als Maria sich zu ihr herab beugte und sie küßte, spürte sie den Hauch eines edlen Parfüms. Auf einmal war sie eine Frau, nicht die Mutter, eine Frau mit Erfahrungen.

Maria stand bereits an der Tür. Die Mutter rief sie zurück.

„Hast du das gelesen mit dem Mord im Krankenhaus?"

„Ja, ich habe es gelesen, aber ich glaube nicht, daß es ein Mord war."

„Warum soll es kein Mord gewesen sein?"

„Vielleicht wollte die alte Frau sterben, vielleicht hat sie darum gebeten."

„Kind, das ist doch eine reine Vermutung."

„Ich glaube nicht daran, daß eine Krankenschwester einen Hilflosen umbringt." Aber das sagte sie schon im Gehen. Sie hatte es eilig, der Nachmittagsdienst begann in einer halben Stunde, und sie wollte nicht mit der Mutter über dieses heikle Thema debattieren.

Sie stand am Fenster und sah Maria ins Auto steigen. Sie winkte ihr, aber Maria sah nicht mehr zu ihr herauf. Wenn sie noch geblieben wäre, hätte sie diesem geheimnisvollen Mann begegnen können, dem Staatsanwalt Martin Berchtold. Sie erwartete ihn heute, wie an jedem Abend seit drei Wochen.

Nach dem Tode ihres Mannes hatte sie sich monatelang in ihrer Einsamkeit der Trauer hingegeben. Dann kam die Zeit, in der ihr schmerzlich bewußt wurde, daß sie vermutlich in ihrem Alter nie wieder einen Mann lieben würde, und sie begann zu träumen. Sie träumte von einem Mann, es war immer derselbe Mann, und die Träume waren wie ein zweites Leben, sie konnte sie manchmal sogar in den Tag hinein weiterträumen, ein sehr merkwürdiger Zustand, denn sie litt unter der Entsagung und lebte dennoch in einer fast freudigen Illusion, der Illusion einer Liebe. Ihre Sehnsüchte und Wünsche schienen unerfüllbar. Schließlich begegnete sie auf einer Reise Frauen, die wie sie selbst ganz auf sich gestellt, sich in ihrer Einsamkeit zunächst eingerichtet hatten, bis sie sich in einer Runde Gleichgesinnter zusammen gefunden hatten. In ihrer fröhlichen Gesellschaft begann für Marias Mutter ein neuer Lebensabschnitt. Das Kapitel Männer schien endgültig abgeschlossen, bis sie eines Tages bei einer Einladung Martin Berchtold begegnete.

Sie hatte doch gedacht, daß das Kapitel Liebe nur noch in der Erinnerung Bedeutung hatte. Auch ihre Träume waren nicht mehr lebendig. Sie versuchte, sich mit dem Altwerden vertraut zu machen.

Das, was nun geschah, war gänzlich unerwartet, unvorhersehbar. Er war seit drei Wochen ganz bei ihr.

Sei stand am Fenster und wartete auf ihn. Sie lächelte, weil sie wußte, daß sie noch immer eine begehrenswerte Frau war.

# 11
# Meistens tödlich

Auf einmal standen sie in der Tür des Stationszimmers, Brunngrabe mit seiner Frau, überraschend, aber nicht unerwartet. Doktor Sebastian hatte sie ja bereits für diesen Tag angekündigt, und er hatte mit Johannes und Maria alles durchgesprochen. Warum wirkte es dennoch so hilflos, als sie da standen? Vielleicht war es der kleine Koffer, den Brunngrabe in der linken Hand hielt, der Mitleid erweckte, denn in diesem Koffer war schließlich alles, was er jetzt noch brauchte. Sie hielten sich bei den Händen, vielleicht wirkte das so hilflos, weil sie es heimlich und scheinbar unbemerkt taten, unter den Falten ihres Mantels. Dennoch hatte es Maria gesehen.

Die Schwester und der große Krankenpfleger hatten ihn, Brunngrabe, groß angesehen.

Sie wissen alles über mich, dachte Brunngrabe. Sie wissen, daß ich einen Tumor in der Speiseröhre habe, und sie wissen auch, daß ich daran sterben kann. Darum blicken sie mich so an. Vielleicht denken sie ja auch, daß ich noch ganz gesund aussehe, aber sie wissen nicht, wie ich noch vor vier Wochen ausgesehen habe.

„Es ist alles auf Zimmer 27 für Sie hergerichtet", sagte Johannes, der große Krankenpfleger und wollte den Koffer nehmen. Nein, das könne er Gott sei Dank noch selbst, nein auf keinen Fall wolle er sich den Koffer tragen lassen.

„Ich werde später zu Ihnen kommen, Herr Brunngrabe, und alles mit Ihnen besprechen", sagte Maria.

Es war fast so wie in einem guten Hotel. Wenn nicht alles so schrecklich traurig wäre, so unaussprechlich endgültig.

Eine halbe Stunde später war Maria einfach so in sein Zimmer gegangen, ohne anzuklopfen. Wie oft hatte sie es sich vorgenommen, anzuklopfen, und jetzt hatte sie den Mann mit seiner Frau eben doch überrascht. Sie wollte das wirklich nicht. Brunngrabe und seine Frau standen am Fenster. Sie hielten sich umarmt. Wie lange schon? Wie lange standen sie wohl schon so da? Als Maria die Tür öffnete, lösten sie sich abrupt voneinander und sahen zum Fenster hinaus, kehrten ihr den Rücken, so als wollten sie sich den Anschein geben, daß sie das Kommen der Schwester nicht bemerkt hätten. Es war eine Unsitte, nicht anzuklopfen, und jetzt war es peinlich. Maria wußte nicht, wie sie das wieder gut machen könnte. Als sie auf die beiden zuging, da drehten sie sich endlich wie von ungefähr nach ihr um.

„Ich wollte Ihnen nur sagen, was wir heute und morgen alles mit Ihnen vorhaben. Es steht alles auf diesem Zettel."

Frau Brunngrabe ging auf Maria zu und gab ihr die Hand.

„Sie also werden meinen Mann pflegen in dieser schweren Zeit."

„Ja. Ich will versuchen, es so gut wie möglich zu machen."

„Und Sie kennen die Diagnose schon?"

Maria nickte.

„Es wird schwer werden", sagte Frau Brunngrabe.

„Ja."

Sie sahen sich an und wußten auf einmal nicht mehr, was sie noch sagen sollten.

„Der rechte Schrank ist für Sie, Herr Brunngrabe. Im linken Schrank sind die Sachen von dem Mann, der gestern operiert wurde und der noch in der Intensivstation ist. Er wird in ein anderes Zimmer verlegt. Sie werden allein liegen."

Frau Brunngrabe wollte sich verabschieden. Er hielt sie fest. Sie sollte doch bitte noch bleiben.

„Sie darf doch bleiben, ich meine wegen der Besuchszeit?"

Er legte wieder seinen Arm um sie, so, daß es jeder sehen konnte, einfach nur ganz leicht über die Schulter.

Wenn sie jetzt gegangen wäre, denkt Brunngrabe, dann hätte er sich mit der Schwester unterhalten müssen. Er hätte nicht am Fenster stehen und winken können, wenn sie unten zu dem geparkten Auto gegangen wäre. Wie dumm das doch eigentlich war. Sie würde schließlich jeden Tag wieder zu Besuch kommen, nur nicht am Tage der Operation, und das wußte er auch.

Am Abend davor wird sie gehen und winken, und wir werden dann nicht wissen, ob wir uns wieder sehen.

Was das für ein Mann sei, wollte Petra wissen.

„Er war für heute angemeldet", sagte Maria, „es steht doch im Kalender."

„Ich weiß, aber was ist mit ihm?"

„Er hat einen Speiseröhrenkrebs."

Petra mußte sich setzen. Sie hatte ihn die ganze Zeit über angesehen, den Mann und auch die Frau, wie sie da in der Tür standen. Es hatte sie etwas berührt. Sie konnte es nicht beschreiben. Der Mann sah noch ziemlich gesund aus, nicht eigentlich wie ein Karzinompatient.

„Weiß er, daß er ein Karzinom hat?"

„Ja," sagte Maria, „er weiß es. Doktor Sebastian hat es ihm gesagt."

„Wir haben damals im Schwesternunterricht gelernt, daß das Speiseröhrenkarzinom in den meisten Fällen tödlich ausgeht, weil es selten möglich ist, es radikal zu operieren."

„Ich glaube, er kennt das Risiko. Der Chef mußte es ihm sagen. Er wollte es genau wissen."

„Das ist schrecklich."

„Ja."

„Ich glaube, die Frau weiß es auch", sagte Judith. „Sie hat so ausgesehen, als ob sie es wüßte. Manchmal kann man wirklich zu viel bekommen."

## 12

## Vermutungen

Vor der Fensterfront im Stationszimmer war eine lange Arbeitsplatte angebracht. Sie diente auch als Schreibtisch. Maria konnte, wenn sie von ihren Papieren aufblickte, den Himmel sehen, ziehende Wolken und die Dächer der Stadt. Die Fenster waren zu hoch angebracht, und um in den Park und auf den Parkplatz hinunter sehen zu können, mußte man aufstehen. Wenn die Sonne nicht auf das Fenster schien, besonders wenn es abends dunkel wurde, dann sah sie ihr Spiegelbild in den Scheiben.

Johannes war damit beschäftigt, den Verbandswagen zu säubern. Es war seine Aufgabe, und er tat es, wenn es die Zeit erlaubte, jede Woche einmal. Er hatte alle Instrumente, Verbandszeug, Salbentuben und Töpfe auf dem Tisch ausgebreitet, und er hatte es so eingerichtet, daß sie wieder allein waren, Maria und er.

Heute mußt du etwas sagen, dachte Johannes.

Du bist nicht so wie sonst, werde ich sagen. Du bist traurig.

Es war etwas geschehen, etwas, was nur er ahnte, etwas, das sie aus dem Gleichgewicht gebracht hatte. Johannes wußte, daß Maria in Schwierigkeiten war. Es bestand kein Zweifel daran, daß „sein Bild" litt. Dieses gequälte Lächeln soeben bestätigte es. Er ließ die Spritzen liegen und ging drei Schritte zum Fenster. Er wußte, daß Maria ihm jetzt nachsah und sich darüber wunderte, daß er alles stehen ließ und aus dem Fenster sah.

Tief unten im Vorgarten waren drei Gärtner damit beschäftigt, trockene Zweige an den Bäumen abzuschneiden. Sie luden alles auf einen kleinen Wagen.

Also, was wollte er ihr eigentlich sagen? Er wußte ja noch nicht einmal, ob seine Vermutung stimmte. Es war eine Ahnung, daß sie einen Mann liebte, der verheiratet war.

Was geht mich das eigentlich an, dachte Johannes.

Sie sagten lange nichts, aber sie wußten beide, daß etwas in der Luft lag.

„Was ist mit dir?" fragte Maria.

Er antwortete nicht, er wußte nicht, wie er anfangen sollte.

„Warum stehst du da am Fenster, Johannes? Gibt es da was zu sehen?"

„Du bist nicht okay, Maria", sagte er. Er hatte sie dabei nicht angesehen, er sah auf die Gärtner im Park unten. Dann drehte er sich um, und als sie nicht antwortete, sagte er es noch einmal:

„Du bist nicht okay. Ich weiß das." Deutlicher konnte man es doch ja wohl nicht sagen, und wenn sie jetzt auswich, wenn sie mit ihm nicht reden wollte, dann würde er auch nichts mehr sagen.

„Was heißt das? Was willst du damit sagen?"

Sie tat ihm jetzt leid, und er wußte nicht, wie es weiter gehen sollte.

„Es ist etwas in deinem Leben nicht in Ordnung. Du denkst jetzt, daß mich das nichts angeht, aber ich muß es dir sagen."

„Warum mußt du es mir sagen, was mußt du mir sagen?"

Es war zum Verrücktwerden. Johannes bereute, daß er damit angefangen hatte. Er spürte, daß sein Herz schneller schlug.

„Ich möchte dir helfen, aber ich weiß nicht wie das gehen soll."

„Mir kann niemand helfen", sagte sie und sah zum Fenster. Sie wich seinem Blick aus.

Der Palisadenzaun tauchte wieder auf und Sigi, der Kräftige, und die Angst in ihren Augen, als sie mit den Macheten kamen.

„Warum hast du das gefragt?"

„Hab ich doch gesagt: weil ich dich gern habe."

„Das hast du nicht gesagt."

„Dann habe ich es eben gedacht."

„Es braucht mich niemand gern haben."

„Blödsinn. Jeder braucht es."

„Ich sage dir: Niemand, niemand!", und dann sagte sie noch: „Ach Johannes."

Ein tiefer Seufzer war das, und jetzt wußte er, daß es doch gut war, die Sache zur Sprache zu bringen.

„Ich will dir helfen, und weil man jemandem nur helfen kann, indem man mit ihm redet, darum habe ich damit angefangen."

Sie drehte sich auf ihrem Arbeitsstuhl zu ihm um, sie lächelte ihn an.

„Mich hat noch nie jemand gefragt, ob ich Kummer habe."

Dieses Wort „Kummer" war sehr merkwürdig und fremd. Sie redeten doch nie so miteinander. Johannes sah sie groß an.

„Auch dein Architekt nicht? Hat er dich auch nie danach gefragt? Er hat dich doch geliebt."

„Vielleicht, aber er hat mich nie so gefragt."

„Idiot. Dann hat er dich nicht geliebt."

„Vielleicht hast du recht", sagte sie.

So offen hatten sie noch nie miteinander geredet. Johannes fing an zu schwitzen. Er konnte nichts dagegen machen, er schwitzte immer, wenn er aufgeregt war.

Sie hatte längst aufgehört, in den Papieren Eintragungen zu machen. Sie sah nur so vor sich hin, und dann hörte man die Schritte von Doktor Sebastian auf dem Flur. Johannes sah, wie sie in den Spiegel des Fensters blickte, wie sie mit beiden Händen in ihre dunklen Haare fuhr, um ihnen eine lockere Form zu geben. Sie tat das des öfteren, und dann hielt sie ihre Hände an die Wangen. Vielleicht wollte sie prüfen, ob sie erhitzt war. Johannes beobachtete das Spiegelbild im Fenster, wie es jetzt in Bewegung geriet, als hinter Marias Kopf aus der Tiefe des Stationszimmers die Gestalt von Doktor Sebastian erschien.

Jetzt, in diesem Augenblick wußte Johannes, daß seine Ahnung ihn nicht getäuscht hatte. Seine Maria liebte den Doktor Sebastian. Dabei konnte doch diese Liebe, so meinte jedenfalls Johannes, nicht in Erfüllung gehen.

Doktor Sebastian setzte sich auf die Arbeitsplatte am Fenster, wie er es oft tat, wenn er erschöpft aus dem Operationssaal kam.

„Wie geht es euch?" fragte er, „gibt es etwas Besonderes?"

„Alles in Ordnung", sagte Johannes.

„Auch mit den Frischoperierten?"

„Ja, der Mann mit der totalen Magenresektion ist aus der Intensivstation heraufgekommen."

„Geht es ihm gut?"

„Ja. Der Brunngrabe ist aufgenommen worden."

„Ich werde vermutlich in drei Tagen operieren. Er kennt seine Diagnose und er kennt das Risiko."

Dann erkundigte er sich nach allem, was sich seit der morgendlichen Visite auf der Station ereignet hatte, und er sah dabei Maria an.

„Wollen wir Visite machen, Schwester Maria, oder kommt heute Johannes mit?"

„Ich kann mit ihnen gehen", sagte sie, bevor Johannes antworten konnte. Eigentlich war er an der Reihe. Sie war aufgesprungen und streifte den weißen verrutschten Rock nach unten. Dann setzte sie den Visitenwagen mit den Fieberkurven in Bewegung und folgte Doktor Sebastian. Johannes sah, wie sie im Gehen ihre Hüften bewegte. Er hatte eine Salbentube in der Hand, die er soeben reinigen wollte. Warum tat sie das? Warum? Sie war verrückt. Seine Maria war auf dem besten Wege, Unheil anzurichten. Er machte eine Faust und zerquetschte die Salbentube. Der Inhalt spritzte auf den Fußboden und auf seine Schuhe.

Doktor Sebastian war nur fünf Jahre älter als Johannes. Wenn Johannes ihm gelegentlich beim Operieren zusah, oder wenn er mit ihm Visite machte und einen Kranken mit seinen Händen untersuchte, oder wenn er über eine Operation entscheiden mußte, dann wollte Johannes so sein wie dieser Chirurg. Sebastian war sein Vorbild. Während er mühsam mit einer Mullplatte die Salbe von seinen Schuhen wischte, erinnerte er sich an jene Nacht, in der er wie ein Arzt handeln mußte.

Damals, vor einem Jahr, hatte Johannes ganz allein in wenigen Sekunden entscheiden müssen, und am nächsten Tage hatte es sich in der Klinik herumgesprochen. Der alte Quentin hatte ihm nach dem Mittagessen in der Kantine auf die Schulter geklopft und gesagt:

„Erzähl es mir, Johannes, wie es wirklich war." Sie waren ganz allein. Johannes ging manchmal zu dem alten Quentin, wenn er Rat brauchte, oder wenn er etwas los werden wollte.

„Was soll ich dir sagen, du weißt es doch schon."

Aber Quentin wollte es in allen Einzelheiten wissen, und er dachte, daß es dem Johannes gut tun würde, darüber zu berichten.

„Ich hatte Nachtdienst auf der Station. Immer wenn die alte Maria frei hat, dann müssen wir Nachtdienst machen.

Gegen Mitternacht brachten sie einen alten Mann auf die Station – akuter Blinddarm – er kam direkt aus dem Operationssaal. Sie hatten unten gewartet, bis er ganz wach war, und ich sage dir, der war wirklich putzmunter. Als sie ihn auf der Trage in das Einzelzimmer gegenüber dem Stationszimmer schoben, da machte er die Augen auf, und ich sagte „guten Abend", und er, er sah mich groß an, und dann sagte er auch ganz deutlich „guten Abend". Na, da siehst du, Quentin, daß der Mann hellwach war, aber irgend etwas stimmte nicht. Nein, das kann man nachher immer sagen; aber seine Atmung war ziemlich gepreßt nach der Intubationsnarkose. Daran kann ich mich erinnern …

Er lag also im Einzelzimmer und ich ließ die Tür auf, damit ich ihn schneller im Griff hatte. Es war eine komplizierte Blinddarmoperation gewesen, haben sie gesagt, na und dann war ich allein mit dem Mann auf der voll belegten Station. Dann ist es passiert. Ich sage dir, er war höchstens drei Minuten allein. Schließlich hatte ich noch was anderes zu tun bei den 35 Patienten. Ich sah so halb um die Ecke in das Zimmer, und da war er schon ziemlich blau, also, ich renne um die Kurve und sehe, daß er nicht mehr atmet, und ich taste den Puls am Handgelenk. Aus, Feierabend. Mann, Quentin, mir war vielleicht zumute, und ich dachte, die hätten ihn, verdammt noch mal, auch im Op. behalten können, oder ihn auf die Intensivstation bringen sollen. Viel Zeit zum Denken habe ich doch nicht gehabt, denn er war dabei abzukratzen, und ich konnte doch niemand holen. Wen sollte ich denn holen. Hör mal, wenn ich darauf gewartet hätte, bis ein Arzt von unten rauf kommt, bestenfalls in zwei Minuten, da wäre er wirklich hinüber gewesen, und er wurde jetzt in Sekunden blitzeblau.

Ich setzte das Stethoskop auf den Brustkorb. Quentin, ich sage dir, wie ich den Herzschlag hörte, da dachte ich: Johannes, denke ich, vielleicht kannst du den wieder holen, aber der wurde immer langsamer und unregelmäßig. Ich dachte: Mann, warum hörst du hier auf das Herz und wartest bis es aufhört, und daß ich auch noch versucht habe, den Puls an der Halsschlagader zu tasten, das war alles

Blödsinn, Quentin, glaub es mir. Das waren kostbare Sekunden, die ich glatt verloren habe. Ich hätte gleich mit der Beatmung beginnen sollen, dann wäre es vielleicht nicht zum Herzstillstand gekommen. Aber dann war wirklich Pause, kein Herzschlag mehr, Ende!

Ich knie mich auf die Bettkante, ich lege die linke Hand unter den Hals, damit der Kopf nach hinten fällt, und den Unterkiefer drücke ich fest nach oben. Die Zunge, verstehst du, Quentin, entschuldige, wem sag ich das, einem alten Hasen wie dir. Also, damit die Zunge nicht wieder zurückfällt. Und der Mund mußte doch geschlossen sein. Ich hatte keinen Tubus zur Hand, der war im Stationszimmer, und also mußte ich ihn durch die Nase beatmen. Ich hab das mit der Nasenbeatmung noch nie gemacht. Also, ich lege die rechte Hand unter den Unterkiefer und mit der linken auf der Stirn schiebe ich den Kopf noch weiter nach hinten, und dann habe ich die Nase in den Mund genommen. Ich blase ihm meinen Atem ein durch diese verdammt ekelhafte Nase. Da hat sich der Brustkorb gehoben, bei jedem Einblasen, also war es o.k. mit der Beatmung, und dann mit beiden Händen auf das Brustbein und vier oder fünf Stöße Herzmassage, und dann wieder Beatmen, und in dem Augenblick denke ich: Johannes, wenn du das schaffst ..."

Quentin legte ihm die Hand auf die Schulter und sagte:

„Weißt du mein Junge, ich gönn es dir."

„Also nach einer Minute höre ich auf mit der Massage, ich höre auf das Herz. Quentin, Mann, das Herz schlägt wieder. Aber beatmen mußte ich ihn weiter. Zwei Minuten vielleicht, ich weiß es nicht ganz genau. Auf einmal merke ich, daß er selbst gegenatmet."

In diesem Augenblick dachte Johannes, daß er es schaffen würde, und jetzt war es auf einmal nicht nur Angst, sondern ein Gefühl, daß er noch nie empfunden hatte. Es wurde immer stärker und stärker in ihm. Er würde es ganz allein vollbringen. Es war seine Entscheidung, und er selbst war es, der den alten Mann retten würde. Aber das hatte er dem Quentin nicht alles gesagt.

„Kannst du dir das vorstellen, ein Gefühl, sage ich dir. Der Patient hatte wieder eine Eigenatmung. Ich knie immer noch auf ihm, und dir kann ich es ja sagen: Ich habe gezittert, richtig gezittert, und dann sehe ich, wie sein Gesicht wieder Farbe bekommt."

Johannes erinnerte sich, daß er am liebsten irgend etwas schreien wollte, so sehr hatte sich das Gefühl in ihm ausgebreitet, daß das, was soeben geschehen war, etwas mit Sieg oder so etwas ähnlichem zu tun hatte. Aber er hatte nicht geschrien. Er war vom Bettrand herunter gestiegen und hatte den Finger auf das Handgelenk gelegt, dort wo man den Puls der Arterie fühlt. Der periphere Pulsschlag kam tatsächlich wieder, und er wurde zusehends kräftiger.

„Er kommt wieder, er kommt wirklich wieder", sagte er halblaut vor sich hin und wunderte sich über seine eigene Stimme. Ich habe es geschafft. „Mein Gott, er kommt wieder." Ich habe es getan.

Er mußte es Sebastian berichten, jetzt gleich. Sebastian mußte sofort herkommen, und mußte alles sehen, aber vorher schrieb er das Protokoll. Daraus konnte jeder ersehen, daß er einen kurzen Herzstillstand hatte. Dann legte er die Blutdruckmanschette an, und als er sie aufblies, machte der alte Mann die Augen auf, nur einen Atemzug lang. Jetzt fragte er den Mann:

„Hören Sie mich? Wissen Sie, wo Sie sind?" Es kam keine Antwort.

„Hören Sie mich? Wissen Sie, wie Sie hierher gekommen sind?"

Keine Antwort.

Jetzt, in dieser Sekunde, kamen ihm die ersten Zweifel. Wenn das Gehirn des alten Mannes nun doch durch die wenigen Sekunden der Pulslosigkeit und des beginnenden Erstickens gelitten hatte? Dann war alles umsonst gewesen. Dann konnte er, Johannes, sagen: Ich habe ihn wieder belebt, aber das Gehirn wäre kaputt gewesen, und die Ärzte würden vielleicht sagen, daß er etwas falsch gemacht hatte.

Die Atmung war unverändert ruhig und gleichmäßig. Jetzt erst spürte er den widerlichen Geschmack im Munde, und als er sich bewußt wurde, daß er mehrere Minuten durch die Nase beatmet hatte, ekelte es ihn so sehr, daß er fast erbrechen mußte.

„Dann bin ich zum Waschbecken gegangen und hab den Mund ausgespült. Auf einmal war ich nah dran, zu brechen, und ich habe mir immer wieder das kalte Wasser über das Gesicht laufen lassen, und den Mund hab ich gespült.

Also zurück ins Stationszimmer, die Infusion fertig gemacht. Quentin, das wissen wir doch alles, was man anhängen muß wegen der Übersäuerung. Ich hab es so getan, wie jeder Arzt es auch tun würde. Genau so hab ich es gemacht. Sebastian konnte es später im Protokoll kontrollieren.

„Und wenn er nun hirngeschädigt ist, weil ich zu lange gewartet habe, und weil er so lange keinen Sauerstoff bekommen hat?", denke ich. „Na, was sag ich dir? Ich hab den Tropf angelegt und sehe den Mann an, und da macht er die Augen auf, nicht nur eine Sekunde wie vorhin. Die bleiben offen und er sieht mich auch an.

„Wissen Sie, wo Sie sind?", hab ich ihn jetzt gefragt.

„Im Krankenhaus", hat er gesagt, und er wußte auch, warum man ihn ins Krankenhaus gebracht hatte. Er war orientiert in Zeit und Raum."

„Junge, ich gratuliere dir!", sagte Quentin.

Das andere hat Johannes natürlich nicht erzählt, nämlich daß er den Schlafenden betrachtete wie ein Mann, der sein eigenes Werk ansieht, ein Gemälde etwa, irgendetwas, was man selbst geschaffen hat. Es war eben wirklich und wahrhaftig ein Sieg. Irgendwo hatte er das gelesen, das mit dem Sieg und dem Kampf. Damals fand er diesen Ausdruck übertrieben. Die Ärzte neigten dazu, ihren Beruf in den Himmel zu heben. Johannes fand es lächerlich, von Siegen und von Kämpfen zu sprechen, aber jetzt wußte er auf einmal, wie es gemeint war.

Sebastian kam sofort nach dem ersten Klingelzeichen an das Telefon. Zuerst, als Johannes über alles berichtet hatte, sagte er nichts. Es war ganz still am anderen Ende der Leitung, und dann sagte Sebastian:

„Mann, Johannes, das ist ja kaum zu glauben!", sagte er. „Ich komme, ich bin in fünf Minuten da."

Also war es kaum zu glauben, daß ein Krankenpfleger allein eine Wiederbelebung oder doch eine künstliche Beatmung durchgeführt hatte. Das kränkte ihn in diesem Augenblick. Es war einmalig, und nie würde es sich so wiederholen, dachte Johannes. Es war nicht der Anfang einer Weiterentwicklung im Beruf, es war mehr oder weniger ein Zufall, ein Erfolg, von dem vermutlich kaum jemand hören würde außer Sebastian vielleicht und Maria. Ja, Maria würde alles erfahren. Dann schrieb er das Protokoll zu Ende.

„Herzfrequenz unter 40 pro Minute, nur über der Halsschlagader tastbar. Peripherer Puls nicht mehr tastbar. Wenige Sekunden später Herzstillstand, tiefe Zyanose, (gemeint ist die blaue Färbung des Blutes und der Haut im Gesicht und an den Lippen).

Mund-zu-Nase-Beatmung, vier Minuten lang.

Nach Rückkehr der Spontanatmung Normalisierung von Kreislauf und Atmung.

Puls 110 pro Minute, Atmung 16 Atemzüge pro Minute."

Dann kam Sebastian. Er las das Protokoll und legte seinen Arm um die Schulter von Johannes. Dann sagte er:

„Ich gratuliere."

Das war alles. Es war gut, daß er das damals gesagt hatte. Wenn sie zusammen arbeiteten, Doktor Sebastian und der Krankenpfleger Johannes, dann erinnerten sie sich oft an diese Wiederbelebung, aber sie sprachen nicht mehr davon.

Und was wird aus meinem Vorbild, dachte Johannes, wenn es von Maria geliebt wird, und wenn sie sich beide lieben sollten? Was zum Teufel wird aus dem Vorbild? Johannes konnte das nicht zu Ende denken.

## 13

## Die Hosen von Seidel

Johannes bereitete mit Petra zusammen die Injektionen für diesen Tag vor. Auf dem Arbeitstisch neben dem Waschbecken hatte er eine Liste mit den Namen der Patienten und dem jeweils dazugehörigen Medikament gelegt.

Petra entnahm dem Medikamentenschrank die dazugehörigen Ampullen, zog die Spritzen auf und beschriftete jede einzelne mit dem Namen. Sicherheitshalber fügte sie jeweils die Zimmernummer hinzu.

Sie war konzentriert bei der Arbeit, wollte sich nicht stören lassen. Als sie ans Telefon gerufen wurde und die Wünsche eines Patienten erfüllen mußte, tat sie es unwillig, und plötzlich, als sie das Stationszimmer wieder betrat, blieb sie mitten im Zimmer stehen.

„Hast du auch immer noch Angst, Johannes, daß du irgendetwas verwechselst?" fragte sie.

„Du meinst, die Ampullen oder die Namen der Patienten?"

„Ja, oder irgend etwas anderes."

„Ich glaube, irgendwie haben die meisten von uns Angst davor. Es ist ja nur eine kleine Angst, aber sie ist wohl immer im Hinterkopf."

Maria hatte sich auch umgedreht. Da stand sie nun irgendwie verloren im Raum, die Petra. Sie berührte mit den Fingern beide Schläfen. Das tat sie immer, wenn sie nachdachte oder hilflos war, und es sah aus, als ob sie Kopfschmerzen hätte.

Sie hat wirklich Angst, dachte Maria, denn sie kannte ja ihre Petra.

Judith wirbelte ins Stationszimmer. Sie stellte den Korb mit Medikamenten, den sie soeben aus der Apotheke geholt hatte, auf die Anrichte vor dem Fenster und lachte.

„Habt ihr das schon gehört?"

„Was?"

„Nun hör doch einmal auf zu lachen", sagte Petra.

„Dem Oberarzt Seidel sind beim Operieren die Hosen heruntergerutscht." Judith schüttelte sich, und der Pferdeschwanz geriet in Bewegung.

Wer ihr das gesagt habe, wollte Johannes wissen.

„Ich war doch im Operationssaal", sagte sie, „Du hast es mir doch erlaubt. Ich habe bei einem Magen von Grohmann zugesehen."

„Deinem Grohmann!", sagte Petra.

Judith wurde rot.

„Ja, und dann bin ich in den anderen Saal gegangen, wo der Seidel und der Chef operierten. Also: Er ist ja so ein bißchen fett, der Seidel, und da kann es schon einmal passieren, daß die Schnur von der Hose über die Hüfte runterrutscht."

„Das ist verrückt", sagte Petra.

„Das ist gar nicht verrückt. Der Seidel hat doch Fettpolster, wo andere eine Taille haben. Guck dir unseren Chef, den Sebastian an. Der hat wenigstens eine Figur."

Johannes wurde unruhig.

„Was soll denn das schon wieder mit den Fettpolstern?"

„Rege dich nicht auf, Johannes, von dir ist doch gar nicht die Rede, du hast doch eine gute Figur. Na ja, ein bißchen abnehmen wäre nicht schlecht...", fügte sie hinzu. „Du bist doch ganz in Ordnung, Johannes, hast doch einen Adoniskörper."

Petra wollte wissen, wer nun die Hosen wieder hoch gezogen habe.

„Also, das war so: Er steht beim Operieren, windet sich immer so hin und her und zieht dabei mal die eine und dann die andere Schulter hoch und versucht, durch den Kittel den Hosenbund zu erwischen. Schließlich konnte er sich ja nicht unsteril machen."

Judith demonstrierte das sehr anschaulich. Der Pferdeschwanz tanzte hin und her.

„Etwa so", sagte sie, „und der Quentin, der steht hinter ihm und sieht wie die Hosen immer weiter rutschen und denkt: Laß ihn! Wenn er nichts sagt, dann laß ihn. Irgendwann werden sie ganz herunter fallen. Sie hatten sich ja schon so etwas gekringelt unter dem Kittel."

„Und Quentin hat wirklich zugesehen, bis sie unten waren?" fragt Johannes, „wo er doch sonst alles in der Hand hat."

„Aber nicht die Hosen von Seidel!", sagte Judith.

„Vielleicht hat er ja was gegen den Seidel", wirft Petra ein.

„Außerdem wäre es doch das halbe Vergnügen gewesen", sagte Judith, „und was hätte er denn tun sollen? Gar nichts. Das war doch gerade die Gaudi. Sigi hat gesagt, der Quentin hat so lange gewartet, bis die Hosen fallen, und dann stand er ja auch schließlich ohne Hose da. Er hat ziemlich dicke weiße Beine."

„Und das hat dir wohl auch der Sigi erzählt, das mit den dicken weißen Beinen?"

„Kannst du mir mal sagen, warum ich mir seine Beine nicht ansehen soll?", sagt Judith.

„Und wer hat die Hose nun hoch gezogen?"

„Der Quentin hat sie hochgezogen."

„Ich werde nicht wieder", sagt Petra, „der Seidel ohne Hosen."

„Ich möchte nur wissen, ob er am Po auch Sommersprossen hat, der Seidel!", sagte Judith. Maria bemühte sich, das Lachen zu unterdrücken.

„Jetzt ist es aber genug, Judith! Mädchen!", sagte sie, „er hat doch Unterhosen unter der grünen Operationshose."

„Wenn ich sie hochgezogen hätte", sagt Judith, „dann hätte ich nachgesehen, ob er Sommersprossen hat."

„Arme Judith", sagte Johannes, „schrecklich, diese Ungewißheit."

„Und der Chef, was hat der dazu gesagt?", wollte Johannes wissen.

„Der hat nichts gesagt. Es könnte sein, daß er gelächelt hat, aber das siehst du ja nicht richtig unter dem Mundtuch."

# 14

# Julia

Sebastian saß im dunklen Zimmer am Schreibtisch. Von hier aus konnte er die erleuchteten Fenster des rechtwinklig angebauten Bettenhauses sehen. In einem dieser Fensterviereche des sechsten Stockes sah er Marias Gestalt. Sie hatte soeben ihren Nachtdienst angetreten und war allein auf der Station. Einmal blieb sie längere Zeit am Fenster stehen, und Sebastian wußte, daß sie ihn von dort aus vor seinem Schreibtisch sehen konnte, wenn er das Licht anschalten würde. Er hätte seine Hand heben können, dann hätte sie gewußt, daß er zu ihr hinauf schaute, aber er wollte sich nicht zu erkennen geben. Er könnte jetzt zu ihr gehen, könnte irgend einen frisch operierten Patienten kontrollieren; es wäre nichts als ein Vorwand, um dort im Stationszimmer allein mit ihr zu sein. Er könnte sie in seinen Arm nehmen, aber er wußte, daß sein Leben von diesem Augenblick an vielleicht nicht mehr steuerbar wäre. Dann kam diese verrückte Assoziation, jetzt in diesem Augenblick, diese so völlig unvermittelte Erinnerung an eine Begebenheit, die so viele Jahre zurücklag.

Er sah Julia, seine Frau, in der ersten Nacht auf sich zukommen. Sie fanden immer neue Spielarten ihrer Liebe, und sie sagten, daß kein anderer es jemals so erlebt haben könnte. Sie ahnten, daß das eine Täuschung war. Irgendwann einmal würde es anders werden.

Zehn Jahre später wohnten sie in einem Hotel an der Adria. Das hohe Fenster war ausgefüllt von der Bläue des Meeres. Nichts als Meer. Sie sahen Fischerboote, von denen die Netze geworfen wurden. Es gab Stunden, in denen das Blau des Meeres dieselbe Tönung hatte wie der Himmel. Dann konnte man keinen Horizont erkennen. Das Hotel lag unmittelbar am Ufer, so nah, daß sie sich weit über das Geländer des Balkons beugen mußten, um tief unten die Parkanlage und die breiten Stufen in den Blick zu bekommen, die zum Meer hinunter führten. Sie wohnten im fünften Stock.

Nachts schwammen Boote auf Lichtstraßen, die der Mond auf das schwarze Meer warf.

In einer dieser Nächte standen sie eng umschlungen, und sie berührten sich, wie sie es immer taten.

Auf einmal aber wandte sie sich ab; ihre Hände wehrten sich, drängten ihn mit sanftem Druck von sich. Zum erstenmal entzog sie sich seinen vertrauten streichelnden Berührungen. Sie schloß ihren Bademantel, hüllte sich in ihn ein, sie wandte den Kopf zur Seite, so als wollte sie vermeiden, daß er sie küßte, und sie huschte von der Balkontür zurück in das dunkle Zimmer. Er drehte sich nicht nach ihr um, blieb wie erstarrt stehen und hörte, wie hinter ihr die Tür sachte ins Schloß fiel. Dann trat er auf den Balkon hinaus, preßte seinen Leib gegen das Eisengländer und blieb erstarrt so stehen, bis die Sehnsucht von seinem Körper abließ. Irgendetwas hatte sich in diesem Augenblick verändert. Dann starrte er sehr angestrengt über das Geländer in die Tiefe, sah schließlich ihre Gestalt über die Stufen zum Ufer laufen. Von der nächtlich nur schwach erleuchteten Eingangshalle erreichte das Licht soeben noch die obersten Stufen, die zum Meer führten. Er erkannte in der Dunkelheit nur noch den weißen Schimmer ihres Mantels, tief unten zeichnete er sich ab wie der Flügel eines Vogels, der einen Halbkreis beschrieb und zur Erde sank. Soeben noch erkennbar ihr weißer Körper, der nunmehr in die Dunkelheit tauchte, und einen kleinen Augenblick lang glaubte er, ihre Haare über den Wellen noch zu erkennen, lediglich eine Vermutung, nicht deutlich wahrnehmbar, dann wurde sie von der Schwärze zugedeckt.

Sie schwamm also in das nächtliche Meer hinaus, wie sie es in den vergangenen Tagen häufig zusammen getan hatten? Jetzt, als sie seinen Blicken entschwunden war, wurde es bedrohlich.

Wie von Sinnen lief er zum Aufzug. Atemlos erreichte er den Strand und stürzte sich in die Wellen und in ein dunkles Nichts, denn es war gänzlich ungewiß, sie in der Dunkelheit zu finden. Den Gedanken daran, daß ihr Körper versunken war, konnte er nicht zu Ende denken.

Dann tauchte ihr Kopf aus der Finsternis auf, ihr Gesicht war jetzt unmittelbar vor ihm. Sie war atemlos, streckte ihre Hände nach ihm aus und hielt sich dabei mühsam durch die Bewegung der Beine an der Oberfläche. Sie küßte ihn, warf die Haare zurück, versuchte, ihn zu umarmen. Dann hatten sie endlich wieder Grund unter den Füßen, und so trug er sie aus dem Wasser. Sie hielten sich an den Händen und liefen über den Strand zurück.

Es war weit nach Mitternacht. Auf dem Meer lag wie in jeder Nacht ein breiter Lichtteppich. Dessen Lichtschein erreichte jetzt ihr Zimmer. Sie liebten sich, anders als je zuvor.

Später sahen sie durch das weit geöffnete Fenster zwei Fischerboote, die im Mondschein hin und her schwankten und sich fast berührten, bis sie sich schließlich trennten. In entgegengesetzten Richtungen verließen sie die Lichtstraße und tauchten ein in die Dunkelheit, die auf dem Meer lag.

Wiederum stand Maria oben am Fenster. Er stand auf und zog den Vorhang so weit zu, daß er die Lichter der Stationsfenster nicht mehr sah, sondern nur noch die dunklen hohen Bäume des Parks. In großer Eile trat er aus seinem Zimmer, ging wie abwesend durch die große Eingangshalle an der Pförtnerloge vorbei und verließ das Krankenhaus. Nicht daß er gelaufen wäre, aber er ging mit sehr großen Schritten durch den Park. Sebastian wollte nach Hause.

# 15

# Maria und Sebastian

Maria mußte Krankenpapiere zu Doktor Sebastian bringen.
Sie saß neben seinem Schreibtisch, ihr gegenüber an der Wand das Gemälde von Fildes.
Sie stand auf und fragte, ob es ein berühmtes Bild sei.
Er nickte und berichtete ihr, daß das Bild ein englischer Maler 1894 gemalt habe und daß es jetzt in der berühmten Tate Gallery in London ausgestellt sei. Maria wollte wissen, ob es einen Namen habe, was er bestätigte. Auf einer kleinen Metalltafel stünde „the doctor", aber er, Sebastian, habe dem Bild einen anderen Namen gegeben: Die Entscheidung. Maria betrachtete das Bild sehr aufmerksam. Sie stand jetzt wenige Zentimeter neben Sebastian, sie berührte ihn nicht, und dennoch war es wie eine Berührung.
Sie ahnte, daß dieses Bild für Sebastian eine Bedeutung hatte. Darum wollte sie auch ergründen, was es ausdrückte.
Zuerst zweifelte sie, ob es gut wäre, Sebastian Fragen über dieses Bild zu stellen, und sie wußte auch nicht, wie sie es ausdrücken sollte. Es sollte nicht künstlich klingen, es müßte eine ganz spontane Frage sein, aber wie könnte es das sein? Maria wollte, daß er jetzt etwas von sich preisgab, daß er von sich erzählte. Wenn er es bereitwillig täte, dann wäre es ein Zeichen für sie. Dann aber, als sie das Gemälde aufmerksam betrachtete, war der Vorwand, unter dem sie aufgestanden war, auf einmal nicht mehr wichtig. Das schwerkranke Kind lag in zerlumpten Decken auf zwei nebeneinander gestellten Stühlen, der Kopf auf einem großen Kopfkissen. Das linke Ärmchen hing schlaff über die Kante herunter. Sein Körper, insbesondere der Oberkörper und der Kopf mit den vielen Locken befand sich im Zentrum des Lichtscheines, den die Petroleumlampe in den ärmlichen Raum warf. Auch die Gestalt des Arztes wurde am Rande in

den Lichtschein einbezogen. Im düsteren Hintergrund die verzweifelten Eltern. Der Oberkörper der Mutter war zusammen gesunken, über die Tischplatte gebeugt; ihr Kopf lag in den verschränkten Armen. Der junge Vater legte seine Hand auf ihre Schulter und sah zu dem Arzt hinüber. Der Hintergrund war so dunkel, daß die beiden Menschen kaum erkennbar waren. Natürlich war das Verzweiflung. Was sonst sollte es sein. Könnte es sein, daß der Vater den alten Arzt vorwurfsvoll ansah, daß er an seinem Können zweifelte?

Neben der Mutter eine Fensternische und in dem Viereck die blauschwarze Nacht. Warum war Maria so ergriffen von diesem Bild? Vielleicht wußten die Eltern bereits, daß ihr Kind sterben mußte, oder war es ihre Angst, in der die zukünftige verzweifelte Traurigkeit bereits empfunden wird, bevor das Ereignis eingetreten ist? Wußte der Arzt, daß er nichts mehr tun konnte? Oder suchte er immer noch nach einem Ausweg? Unter der Petroleumlampe eine Arzneiflasche und eine Tasse mit einem Löffel. Mag sein, daß sie dem Arzt Kaffee eingeschenkt hatten, vielleicht ein Zeichen dafür, daß er schon geraume Zeit so dasaß.

„Hat es eine besondere Bedeutung für Sie?" fragte Maria.

Jetzt erfuhr sie von Sebastian, welche Rolle dieses Bild in seinem Leben spielte.

Vor fünfundzwanzig Jahren mußte Sebastian sich entscheiden, ob er Medizin studieren wollte oder den alten Bergbauernhof in den Lienzer Dolomiten übernehmen sollte, und dann fing Sebastian an zu erzählen:

„Unser Hof liegt mit drei anderen vierhundert Meter über dem Drautal. Das ist so hoch, daß du das ganze Tal unter dir siehst, und dann die Lienzer Dolomiten und die Karnischen Alpen, und wenn der große schwere Nebel über dem Tal liegt, ich meine, wenn du über den Wolken bist und siehst nur noch die Spitzen der Gipfel ... Sie lachen."

„Nein ich lache nicht."

„Es ist wirklich so schön. Sie müßten das kennenlernen."

Jetzt hat er eine Einladung ausgesprochen, dachte sie, und er war verwirrt. Dann fuhr er fort und erzählte wie hart das Leben damals und heute dort oben ist. Das Gras müsse auf den steilen Bergwiesen früher, als er noch ein Bub war, mit der Hand gemäht werden, und da, wo der Wind das Getreide auf den Boden gedrückt habe, könne es nur mit der Sichel geschnitten werden. Das Mehl werde in kleinen Wassermühlen selbst gemahlen, das Leinen aus dem eigenen Flachs gesponnen. Die Männer, die vor Sonnenaufgang zum Mähen auf die Bergwiesen gingen, bräuchten eine große körperliche Ausdauer, und sie müßten die Herausforderung annehmen, die das Leben dort oben in der Abgeschiedenheit an sie stelle.

Sebastian war so ein Mann.

Sie saßen sich jetzt gegenüber an seinem Schreibtisch.

„Also die Geschichte mit dem Bild. Das fing so an: Es war ein sehr strenger Winter vor 24 Jahren. Ein Temperaturanstieg und ausgedehnte Schneefälle bewirkten den Abgang einer großen Lawine. Sie ging neben den Häusern nieder. Die vier Häuser oben am Berg waren auf einmal von der Außenwelt abgeschnitten."

Der Schnee lag bis zu den Fenstern über den Holzbalkonen.

„Wir haben tiefe Gräben geschaufelt, damit wir von einem Haus zum anderen kamen, und dann war da eine junge hochschwangere Frau in den Wehen, und das Kind lag quer, ich weiß nicht, was für eine Lage es eigentlich war, jedenfalls ein schweres Geburtshindernis. Immer wenn die Wehen kamen, hat sie geschrien, fast wie ein Tier, nicht wie ein Mensch, nur zwischendurch war es wie ein Wimmern.

Wir Burschen und die Männer standen auf den Schneebergen vor den Häusern und warteten auf den Arzt. Der hatte am Telefon gesagt, daß er in zwei bis drei Stunden bei uns sein würde. Er mußte mit seinen Schiern aus dem Tal hier hinauf spuren, und das war eine alpine Leistung, vierhundert Meter Höhenunterschied. Absolut unmöglich, man kann doch nicht in dieser Zeit durch den Tiefschnee mit Fellen bis zu uns hinauf spuren. Unmöglich, haben wir gesagt. Wir waren alle gute Schifahrer. Wir wußten, was wir sagten.

Das Schreien kam aus einem der Schneegräben zu uns herauf.

Dann hat jemand gerufen: Er kommt, aber es war doch überall nur undurchdringliches Weiß. Es hatte erneut zu schneien angefangen, und wir konnten nur bis auf die steilen schneebedeckten Wiesen unterhalb des Waldes sehen. Es war ganz still, absolut still.

Er kam wirklich. Zuerst ein schwarzer Punkt, aber dann, sahen wir, wie er spurte, ich sage Ihnen wie einer, der für die Meisterschaft trainiert.

Ich bin ihm entgegen gefahren. Ich wollte ihm doch die letzte steile Strecke über die Steilhänge das Spuren erleichtern.

Ein vierzigjähriger Mann und ein Gesicht wie ein Holzfäller. Wir sagen: ein holzgeschnitztes Gesicht, und es war schweißnaß.

Du willst mir helfen beim Spuren, sagt er, und dann fragt er: Lebt sie noch? und ich sage ihm, daß sie noch lebt, aber daß sie so stöhnt und manchmal schreit.

Ich spure also und ich bin stolz, daß ich beteiligt bin an der Rettungsaktion. Na ja, ich war sechzehn Jahre alt.

Und dann, in der großen Stube, eine alte Bauernstube mit ganz schweren schwarzen Balken an der Decke. Alle waren versammelt aus den vier Häusern, die Männer und Frauen, und wie er hereinkommt, da murmeln sie alle etwas, ich sage Ihnen, wie in der Kirche – im Nebenzimmer wieder das Stöhnen und ein schrecklicher Schrei. Er nimmt seinen Rucksack und geht zu der Frau, und dann hört man ein Brummen durch die Tür. Ich weiß, es war wie ein Brummen. Das war seine tiefe Stimme. Er hat die Frau wohl beruhigt. Er hat sie untersucht und dann hat er ihr die Spritze gegeben. Die Frauen mußten heißes Wasser hereintragen, und dann noch einmal abgekochtes Wasser. Zwanzig Minuten später hat es geschrien, ein ganz normales Baby.

Alle haben auf einmal durcheinander geredet, und ich weiß es noch ganz genau, daß es mir wie ein Schüttelfrost über den Rücken gekrochen ist, und dann noch einmal, als er dann zurück gekommen ist in die Stube, mit aufgekrempelten Ärmeln, er hatte sehr kräftige Arme. Ich sage Ihnen, es ist mir über den Rücken gelaufen. Vielleicht, weil er wie ein Held war, aber er war ja kein Held, er war ein Doktor.

Ich habe die ganze Zeit an der Tür gestanden und zugesehen, wie er dann gegessen hat mit den anderen, eine Jausen und den Geist, den Birnenschnaps, den wir selber brennen. Und dann hat mein Vater gesagt: Unser Bub wird mit ihnen abfahren. Er weiß, wie sie am sichersten und am schnellsten hinunterkommen.

Ich bin ihm vorangefahren bis dort, wo die Straße bereits geräumt war.

Dann bin ich in den Spuren, die er vorher gelegt hatte, zurückgegangen. Da wußte ich, daß ich Arzt werden wollte. Ich habe es ganz genau gewußt.

Das haben sie alle nicht geglaubt, auch der Vater nicht. Jugendlicher Enthusiasmus, haben sie gesagt. Die bewunderungswürdige Tat eines Arztes, aber darum den Hof nicht übernehmen? Dann war ich achtzehn Jahre, und da hat sich mein Vater entschlossen, den Hof in absehbarer Zeit an meinen jüngeren Bruder zu übergeben."

Sebastian war aufgestanden. Er berührte Maria. Sebastian sah sie nur immerzu an und redete weiter.

„Irgendwann, bevor ich mit meinem Studium begonnen habe, habe ich den Arzt in seiner Praxis besucht. Eine verrückte Idee, so als ob er sozusagen bestätigen müßte, daß es richtig war mit meiner Entscheidung.

Zuerst sitze ich im Wartezimmer und die Sprechstundenhilfe fragt, was mir fehle, und ich sage, daß mir gar nichts fehle, daß ich den Herrn Doktor ganz privat sprechen müßte. Er kommt ins Zimmer, sieht mich an und muß sich erst erinnern. Immerhin lag diese Rettungsaktion ja bereits zwei Jahre zurück. Ich habe ihm alles erzählt, ich habe gesagt, daß es damals anfing. Ja, und dann ist das mit dem Bild gekommen. Er führt mich in sein Arbeitszimmer, und mit beiden Händen nimmt er dieses Bild von der Wand und sagt: Es gehört dir. Ich höre das heute noch ganz deutlich. Dann zeigt er auf den Doktor im Bild und sagt: Der war wohl ziemlich allein und mußte irgendetwas entscheiden."

„Wissen Sie, an wen mich der Doktor auf dem Bild erinnert", fragte Maria, „an Doktor Grabner."

Kurz darauf wurde Sebastian telefonisch in die Ambulanz gerufen.

„Bitte warten Sie auf mich", sagte er.

Danach ging er zur Tür und lächelte sie an.

Sebastian war sich dessen bewußt, daß er soeben, bevor der Anruf kam, im Begriffe war, eine Schwelle zu überschreiten. Sie hatten sich angesehen, und jeder von ihnen suchte in den Augen des anderen Bestätigung, und er wußte, daß sie beide ihren Gefühlen preisgegeben waren.

Der Telefonanruf hatte ihn davor bewahrt, den entscheidenden Satz auszusprechen, er liebe sie. Beide wußten, was mit ihnen geschah. Daß er es nicht aussprach, war keineswegs ein Beweis für Treue. Auch darüber war sich Sebastian bewußt. In Gedanken hatte er es längst getan.

Sebastian untersuchte in der Ambulanz einen Patienten, traf seine Anordnungen, es war Routine, innerlich war er nicht beteiligt.

Sebastian ging den Gang zurück zu seinem Arbeitszimmer. Krankentragen standen an den Wänden. Im Wartezimmer, dessen Tür geöffnet war, sah er im Vorbeigehen Menschen, die auf ihre Behandlung warteten, und vor der Glastür das metallene Schild:

„Dr. Sebastian, Leiter der Chirurgischen Abteilung."

In diesem Augenblick erschien es ihm merkwürdig, dieses Schild. Es war so, als stünde dort ein fremder Name.

Ein Assistenzarzt kam ihm entgegen. Sebastian grüßte ihn flüchtig; er hätte jetzt stehen bleiben sollen, um mit dem Mann über ein Problem zu diskutieren, das auf dessen Station aufgetreten war. Er tat es nicht. Dann grüßte er nach links und nach rechts Patienten und Schwestern, die ihm entgegen kamen.

Das, was sich in den vergangenen zwei Wochen ereignet hatte, war nicht seine Schuld. Er hatte es nicht herbei gewünscht. Ohne sein Zutun war es geschehen. Sie war ihm begegnet. Irgendetwas hatte die Berührung mit dieser Frau ausgelöst.

Als er gegangen war, war sie fast unbewegt auf ihrem Platz geblieben, ängstlich auf seine Rückkehr wartend. Irgendetwas in diesem seinem Zimmer beunruhigte sie von dem Augenblick an, als sie es betreten hatte. Neben dem Bücherschrank eine Fotografie von einer gewaltigen senkrechten Felswand, daneben das Bild eines Kletterers am Seil, der aber nicht Sebastian darstellte. Links an der Wand das Bild einer impressionistischen Landschaft. Aber das war es nicht, was sie verwirrt hatte. Neben dem Schreibtisch, auf dem sich die vielen Krankenakten und Zeitschriften stapelten, die Lehrbücher in den Regalen. Sie blickte rückwärts.

Da war es: Das Bild einer Frau, das sie beim Eintreten nur undeutlich wahrgenommen hatte. Sie sah, daß die Frau lächelte. Sie atmete nicht, sie bewegte sich nicht, natürlich, denn es war ein Bild, aber für Maria war die Frau darauf in diesem Zimmer gegenwärtig. Am unteren Rand stand wie das Motto zu einer Geschichte der Name Julia, das Bild seiner Frau also, ein Sommerbild. Sie war jung, hatte eine helle ärmellose Bluse an und saß auf dem Geländer einer Terrasse. Im Hintergrund verschwommen ein blaues Wasser, das Wasser eines Sees oder eines südlichen Meeres. Neben der Terrasse wuchs Hibiskus und Bougainvillea. Das Gesicht der Frau konnte Maria auch später noch bis ins einzelne beschreiben. Die Frau lächelte. Sie war schön, sie war liebenswert. Unter diesem Bild hing ein zweites: Dieselbe Frau kniend vor einem Blumenbeet. Sie hatte ein Kopftuch auf und pflanzte Blumen in das Beet. Neben ihr standen zwei Kinder, ein Mädchen und ein Junge.

Maria hörte Sebastian kommen. Die wenigen Augenblicke hatten für sie genügt, sich das Gesicht der Frau genau einzuprägen.

Maria hatte sich, als sie seine Schritte draußen auf dem Gang hörte, wieder auf den Stuhl neben seinem Schreibtisch gesetzt. Der Ellenbogen ruhte auf der Tischkante, und das Kinn war in die Hand gestützt. Das dunkle Haar fiel über ihren geneigten Kopf. Es war seidiges Haar.

Einen Augenblick lang blieb sie so sitzen, als er eintrat. Maria dachte, daß es wohl besser wäre, ihre Beine nebeneinander zu setzen. Sie sollte nicht so dasitzen mit übergeschlagenen Beinen. Der Ellenbogen war auf die Schreibtischkante gestützt. Vielleicht sollte sie dabei das Kinn fest gegen die Hand pressen. Er durfte auf keinen Fall merken, daß sie zitterte, daß alles vibrierte. Nein, natürlich zitterte sie nicht, aber sie fürchtete sich davor, daß es anfangen könnte. Er hatte ja gesagt, daß sie warten solle.

Irgendetwas wird er jetzt sagen, er war doch im Begriffe, es zu tun, bevor das Telefon geläutet hatte, etwas Entscheidendes. Warum mußte sie als Frau eigentlich darauf warten? Warum sagte sie es nicht selbst? Nur weil sie eine Frau war?

Er senkte den Blick auf die Papiere, die vor ihm lagen, blätterte in diesen Akten, so als suche er etwas, oder müsse noch schnell etwas erledigen. Vielleicht wollte er nur Zeit gewinnen, bis er die richtigen Worte fand, darum diese hilflose Blätterei. Offenbar waren es wohl kaum mehr als fünf Sekunden, aber später wußte sie nicht mehr, ob es nicht viel länger gedauert hatte. Er strich mit der Hand über sein Kinn. In der Nacht hatte er operiert und war noch nicht dazu gekommen, sich zu rasieren. Maria sah dieses Gesicht seit Wochen immer vor sich, und jetzt spürte sie ein Verlangen. Sie wollte diese unrasierte dunkle Wange streicheln. Wenn er jetzt aufstünde, und wenn sie sich gegenüber stünden, dann würde sie es tun. Auf einmal sagte er in einem fast fremden Tonfall:

„Schwester Maria, es ist alles so schrecklich kompliziert." Mehr sagte er nicht.

Sie streifte die seitlich herabgefallenen Haare in den Nacken, und dann sagte sie nur:

„Ja."

Während sie schwiegen, wurde von Atemzug zu Atemzug die Entfernung zwischen ihnen immer größer. Schließlich sagte er:

„Übermorgen werde ich Brunngrabe operieren. Haben Sie die Lungenfunktionsprüfung veranlaßt?"

„Ja", sagte sie.

Natürlich hatte sie das getan. Seine Frage war nichts anderes als ein Vorwand. Das war doch alles bereits gesagt. Es war nichts anderes als eine lächerliche Ablenkung. Sie hatte es längst von sich aus erledigt.

Dann standen sie auf, und als er sie zur Tür geleitete, legte er seine Hand auf ihre Schulter. Sie blickte zu ihm hoch, sah die Wange, aber sie tat es doch nicht. Sie hatte nur die Hand erhoben. Das sah so merkwürdig aus, so unverständlich, dachte Sebastian, weil sie die Hand dann regelrecht fallen ließ. Er konnte ja nicht wissen, daß sie ihn streicheln wollte.

# 16

# Stumme Anklage

Alles hatte sich durch das Telefonat verändert, nicht nur das Programm dieses Tages. Nichts war mehr so wie vorher. Am späten Vormittag hatte Sebastian im Operationssaal erfahren, daß sich Julia mit einem Messer an der rechten Hand verletzt hatte.

Seine Anordnungen, präzise und schnell wie im Katastrophenfall, die Fahrt nach Hause mit überhöhter Geschwindigkeit, Hereinstürmen in das Haus.

„Julia."

Keine Antwort, das scheinbar leere Haus und innerhalb weniger Atemzüge die Erkenntnis, daß er Wochen, nein monatelang nie um diese Zeit in seinem Hause war. In der Stille des Wohnzimmers sahen ihn die altgewohnten vertrauten Gegenstände an wie einen unerwarteten Eindringling.

„Julia!"

Jetzt ihre entfernte Antwort aus dem Untergeschoß. Er lief zur Treppe.

„Ich komme ja schon."

Aufatmen. Sie kann nicht so schwer verletzt sein. Ihre Stimme klänge sonst anders.

Sie hatte dort unten nur die Waschmaschine abgestellt.

Ihre rechte Hand war mit einem Tuch umwickelt. Sie hielt sie über den Kopf erhoben. Umarmung auf den oberen Treppenstufen.

„Was ist geschehen?"

„Ich habe mich an der rechten Hand verletzt. Das Messer ist abgerutscht. Es hat so stark geblutet."

Das Handtuch ist durchgeblutet.

Im Badezimmer setzte er sie auf einen Stuhl und entfernte den provisorischen Verband. Durch Fingerdruck komprimierte er das stark blutende Blutgefäß. Die tiefe Schnittwunde unterhalb der Basis des Zeigefingers in der Hohlhand ging bis auf die offenbar unverletzte Sehne. Der Finger war gut durchblutet, die Bewegung nicht eingeschränkt.

„Du mußt mit deinem linken Zeigefinger auf diese Stelle drücken, damit es nicht blutet. Ich hole den Arztkoffer."

Im Kinderzimmer Teddys und Puppen, das kleine Feuerwehrauto. Eine stumme Anklage.

Wann habe ich das letzte Mal mit ihnen gespielt?

Sein Gang durch das Wohnzimmer.

Ich bin in der Woche nie um diese Zeit hier gewesen. Sie ist immer allein, wenn die Kinder in der Schule sind.

Immer. Es ist immer so gewesen, aber ich habe es nie wahrgenommen.

Im Wohnzimmer ein Blick auf ihren Sekretär. Es fallen ihm ein Glasgefäß mit gefärbtem Wasser, Pinsel und ein Zeichenblock auf. Oben auf dem Sekretär Blätter mit Zeichnungen, Skizzen vom Garten, Pflanzen und Baumstudien, Umrißzeichnungen, die aquarelliert wurden.

Alles betrachtet er in fliegender Eile.

Ich habe nicht gewußt, daß du wieder zeichnest. Du hast es jahrelang nicht getan. Ich hab es nicht gewußt, und du tust es still für dich.

Weißt du, daß ich dich nie verlassen könnte?

Er hatte die Wunde desinfiziert, eine Kompression angelegt und die Hand verbunden.

„Wir müssen sofort in die Klinik."

Ihr energisches Kopfschütteln.

„Nein, so nicht", sagt sie.

„Natürlich müssen wir."

„Nein, mit dieser blutigen alten Jeanshose und dem alten Pullover in ‚deine' Klinik?"

„In meine Klinik?", wiederholte Sebastian, „Was soll das: ‚In meine Klinik?'"

„Das heißt, daß ich so nicht dorthin will. Bitte hilf mir. Du mußt mir die Hose ausziehen."

Er kniete vor Julia nieder, öffnete den Reißverschluß. Er streifte die eng anliegende Hose herunter – ihre Nacktheit.

Er küßte sie, bevor er sich erhob. Seine Julia ist rot geworden, wie ein junges Mädchen.

„Auch den Pullover, bitte."

Die dunkelblaue karierte Hose im oberen Fach mußte es sein und die hellblaue Bluse links. Und dann noch das Seidentuch auf dem Stapel daneben.

Sie stützte sich mit der gesunden linken Hand auf seine Schultern, während er ihr die Hose anzog.

„Das hast du alles sehr schön gemacht, mein großer Chirurg."

Sie küßten sich, und dabei schwebte die immer noch erhobene verbundene rechte Hand über seinem Kopf.

Im Auto wiederholte er es:

„In ‚deiner Klinik' hast du gesagt. Wie ein Vorwurf war das."

„Nein, kein Vorwurf, aber deine Klinik ist weit weg von mir. Auch wenn du mir noch so viel erzählst, und wenn ich jede Woche einmal die Blumen erneuere in deinem Arbeitszimmer, es ist und bleibt deine Klinik."

„Also doch ein Vorwurf."

„Es ist ganz anders." Sie überlegte, dann sagte sie:

„Ich brauche auch etwas, was mir allein gehört."

Aber da war noch etwas. Sie legte die gesunde Hand auf sein Knie

„Es ist so traurig. Es ist anders als früher. Wann hast du zum letzten Mal mit den Kindern gespielt? Wann wird der Vati wieder abends vorlesen? Das Feuerwehrauto. Du wolltest ein Häuschen mit Thomas bauen. Wann wird Vati Feuer löschen, wann? So fragt er immer."

„Julia, hör auf. Untreue ist das."

„Ja."

Julia lag auf dem Operationstisch in der Unfallambulanz. Sebastian operierte in Lokalbetäubung. Es war ein kleiner unbedeutender Eingriff, zumal die Sehne unverletzt war. Sein Kopf war über ihre Hand gebeugt, die auf einem Tischchen neben dem Operationstisch gelagert war. Sie sah sein ernstes Gesicht und konnte im Spiegel an der gegenüberliegenden Wand beobachten, was hinter ihrem Rücken vorging.

Sie sah jetzt in diesem Spiegel, wie die Tür geöffnet wurde und Schwester Maria eintrat. Julia kannte Maria flüchtig. Auf einer Weihnachtsfeier war sie ihr begegnet, und Sebastian hatte hie und da ihren Namen erwähnt.

Maria bat um eine Information über einen Patienten, der morgen operiert werden sollte. Julia sah, wie neben ihr Sebastian die Hand hob und abwehrte. Er sagte:

„Ich komme, sobald ich kann, auf die Station." Er wolle jetzt nicht gestört werden, aber dann sah sie im Spiegel Marias Gesicht. Maria lächelte. Ihr Mund öffnete sich ganz leicht. Dann nickte sie und lächelte wieder. Sebastian mußte ihr irgendein Zeichen gegeben haben. Sein Kopf war wieder über die Hand gebeugt, und Maria hatte den Raum verlassen.

Das war mehr als Zustimmung zu einer Anordnung des Chefs, es war tieferes Einverständnis, eine Verschwörung? Julia wußte nicht, was es war.

Nein, nein, ich glaube das nicht. Es kann nicht sein. Niemals! Es kann nicht sein.

Julia schloß die Augen, preßte die Lider aufeinander.

„Hast du Schmerzen?", fragte Sebastian und unterbrach das Nähen an der Wunde.

Die Augen waren immer noch geschlossen.

„Nein, es ist nichts. Du kannst weiter nähen", und dann fügte sie sehr leise hinzu: „Ich habe keine Schmerzen."

## 17

## Sacre Cœur

Brunngrabe lag auf dem Rücken. Die Zudecke hatte er bis zum Kinn hochgezogen. Er bewegte nur den Kopf und betrachtete seine neue Umgebung, den quadratischen Raum, der ihm für die nächste Zeit zugemessen war. Der Aktionsradius war äußerst begrenzt, und er bemühte sich, ihn mit den Augen aus dieser Position heraus auszutasten und jedes Detail in sich aufzunehmen, denn es wurde ihm bewußt, daß er in eben dieser Stellung nach der Operation an das Bett gefesselt leben müßte, und daß sein Gegenüber nichts anderes sein würde als diese kahle weiße Wand. Wenn er den Kopf dem Fenster zuneigte. dann sah er über dem kleinen runden Tisch an der Wand ein Bild von Sacre Cœur. Wenn er später dann in der Lage sein würde, das Bett zu verlassen, so würde er sich allenfalls bis zu diesem kleinen runden Tisch und den beiden Stühlen hin bewegen können, die rechter Hand vor dem Fenster standen. Ansonsten sah er aus der waagerechten Position links das Waschbecken, darüber den Spiegel, und in diesem sein Gesicht. Wenn er sich aufrichtete und rückwärts schaute, überblickte er neben dem Waschbecken einen Einbauschrank, in dem er, bevor er sich ins Bett gelegt hatte, seine wenigen Kleidungsstücke ordnungsgemäß untergebracht hatte.

Er freute sich an den Farben des Aquarells von Sacre Cœur, an den geschwungenen Formen der Architektur und an dem tiefblauen Himmel über den Kuppeln der Türme. Das Bild weckte seine Fantasie.

An der kahlen Wand gegenüber dem Bett erkannte er bei genauer Betrachtung im Wandputz Veränderungen. Vielleicht hatte hier früher ein Regal oder ähnliches gehangen, das dann, nachdem es abgenommen worden war, Spuren hinterlassen hatte, feine Risse, die er soeben vom Bett aus erkennen konnte, ferner zarte Schattierungen in verschiedener Färbung. Je länger er in den kommenden Tagen das alles betrachtete, um so deutlicher glaubte er aus verschiedenen Blickrichtungen Figuren und Gestalten zu erkennen. Diese zunächst verwirrenden Strukturen waren es, die im Laufe der nächsten Tage Anlaß zu Assoziationen gaben. Im Fensterviereck, das zu hoch angebracht war, sah er nur Himmel. Er bedauerte, daß man von seinem Bett aus nicht auf den Parkplatz hinunter sehen konnte, der für die Autos der Besucher bestimmt war, weil er so die Ankunft seiner Frau nicht beobachten konnte. Es blieb also nur der Himmel mit seinen sehr unterschiedlichen, sich ständig wandelnden Färbungen und Wolkenformationen, ein Himmel, der dem Blick und den Gedanken einen Weg aus dem viereckigen Gefängnis eröffnete, fast bis ins Unendliche.

# 18

# Worüber sie reden

Am Abend vor der großen Operation kam Petra aus dem Zimmer von Brunngrabe.

„Der Chef ist bei ihm. Ich möchte nur wissen, was sie miteinander reden."

„Na was schon", sagte Judith, „über die Operation von morgen werden sie reden, er redet doch immer am Abend vorher mit den OP-Kandidaten. Manchmal zeichnet er es ihnen sogar auf."

„Das kann schon sein. Natürlich redet er darüber, aber er ist schon zwanzig Minuten drin."

„Na und?"

„Ich möchte einfach wissen, wie er mit ihm redet. Ich möchte dabei sein. Es ist nicht nur das, was er bei der Visite sagt. Es muß viel mehr sein."

„Frag doch Maria, die wird es wissen."

Petra war erregt. Sie legte wieder die Finger beiderseits an die Schläfen, so als ob sie Kopfschmerzen hätte, sie wußte schließlich nicht, wie sie sich verständlich machen sollte.

„Also, ich gehe rein mit dem Tee auf dem Tablett. Ich bleibe stehen und weiß nicht, was ich machen soll. Ich bin so hinein geplatzt, und ich denke, du störst, weil er doch am Bett von Brunngrabe sitzt und sie sich so ernst ansehen und mich auch kaum bemerken. Der Chef sagte nur, daß ich den Tee auf den Nachttisch stellen solle, und was anderes wollte ich ja gar nicht. Wie ich den Tee hinstelle, sehe ich den Brunngrabe so ganz nahe vor mir. Ich sehe seine intensiven blauen Augen. Der Mann hat so etwas Geheimnisvolles. Er hat mir zugenickt, aber gleich danach hat er nur noch den Chef angesehen. Sie waren wohl mitten im Gespräch, als ich herein kam. Auf einmal reden sie nichts mehr, und sehen sich nur noch an. Ich denke: Sie warten bis du raus bist, sie wollen allein sein. Da habe ich mein Tablett genommen und bin schnell gegangen. Vielleicht haben sie aufgehört zu reden, weil ich da war."

„Geheimnisvoll wegen seiner blauen Augen?", fragte Judith. „Ich glaube, jetzt geht es los. Die blauen Augen. Ich werd' nicht wieder."

Der Pferdeschwanz setzte sich in Bewegung.

„Sag mal, Maria, was glaubst du, worüber sie reden. Reden sie vom Sterben?" fragte Petra.

„Ich glaube nicht, daß sie direkt vom Tod reden, nicht einen Tag vor der Operation."

„Wenn sie vom Sterben nicht reden, reden sie dann von Gott?"

„Von Gott?"

„Ja, ich meine von Gott."

„Es kann sehr gut sein, daß sie von Gott reden", sagte Maria, „ja, ich glaube, es könnte sein." Sie blickte aus dem Fenster und sagte: „Ich bin sogar ziemlich sicher."

# 19

# Was ist Mord?

Mutter Maria machte ihren ersten abendlichen Rundgang durch die Station. Es war die Nacht vor der großen Operation von Brunngrabe. Als sie sein Zimmer betrat, sah sie zunächst nur die große Zeitung, hinter der sich sein Kopf verbarg.

Offenbar war er ganz vertieft in die Lektüre, und als sie die Teekanne mit der Tasse auf den Nachttisch stellte, sah sie die Überschrift in der Zeitung:

**Krankenschwester wegen Mordes verurteilt.**

Brunngrabe ließ die Zeitung auf die Bettdecke vor sich fallen und faltete darüber die Hände. Er entschuldigte sich, daß er sie nicht sofort begrüßt habe. Es war ihm wirklich peinlich, und Mutter Maria wußte nicht, wie sie ein Gespräch beginnen sollte. Schließlich fiel es ihr sonst doch auch nicht schwer, eine Unterhaltung zu beginnen. Man fing mit irgendeiner Alltäglichkeit an, und dann kam alles doch meistens ganz von selber, aber mit diesem Brunngrabe war es anders.

Und heute war es noch schwieriger, denn morgen wurde er operiert und kein Mensch wußte, wie er das überstehen würde. Also, was sollte sie sagen, und sie wollte mit ihm schon gar nicht über diesen Mord reden. Darum sagte sie jetzt:

„Ich denke, ich werde noch ein wenig lüften, Herr Brunngrabe."

Sie ging also zum Fenster, in dem schon die dunkle Nacht stand. Solange sie ihm den Rücken zuwendete und dort zum Fenster ging, mußte sie nichts reden. Hoffentlich fing er nicht von diesem elenden Zeitungsartikel an, aber sie würde doch nicht so dumm sein, jetzt wo sein Schicksal bald auf des Messers Schneide stehen würde, sich über eine Krankenschwester zu unterhalten, die angeblich eine Mörderin ist. Nein, das würde sie bestimmt nicht tun, dachte sie.

„Die frische Luft wird Ihnen gut tun!", sagte sie. Irgendetwas mußte sie ja wohl sagen. Dann drehte sie sich um und wünschte ihm eine gute Nacht.

„Ich kann nicht schlafen", sagte Brunngrabe. „Die Nächte sind ziemlich lang."

„Ich werde Ihnen eine Tablette bringen", sagte Mutter Maria und stand bereits vor der Tür.

Wenn es nicht der Brunngrabe wäre, dann hätte sie jetzt über die vermeintlichen Gründe seiner Schlaflosigkeit gesprochen. Das war ihr Thema, aber jetzt öffnete sie die Tür. Auch das hätte sie also hinter sich gebracht, aber da sagte er:

„Sagen Sie Schwester, was halten Sie von dieser schrecklichen Geschichte mit dem Mord?"

Also doch. Nun kam es doch noch. Sie hatte es ja geahnt.

„Mord, Mord, wissen Sie, Herr Brunngrabe, das mit dem Mord ist so: Niemand war dabei, wie es geschehen ist. Wer weiß denn, was die Schwester mit dieser alten sterbenskranken Frau gesprochen hat?"

Sie hatte das leere Tablett nun doch abgestellt, denn das hier konnte länger dauern.

„Die Nächte, die Nächte sind es ..."

„Die Nächte?", fragte Brunngrabe, „was für Nächte?"

„Ich bin eine alte Frau, Herr Brunngrabe, ich kann sie gar nicht mehr zählen, die vielen Nächte, und außerdem arbeite ich gern allein, aber die jungen Schwestern und die jungen Ärzte ... Wissen Sie, wie das ist? Nein, natürlich nicht, aber ich will es Ihnen sagen. Sie sind da nachts ganz allein, und es sind Schwerkranke auf der Station, und jeder will etwas und klingelt, und sie sollen sie auch noch trösten ... und ..."

Sie wollte gerade das mit den Sterbenden sagen, aber bei einem wie Brunngrabe, der morgen operiert wurde, da kann man davon nicht anfangen. Um Gottes willen. Es genügt ja, wenn sie von den Schwerkranken und von den Alten redet, die nicht mehr leben wollen, weil sie ganz allein sind.

„Sehen Sie, da hat doch so ein junger Arzt Schluß gemacht, nach drei Wochen Nachtdienst, ein Ausländer, der auch noch Schwierigkeiten mit der Sprache hatte. Also das war so: Er hatte viele Schwerkranke, und da war er schließlich nach drei Wochen ebenso mit den Nerven fertig, wie manche junge Schwester, und dann haben sie ihn in der Toilette gefunden. Hat sich einfach eine Injektion gemacht, aus, Schluß. Ich sage Ihnen, die Nächte!"

Brunngrabe lag ganz ruhig und sah sie nur an, und sie dachte, daß sie es vielleicht doch nicht so hart hätte sagen sollen, aber schließlich schadete es doch nichts, wenn auch so ein Mann wie der Brunngrabe erfuhr, wie es wirklich war, und darum fing Mutter Maria noch einmal an:

„Wissen Sie, was dann in so einem Gespräch gebildete intelligente Leute sagen? Das wäre doch nichts anderes als bei Zugschaffnern und Busfahrern. Aber das hier ist doch ganz anders. Herr Brunngrabe, das kann man nicht vergleichen."

Sie schüttelte das Kopfkissen auf.

„Ich sage ja nicht, daß diese Schwester es richtig gemacht hat, und ich würde es so niemals tun, aber Mord, Mord, das kann es doch nicht sein."

Wenn er das alles überstehen sollte, dachte Brunngrabe, das mit der Operation und alles, was danach kommen würde, dann würde er sie bitten, ihm noch viel mehr zu erzählen.

Sie nahm das Tablett wieder auf. Er hatte die Hand ausgestreckt, und da ging sie einen Schritt zurück. Sie hätte jetzt sehr viel mit ihm besprechen können, aber erstens war es zu spät; sie hatte noch viel Arbeit, und außerdem sollte er ja schlafen. Er drückte ihr fest die Hand.

# 20

# Die große Operation

Am Morgen gegen 12 Uhr 30 mußte Johannes Instrumente zur Sterilisation hinunter bringen. Die große Operation an Brunngrabe lief bereits seit über vier Stunden, und Quentin berichtete ihm, daß die gesamte Speiseröhre vom Brustraum aus heraus präpariert werden mußte, und daß sie durch einen langen Schlauch ersetzt würde, den man aus dem Magen gebildet habe. Johannes sah schräg durch die geöffnete Tür in den Vorraum des Operationsraumes. Er sah die Blutkonserven, die sie auf der metallenen Arbeitsplatte bereit gestellt hatten, und er sah, wie die Schwestern hin und her liefen zwischen dem Saal, in dem Brunngrabe operiert wurde und diesem Vorraum, und die Geschäftigkeit, mit der sie es taten, verstärkte in ihm das Gefühl, daß sie um etwas kämpften, was schon entschieden war. Sigi kam mit neuen Blutkonserven.

„Hallo, Johannes."

„Hallo."

„Wenn das was wird, freß' ich einen Besen."

„Was soll das?"

„Er will die Speiseröhre durch einen Magenschlauch ersetzen. Und dann ..."

„Was dann?", wollte Johannes wissen. Was wollte der Mann eigentlich von ihm? Wollte er ihm beweisen, wieviel er schon im voraus wußte, er, der große Operationspfleger?

Quentin griff ein.

„Hör mal, Sigi, halt hier keine großen Vorträge!", sagte er und zu Johannes gewendet:

„Kaum sind sie ein Jahr hier, da tun sie so, als hätten sie die Medizin mit Löffeln gefressen."

Sigi zog mit seinen Konserven ab in den Operationssaal, aber er wendete sich noch einmal um:

„Es überlebt höchstens ein Prozent fünf Jahre lang", und zu Quentin gewendet, fügte er rechthaberisch hinzu:

„Hab ich gelesen, und der Seidel sagt das auch."

„Vergiß es, Johannes!", sagte Quentin, und als er gegangen war: „Die wollen beide mehr sein als sie sind."

„Das Präparat!", rief Sebastian aus dem Saal herüber, und alle wußten, was gemeint war. Sebastian hatte die ganze Speiseröhre mitsamt dem oberen Magenanteil herausgeschnitten. Johannes sah vom Vorraum aus, wie Quentin die große Schüssel holte und wie er sie dann Sebastian entgegen hielt. Sebastian ließ das große Stück blutigen Fleisches, etwas Unkenntliches, Undefinierbares, in die Schüssel fallen, die Speiseröhre mit dem Tumor und Anteilen des Magens.

Johannes spürte keineswegs Neugierde, und er hätte Sebastian auch nicht zusehen wollen. Im Gegenteil, er fürchtete irgendetwas Unheilvolles und ging auf die Station zurück. Er erstattete den im Stationszimmer versammelten Schwestern Bericht, und er verbreitete das Unheilvolle auch hier. Es wurde während der nächsten Stunden immer bedrohlicher.

Maria wußte offenbar als einzige von ihnen allen, daß es die vierte Operation dieser Art war, die der Chef durchführte. Sebastian hatte es also ihr und nicht ihm anvertraut. Das war vielleicht ein Zufall. Es mochte in einer Visite geschehen sein, an der er nicht teilgenommen hatte, aber es enttäuschte ihn. Er sah Maria nachdenklich an. Bisher hatte Sebastian alles mit ihm besprochen.

Sie alle auf der Station verrichteten ihre Tagesarbeit, und die Älteren von ihnen dachten immer wieder an die Operation. Die Vorstellung, daß Brunngrabe jetzt dort im Operationssaal lag, mit geöffnetem Bauch und mit breit geöffnetem Brustkorb, in dem das Herz sichtbar schlug, war erschreckend. Es wurden doch täglich große Operationen durchgeführt. Warum also beunruhigte sie eben dieser Eingriff?

Die Spannung wurde immer quälender. Maria hielt es nicht mehr aus. Sie ging in den Operationssaal.

Es geschah selten, daß die Schwestern von der Station bei einer Operation zusahen. Wenn es aber geschah, war es immer mit einer prickelnden und zugleich beklemmenden Neugier verbunden.

Als sie sich im Umziehraum die weite grüne Operationshose und das Hemd mit den kurzen Ärmeln angezogen hatte, da stellte sie fest, daß nichts von ihrem Körper mehr angedeutet wurde. Diese viel zu großen Kleider schlotterten um ihre Gestalt. Eine Schwester vom Operationspersonal hatte sich mit ihr zusammen in dem kleinen Raum umgezogen. Maria sah in den Spiegel und die andere lachte.

„Wie du aussiehst!"

„Wie soll ich es denn anders machen mit diesen schrecklichen Lappen."

„Irgend so ein Seidentuch oben rein stecken, oder eine kleinere Größe nehmen. Dann sieht man wenigstens noch was von dir."

Maria setzte die viel zu große Mütze auf und band das Mundtuch um. Jetzt war es noch schlimmer, denn man sah wirklich nur noch die großen dunklen Augen.

„Lohnt sich alles nicht, für das eine Mal. Mach dir nichts draus. Hier sieht dich sowieso keiner von denen an."

„Wie denn?"

„Na so, wie sie einen immer ansehen, aber wenn sie operieren, dann ist Feierabend mit so was."

Maria blickte noch mal in den Spiegel. Nur die großen Augen waren noch da. Irgendetwas mußte doch noch bleiben von einer Frau.

Auf dem Verbindungsgang zwischen Umkleideraum und Operationssaal kam Sigi auf sie zu.

„Hallo, Maria. Du siehst aus wie auf der Modenschau."

Sie ärgerte sich darüber, wie er es sagte, und sie war sicher, daß er die Sache mit der Zeitung nicht vergessen hatte. Es war nichts als Spott.

„Wenn dir schlecht wird beim Zuschauen, dann werde ich dich in meine Arme nehmen."

„Du brauchst mich nicht aufzufangen, niemand braucht mich aufzufangen", sagte sie.

„Laß das Mädchen in Ruhe, Sigi!", hörte Maria Quentin sagen.

Die Narkoseärztin lächelte sie an. Sie hatte die Situation erfaßt und führte Maria an den Operationstisch. Sie zeigte ihr, wie sie auf einem kleinen Holzschemel hinter dem zweiten Assistenten und über dessen Schulter den besten Einblick in das Operationsfeld bekommen konnte. Maria wußte, daß die attraktive Narkoseärztin seit Jahren zum Gelingen der großen Eingriffe beigetragen hatte. Maria beneidete sie um ihren Beruf.

Es war ein sehr schmaler Hocker, auf dem sie stand.

Und wenn mir nun doch schlecht wird?, dachte sie. Wenn ich wirklich dann das Gleichgewicht verliere?

Sebastian nahm die feuchtwarmen Tücher aus dem geöffneten Brustkorb. Maria sah die Lunge, die sich im Rhythmus der Beatmungsmaschine hob und senkte und dann das schlagende große Herz. Ein prickelndes Gefühl lief über den Rücken. Einen kleinen Augenblick lang glaubte sie, daß dieses Herz stehen bleiben würde, weil es tatsächlich einen Schlag lang aussetzte. Zwei schnelle Schläge folgten, so als müsse das Herz diesen einen Schlag nachholen. Das alles hatte etwas mit dem Leben selbst zu tun. Bei jeder Kontraktion gab es einen leisen dumpfen klatschenden Ton. Auf der Lungenoberfläche waren unzählige kleine dunkle Flecken erkennbar. Maria wußte, daß das der Staub war, den Brunngrabe sein Leben lang eingeatmet hatte, und sie wußte, daß es bei den starken Rauchern noch schlimmer aussieht.

Sebastian und Maria sahen einander über die Mundtücher hinweg an. Mund und Nase waren ja verdeckt. Darum waren die Blicke um so eindringlicher, und man konnte es tun, ohne sich zu verraten, denn selbst ein kleines Lächeln konnte unter dem Mundtuch verborgen werden. Man erkannte es höchstens an den kleinen Fältchen neben den Augen.

In diesem Augenblick unterbrach Sebastian die Operation. Er zeigte Schwester Maria den Magenschlauch, den er gebildet hatte, und der nun als Ersatz der Speiseröhre an der Rückseite des Brustkorbes lag. Er sollte bis zum Hals hochgezogen werden. Mit einer langen Pinzette deutete er auf die breite Gewebsrinne, aus der die Speiseröhre mit dem Krebs heraus präpariert worden war, und später sah Maria das alles mitsamt dem Tumor in der großen blutigen Schale liegen. Wiederum hielt sie den Atem an.

Sebastian erklärte immer, wenn jemand zusah, aber heute tat er es mit besonderer Geduld und sehr eindringlich. Maria war sicher, daß er es um ihretwillen tat. Es war wie eine Auszeichnung. Das Blut stieg in den Kopf, aber weil auch die Stirn halb verdeckt war, bemerkte es niemand. Vielleicht hatte es Sebastian als einziger gesehen. Später machte er seitlich am Hals einen langen Schnitt. Sie zogen den Magenschlauch bis in diese Wunde und nähten ihn an den Halsteil der Speiseröhre.

# 21

# Der Zug fährt ab

Die große Operation war gelungen. Brunngrabe befand sich auf dem Wege der Besserung.

Am fünften Tag wurde er aus der Intensivstation wieder auf die Station 10 verlegt, und zwar auf sein altes Zimmer. Es lag gegenüber dem Stationszimmer. Die Tür blieb halb geöffnet, so daß man ihn besser im Griff hatte, wie sich Johannes ausdrückte.

Es kam so, wie er es vorausgesehen hatte. Auf dem Rücken liegend sah er immer nur auf die kahle weiße Wand gegenüber mit den vielen Strukturen des Wandputzes, die zu immer neuen Assoziationen Anlaß gaben. Manchmal schloß er die Augen und entwarf in Umrissen die Fassaden von Sacre Cœur.

Er mußte wohl oder übel in dieser Stellung jene Hieroglyphen betrachten, und mit seiner Fantasie glaubte er in den Linien des Verputzes Gestalten und Formen zu erkennen, denen er die verschiedensten Bedeutungen gab. Zwei parallele Linien entdeckte er, darüber befindliche quadratische Formen und schließlich vertikale Linien am Ursprung der horizontal verlaufenden Zeichen. Das konnten Eisenbahnschienen und ein Zug mit vielen Wagen darstellen, während unregelmäßige Strukturen unklar, aber dennoch erkennbar, eine Bahnhofshalle bildeten. Dort, wo das Bahnhofsgebäude erkennbar wurde, formten sich in unterschiedlichen Schattierungen und in den feinen Rissen menschliche Gestalten auf dem Bahnsteig. Brunngrabe schloß die Augen.

Brunngrabe schloß die Augen, sah sich in diesen Bahnhof versetzt schlief ein und träumte. Er saß in dem abfahrenden Zuge und hatte von den Menschen am Bahnsteig Abschied genommen. Alle von ihnen blieben zurück und winkten. Die Menschen wurden kleiner und kleiner.

## 22

# Unter Palmen

„Ich kann das nicht!", hatte die junge Schwesternschülerin gesagt. Sie war ins Stationszimmer gekommen, fast gelaufen war sie, und sie war den Tränen nahe.

„Ich kann das nicht. Ich hab gedacht, ich müßte brechen."

Sie hatte sich einfach nicht überwinden können, einer alten 85jährigen Frau die Fußnägel zu schneiden.

Maria hatte Petra gebeten, es an ihrer Stelle zu tun.

„Diese verhornten alten Nägel ... ich dachte ... ." Jetzt weinte sie.

Nein, Petra beschwerte sich nicht über die Arbeitsbelastung, „Aber, wenn sie Schwester werden will", sagte sie zu Maria, „dann muß sie den Ekel überwinden."

„Aber, Petra!" Maria lächelte. „Kannst du dich nicht daran erinnern, wie das vor zwei Jahren mit der Leiche war?"

„Nein. Was für eine Leiche?"

„Vor zwei Jahren solltest du bei einer Frau, die gerade gestorben war, den Körper waschen. Es war kurz vor deinem Examen."

„Ja, ich erinnere mich, aber das war etwas anderes, eine Leiche, keine alten Fußnägel."

„Du bist zu mir gekommen und hast gesagt: ich kann es nicht, und dann hast du noch gesagt, vor einer Viertelstunde hat sie doch noch gelebt."

Jetzt erinnert sich Petra an alle Einzelheiten. Maria hatte sie in den Arm genommen, und dann hatten sie es gemeinsam gemacht.

„Also, wenn ich ganz ehrlich bin", sagte Johannes, „dieses widerliche Nägelschneiden liegt mir auch nicht."

„Aha, da haben wir es wieder!", sagte Judith, „sieh mal an, unser Stationsvater! Die kleine Schwester muß es machen. Immer auf die Kleinen und sozial Schwachen."

Petra konnte nicht lachen. Johannes sah in ihre traurigen braunen Augen. Sie sollte sich eigentlich das dunkle Haar mit Mittelscheitel nicht so streng anlegen, dachte er. Aber vielleicht tat sie es ja absichtlich. Sie sah aus wie eine kleine, sehr zarte, manchmal traurige Madonna.

Das mit dem Ekel war eine besondere Sache.

„Man will jemandem helfen, aber man ekelt sich vor ihm, und wenn du in so ein Zimmer kommst, wo einer liegt mit einem künstlichen After oder mit einer stinkenden Wunde, und sie haben nicht gelüftet, das kann einen ganz schön umhauen", sagte Johannes.

Aber Judith hatte ein Rezept dagegen.

„Ich hab da so einen Trick …", und sie lächelte verlegen, weil sie diesen Trick jetzt preisgeben mußte.

„Also, wenn ich in so ein Zimmer komme, wo die Luft drin steht, wo es wirklich stinkt, dann halte ich die Luft an und …"

„Du kannst doch nicht die ganze Zeit die Luft anhalten!", sagte Petra.

„Warte doch mal ab. Ich halte die Luft an, und dann gehe ich bis zum Fenster und mach es ganz weit auf, und da nehme ich erst mal ein paar tiefe Züge von der guten Luft, und sage ihnen, daß sie sich gut zudecken sollen."

„Und wenn du zurück ins Zimmer gehst, wenn du sie dann verbinden mußt, dann hast du es doch genau so in der Nase, und du kannst doch nicht immer wieder ans Fenster laufen", sagte Petra und schüttelte den Kopf.

„Nein, ganz anders. Wenn ich da meinen Kopf aus dem Fenster hänge, dann denk ich was Schönes."

„Du denkst an was Schönes?"

„Ja ich stell mir was vor, einen Wald, in dem es gut riecht, oder von mir aus eine Schiabfahrt auf dem Naßfeld oder, na, was gibt es noch? Sandstrand, Palmen. Du kannst dir alles vorstellen, und wenn du dann die Decke wegziehst von dem stinkenden Patienten, wenn du ihn verbinden mußt, dann denkst du …"

„An den Sandstrand –", ergänzt Johannes, „nicht schlecht. Deine Fantasie möchte ich haben."

Wenn Judith heute gefragt würde, ob sie denn nicht damals, als sie noch keine Schwester war, gewußt habe, wie das sei, der Umgang mit den Schwerstkranken, dann würde sie antworten: Nein, nein das habe sie vorher nicht gewußt. Sie habe es nicht gewußt, daß es so werden würde.

Judith wollte das mit dem Leiden und mit dem Sterben so nicht annehmen. Sie wollte gut zu ihnen sein, sie wollte sie füttern und waschen und das Bett machen und sie verbinden, sie wollte alles das tun, was eine Schwester tun mußte. Aber das Elend sollte nicht so groß in ihr werden. Sie wollte nach dem Dienst nach Hause gehen und lachen können und weiter leben ohne das alles.

Die Sprechanlage auf Marias Schreibtisch leuchtete auf. Es waren die drei jungen Männer auf Zimmer 20, die nach Blinddarm- und Bruchoperationen schon fast gesund waren. Judith ging an den Apparat und stellte die Verbindung her. Sie baten über die Sprechanlage eine Schwester zu kommen. Der junge Mann am Fenster brauchte einen Topf. Er dürfe doch noch nicht aufstehen.

„Vielleicht auch Papier?", fragte Judith.

Man hörte das Gelächter durch das Mikrophon.

„Endlich mal was Positives!", sagte Judith, „diese drei Kerle, die trotz ärztlicher Behandlung gesund geworden sind."

Sie ging los, aber bevor sie die Tür erreichte, sagte Johannes:

„Ich habe nach der Uhr gesehen. Genau eine Minute vom Anruf bis zur Reaktion."

Was das solle, wollte Judith wissen.

„In Los Angeles haben die Psychologen eine große Untersuchung durchgeführt. Sie haben mit der Stoppuhr registriert, wieviel Zeit vom Klingelzeichen bis zu dem Zeitpunkt vergeht, an dem die Schwester das Krankenzimmer betritt. Bei den schwerkranken Karzinompatienten hat es drei mal so lange gedauert wie bei jungen Unfallpatienten."

„Das ist doch ganz verständlich", sagte Maria, „haben die vielleicht etwas anderes erwartet?"

Judith fand es einfach idiotisch. Jeder wußte doch, daß man sich überwinden mußte, eines jener Zimmer mit Schwerkranken zu betreten.

„Solche Wissenschaftler, die keine Ahnung haben! Auf den Mond sollte man sie schießen!", sagte Judith.

Dann klingelte Brunngrabe. Er war einer jener Patienten, die wirklich nur im Notfall klingelten.

Er hatte Schmerzen.

Johannes und eine junge Schwester kamen.

Brunngrabe konnte zum ersten Mal nach der Operation seinen Darm entleeren. Sie halfen ihm beide aus dem Bett, dann, als er pressen mußte, kam der Schmerz über ihn, der Schmerz in dem prall gefüllten Bauch und in den großen Wunden und dort, wo sie den Brustkorb aufgeschnitten hatten. Mitten in dieser schmerzhaften schrecklichen Prozedur verlor er für Sekunden fast das Bewußtsein, und dann hatte ihn Johannes hochgehoben. Er lag wie ein schwaches Kind auf seinen Armen. Das war ein Gefühl der Hilflosigkeit, das er so nie erlebt hatte, das aber seine bedrückende Bedeutung verlor, als er in die Augen von Johannes sah, die über ihm waren.

Später ließ der Schmerz immer mehr nach. Er kam nur noch in leichten Wellen und wurde nicht mehr als wirklicher Schmerz empfunden. Danach befand er sich in einem Zustand der Entrücktheit. Es war so, als würde er über seinem eigenen Bett schweben, und er dachte, es könne sich doch noch alles zum Guten wenden.

Brunngrabe drehte sich langsam auf die Seite. Er tat es vorsichtig, weil er noch nicht sicher war, ob der Schmerz wirklich nicht wieder kam. Er sah seitlich auf das Bild seiner Frau, das auf dem Nachttisch aufgestellt war. Sie stand dort im Garten vor dem Haus. Neben dem Plattenweg, der zum Hause führte, standen die Ahornbüsche und die Rosenrabatten. Das hatte er alles selbst gepflanzt, damals, als sie das Haus gebaut hatten.

## 23

# Warum lügen sie?

Es war Besuchszeit. Das waren nicht die Arbeitskollegen von früher, die ihn besuchten, dachte Brunngrabe. Sie waren ihm fremd. Sie standen an seinem Bett, und sie wußten nicht, was sie mit ihm reden sollten. Es war peinlich, wie sie ihn begrüßten.
„Hallo. Du siehst aber wirklich gut aus."
Sein Versuch zu lächeln.
Wenn sie doch dieses idiotische ‚Hallo' wenigstens weglassen würden. Er haßte diese Begrüßung.
„Ob du es glaubst oder nicht", sagte einer, „aber ich hab mir das wirklich anders vorgestellt, nach so einer Riesenoperation."
Er lügt, dachte Brunngrabe. Man konnte es in seinen Augen ablesen.
„Ich hab es ja immer gesagt, daß sich der Brunngrabe nicht so schnell unterkriegen läßt", sagte ein anderer.
Brunngrabe mußte wegsehen, weil er es kaum ertragen konnte.
Sie lügen. Sie sollen endlich aufhören, so idiotisch zu lügen. Dann versuchte er, dennoch zu lächeln.
Wenn sie gar nichts mehr zu sagen wußten, dann fingen sie von der Arbeit an. Er wollte es nicht wissen, es war nicht mehr wichtig.
Sie waren überaus hilflos, sie suchten nach Worten. Einen Augenblick lang hatte er Mitleid mit ihnen. Sie kamen aus der anderen Welt außerhalb des Krankenhauses, und sie wußten nicht, was sie mit dieser ekelhaften Krankheit anfangen sollten. Vermutlich ekelten sie sich wirklich, wenn sie sich vorstellten, wie sich das schreckliche Tier, der Krebs, in den Körper hineinfraß. Brunngrabe spürte es doch selbst, dieses Tier.
Er sah über ihren Köpfen die Hieroglyphen an der weißen Wand, jene, welche den Bahnhof darstellten, und es war so, als stünden

sie dort und warteten, daß der Zug abfährt. Sie standen und winkten.

Am peinlichsten war es, wenn sie dann weg wollten. Endlich hatten sie diesen Besuch hinter sich gebracht, und Gott sei Dank, so dachten sie doch vermutlich, er hatte nicht von seiner Krankheit angefangen. Man lachte, man sagte zum Abschied:
„Mach's gut, werde mal schnell wieder gesund ..."
Sein Nicken.
„Wir brauchen dich, hörst du?"
Wieder sein Nicken.
Warum lügen sie? Sie brauchen doch nicht zu lügen. Es wäre viel besser, wenn sie die Wahrheit sagen würden, wenn sie sagen würden: Es ist so verdammt schwer, sich in eine Krankheit hineinzudenken. Das wenigstens könnten sie doch sagen.
Aber das hatten sie nicht gesagt.
An der Tür drehte sich einer von ihnen noch einmal um. Er hatte wirklich Mitleid, dachte Brunngrabe. Einen Atemzug lang hatte er sich zu erkennen gegeben.
Als sie gegangen waren, erinnerte sich Brunngrabe an das Ereignis vor zwei Jahren. Er war morgens in den Zeichenraum gekommen, als ihn seine Mitarbeiter, diejenigen, die ihn soeben besucht hatten, so merkwürdig angesehen hatten. Irgendetwas mußte geschehen sein. Alle Blaupläne eines großen Bauprojektes hatten sie weggelegt, so als würden sie nicht mehr gebraucht. Was tut ihr da? hatte er gefragt.
Ist doch alles vorbei, hatte der älteste Zeichner geantwortet. Es war derselbe, der vorhin gesagt hatte, daß er bald wieder kommen solle.
Wer hat es euch gesagt?
Der Chef der Planungsabteilung. Es ist vorbei, hat er gesagt, die Konkurrenz hat den Auftrag bekommen, und ...
Was und? hatte Brunngrabe gefragt.
Daß die anderen besser seien als wir; das hat er auch gesagt.
Und dann hatten sie alle durcheinander geredet.
Das große Projekt, das Brunngrabe entworfen hatte, war in letzter Minute gescheitert. Die Firmenleitung hatte gegen ihn intrigiert,

und das nach vielen Jahren harter Arbeit. Es waren Pläne für einen großen Krankenhausbau. Er selbst hatte die Verhandlungen mit der Stadtverwaltung geführt, und der Auftrag war so gut wie gesichert, als durch die Protektion höchster Parteigremien der Auftrag einer anderen Firma übertragen worden war.

Er war in den Konferenzraum gerannt. Man hatte ihn nicht gerufen, er war einfach dort eingedrungen, und dann hatte er ihnen gegenüber gestanden, den Topmanagern und dem Direktor an dem großen Eichentisch.

Millionen hatten sie bisher an seinen Projekten verdient. Er hatte sie der Reihe nach angesehen, und er wußte, daß sie jetzt seine Feinde waren. Und dann fing der Direktor an:

Mein lieber Brunngrabe, und da war er ganz nahe an ihn heran getreten, und er hatte gesagt:

Was heißt das? Mein lieber Brunngrabe?

Das heißt, daß wir ihnen voll vertraut haben. Sie haben gesagt, die Sache sei so gut wie perfekt.

Sie wissen doch ganz genau, was da vorgeht, hatte Brunngrabe geantwortet, Parteienklüngelei, weiter nichts.

Ja, mein lieber Brunngrabe, vermutlich sind die Pläne des Architekten der Gegenseite die besseren.

Er wollte ihm eigentlich alles vor die Füße werfen, ja, einen Augenblick lang wollte er den ganzen Tisch umkippen, aber da dachte er an seine Frau und die Kinder, und daran, daß er erst eine neue Anstellung haben müsse.

Sie sollten sich schämen, hatte er gesagt, und dann war er hinaus gerannt und hatte die Tür zugeschlagen. Es war eine sehr schwere Tür.

Sehr viel später hatte sich der Direktor bei Brunngrabe entschuldigt, und vor zwei Tagen hatte er sogar Blumen ins Krankenhaus geschickt.

Brunngrabe wollte sich auf die Seite drehen, er wollte das Bild seiner Frau ansehen, aber diese Bewegung bereitete ihm große Schmerzen.

Brunngrabe war immer noch benommen, weil ihn die Prozedur so übermäßig angestrengt hatte.

Damals an jenem Tag, als er kündigen wollte, hatte er seine Frau angerufen. Er hatte ihr gesagt, daß er ihnen alles hinwerfen würde. Sie hatte sofort begriffen, wie es um ihn stand, als sich am Telefon seine Stimme überschlug.

Er erinnerte sich an alle Einzelheiten, wie er damals nach Hause gekommen war, wie er die Stufen herauf zum Haus gegangen war und sie ihm entgegen gekommen war und wie sie ihm dann um den Hals gefallen war und ihn geküßt hatte.

Es wird alles gut werden, hat sie damals gesagt.

Nichts wird gut werden, hatte er geantwortet.

Doch. Es wird gut. Ich habe eine Überraschung für dich, und das war die Lebensrettung.

Wir machen unsere Hochzeitsreise noch einmal, hatte sie gesagt und dabei gelacht.

Brunngrabe sprach auch später immer nur von der Lebensrettung.

Sie hatte nach dem schrecklichen Telefonanruf Karten für eine Reise nach Rom bestellt.

Sie hatten in demselben Hotel an der Via Vittorio Veneto gelebt wie damals.

Es war an der Ecke Via Boncompagni. Die Leute fuhren wie die Teufel und hupten, so daß man sein eigenes Wort manchmal nicht verstand, und sie warteten an der Ampel, bis es grün wurde. In diesem Augenblick hat sie ihn zu sich herunter gezogen und vor allen Leuten geküßt.

Brunngrabe betrachtet immer noch das Bild auf dem Nachttisch.

Also, auf der Via Boncompagni an der Ampel, und dann hatte sie gesagt:

Das Liebhaben ist wichtiger als alles andere. Genau das hatte sie gesagt. Später, als sie im Kaffeehaus unter den Marquisen auf ihren Cappuccino gewartet hatten, da sagte sie:

Das ist die Lebensrettung in der Via Veneto. Und noch etwas hatte sie gesagt:

Auch wenn man sterben müßte, wäre es bis zum Schluß da.

## 24

# Du bist schön

Die verrückte Geschichte mit den Bildern ereignete sich sechs Tage nach der großen Operation von Brunngrabe. Johannes war wieder einmal morgens vor Maria ins Haus gekommen, und er hatte gleich bei Dienstantritt ein frisch bezogenes Bett aus der Zentrale geholt. Er schob es zum Fahrstuhl, und auf einmal sah er sein „Bild", sein schönes Bild vor der Pförtnerloge. Sie lachte, sie schüttelte sich, so sehr mußte sie lachen. Der Pförtner hatte ihr den neuesten Witz erzählt, und sie pustete, wie sie das manchmal tat, die Haare aus dem Gesicht, die über die Stirn heruntergefallen waren. Dann lief sie über die Treppen in den ersten Stock. Sie nahm manchmal zwei Stufen auf einmal, und dann spreizte sich der Rock und der seitliche Schlitz öffnete sich. Johannes sah, wie sie oben auf dem Treppenabsatz vor den Porträts der alten großen Chirurgen stehen blieb, wie sie sich verstohlen umblickte, und wie sie dann die Bilder schief stellte, das von Schimmelbusch nach links und das von Esmarch nach rechts. Das war übrigens der, der vor mehr als 100 Jahren die Gummibinde erfunden hatte, mit der man eine Blutleere an den Extremitäten erzeugen kann. Johannes hatte das in einem Buch gelesen. Und den Kocher, den mit den Schilddrüsenoperationen in Bern, und den Rehn nahm sie sich auch vor, den Professor, der um die Jahrhundertwende die erste Operation am schlagenden Herzen bei einem Mann durchgeführt hatte, dem sie ein Messer bis in das Herz gestochen hatten. Aber das war noch nicht alles: Sie sah sich noch einmal um, und dann hängte sie doch tatsächlich das Bild von dem Magenpapst Billroth aus Wien mit dem Gesicht zur Wand. Johannes sah, wie sie wiederum zwei Stufen auf einmal nahm, und diese ganze idiotische Verwirrung nur wegen des Doktor Sebastian. Er war sicher, daß nur das der Grund war. Sebastian hatte sich neulich über diese alten ehrwürdigen Herren lustig gemacht. Johannes konnte nicht begreifen, daß sie fröhlich war.

Als er oben schließlich mit dem Bett auf der Station angekommen war, hatte sie schon ihr Schwesternkleid an. Sie lachte ihn an, wie sie eben den Pförtner angelacht hatte.

„Wenigstens den Billroth hättest du in Frieden lassen können!", sagte Johannes.

„Du hast spioniert!"

„Nach dir ist der Chef gekommen, und der hat alles gesehen, und hat sie alle wieder richtig hingehängt!"

„Das stimmt nicht."

„Weißt du, was jetzt geschieht? Verweis und Eintrag in die Personalakte."

Sie wollte sich tot lachen, und er ärgerte sich.

Das alles paßte auf einmal nicht mehr zu dem, was sie vor Tagen miteinander besprochen hatten. Warum, zum Kuckuck, war sie fröhlich? Sie lachte und setzte sich an den Tisch vor einen Haufen unerledigter Krankenpapiere.

„Du sollst nicht über mich lachen. Lach doch nicht. Ich denke über dich nach."

„Das hast du schon einmal gesagt."

Dann war sie auf einmal ganz still.

„Jetzt sagst du nichts mehr", fing er wieder an. Eine von den Plastikspritzen fiel ihm auf die Erde und rollte durch den Raum. Er mußte sich danach bücken und da sah er ihre Füße und die Zehen, wie sie unter den Riemen der Sandalen hervor guckten und hin und her wippten. Sie hatte die Beine übereinander geschlagen.

„Du bist schön."

Er bekam es mit der Angst, weil er das gesagt hatte, und als er sich aufrichtete, war er rot im Gesicht und begann wieder zu schwitzen.

„Ich? Ich bitte dich, Johannes. Was soll das alles? Du hast eine liebe Frau und zwei süße Kinder."

„Hat doch damit gar nichts zu tun. Man wird doch wohl sagen können, daß..." Er warf die Einmalspritze in den Abfall.

„Man soll sich nichts vormachen", sagte er. „Es ist nicht gut, wenn man jemanden liebt, der..."

„Was soll denn das?"

Er wollte jetzt sagen, daß man keinen verheirateten Mann lieben kann, aber dann bereute er, daß er überhaupt damit angefangen hatte.

„Wie geht es Herrn Brunngrabe?" fragte sie. Vermutlich wollte sie ablenken. „Du warst doch eben bei ihm."

„Ja. Alle sagen, daß es ihm gut geht. Auch der Sebastian sagt es. Aber..."

„Aber?"

„Aber Sebastian hat ihn selber operiert, und wenn sie selbst operiert haben, dann sind sie manchmal nicht objektiv."

„Aber er hat gestern Stuhlgang gehabt, und seine Laborwerte sind in Ordnung", sagte sie.

„Als er heute früh aufgestanden ist, da mußte ich ihn festhalten, sonst wäre er umgekippt, so geschwächt ist er."

„Nach dieser großen Operation. Was erwartest du denn?"

Jetzt redete sie schon wie Doktor Sebastian, dachte Johannes. Er war sich ziemlich sicher, daß mit Brunngrabe nicht alles in Ordnung war. Vielleicht war es nur eine Ahnung.

„Also, ich mußte ihn stützen, weil er nicht selbst stehen konnte, als er aus dem Bett war, und dann habe ich sein Gesicht gesehen, und da denke ich: Der hat es noch nicht geschafft, und seine Nase ist ganz weiß und spitz gewesen. Ich sage dir, er hat es noch nicht geschafft."

Sie sagte nichts mehr, und er fing noch einmal an:

„Sein Bauch ist wie ein Ballon. Irgendetwas ist nicht in Ordnung."

Dann kam Doktor Sebastian. Wiederum machte er mit Maria Visite.

Sebastian fand in der Tat den Zustand nicht bedenklich. Der Bauch war gebläht, ja, aber es war schließlich erst der siebente Tag nach dem Eingriff.

Doktor Sebastian mußte an diesem Abend einen Vortrag in einer kleinen Stadt halten. Niemand außer Maria wußte es. Sie hatte es durch Zufall von einer Freundin erfahren, die dort an einem kleinen Krankenhaus arbeitete, und die es in der Zeitung gelesen hatte.

Warum er es nicht in der Klinik bekannt gegeben hatte, daß er diesen Vortrag hielt? Maria wußte es nicht. Es ging nicht um rein medizinische Fragen. Vielleicht wußte er, daß der Prophet nichts gilt in seinem Vaterland.

Maria stand am Fußende und beobachtete, wie Sebastian Brunngrabe gründlich untersuchte. Er hörte den Bauch ab.

„Gute Darmgeräusche", sagte er.

Sie holte den Verbandswagen herein, weil er alle Verbände wechseln wollte. Nirgends sah man an den großen Schnitten am Bauch und am Brustkorb Zeichen einer Entzündung.

„Die Wunden sind in Ordnung", sagte Sebastian.

Sie reichte ihm das Verbandszeug und dachte daran, was Johannes über den dicken geblähten Bauch gesagt hatte, und daß der Operateur selbst nicht objektiv sei. Aber dann dachte sie wieder wie seit Tagen schon an den Vortrag heute abend.

„Ich muß heute ausnahmsweise pünktlich Schluß machen, Schwester Maria", sagte er.

Jetzt hätte sie sagen können: Ich werde dort sein, ich wünsche ihnen viel Erfolg, stattdessen sagte sie nichts.

„Er hat gute Darmgeräusche", sagte er, als sie wieder auf dem Gang standen, „und er hat kein Fieber. Diese Blähung ist nichts Besonderes am siebenten Tage."

Dabei ließ er es bewenden.

Es war ein Vortrag über Grenzfragen der Medizin und über die Interaktion mit Schwerkranken. Sie würde im Zuschauerraum sitzen, und er würde sicher lächeln, wenn er sie dort ganz unerwartet bemerkte. Tagelang hatte sie Bücher über dieses Thema gelesen. Nachts war sie aufgewacht und hatte sich vorgestellt, daß sie nach dem Vortrag vielleicht mit ihm allein sein würde. Man konnte das alles denken, und dann war es Wirklichkeit.

# 25

# Der Vortrag

Sie fuhr nicht über die Autobahn, sondern auf der Bundesstraße über die Dörfer. Es waren insgesamt 120 km. Sie hatte sehr viel Zeit eingeplant.

Wenn es wirklich so war, daß niemand in der Klinik etwas von diesem Vortrag wußte, dann war sie die einzige aus dem Krankenhaus, die ihm zuhören würde.

Maria fuhr nie sehr schnell, und sie bemühte sich, die vorgeschriebene Geschwindigkeitsbegrenzung einzuhalten. Vor einem Kaffeehaus in einer kleinen Ortschaft hielt sie an. Diese kleine Kaffeepause eingerechnet, würde sie fast eine halbe Stunde vor Beginn dort sein, genug Zeit, um einen Platz in einer der ersten Reihen zu bekommen. Es müßte so sein, daß er sie bemerkte, sobald er in den Saal kam, eine Begegnung mit den Augen.

Sie bestellte Kaffee und zündete sich eine Zigarette an. Sie rauchte nur, wenn sie sehr gut gegessen hatte oder wenn sie aufgeregt war, und jetzt glaubte sie, daß sie beim Rauchen ruhiger würde. Aber es war ganz anders. Die Aufregung und die Vorfreude steigerten sich mehr und mehr. Sie beobachtete über die dampfende Kaffeetasse hinweg die wenigen Gäste an den Nachbartischen und sie begegnete den Blicken der Männer in der Gaststube. Es ist immer dieselbe Art von Blicken. Dann zahlte sie, ging zur Tür, und spürte immer noch die Männerblicke in ihrem Rücken.

Sie fuhr durch den Ort und suchte das Schild, das ihr die Richtung angab.

Wenn ich nicht mit dem Auto, sondern mit der Bahn gefahren wäre, dachte sie, dann hätte ich vielleicht mit Sebastian nach Hause fahren können. Vielleicht hätte er mich gefragt, ob ich nicht mit ihm fahren wolle.

An einer Kreuzung war sie in die falsche Richtung gefahren und mußte umdrehen.

Natürlich wäre ich mit ihm gefahren. Vielleicht wäre ich müde geworden und hätte mich einen kleinen Augenblick an ihn gelehnt.

Auch diese Möglichkeit wurde durchgespielt. Nach der Ortsdurchfahrt erreichte sie wiederum die Hauptstraße und trat auf das Gaspedal. Sie sah vor sich eine gerade Strecke, die beiderseits von hohen Pappeln begrenzt war. Sie sah, daß am Ende dieser Straße die Pappeln sehr eng nebeneinander standen, und während sie mit über hundert Stundenkilometern dieser Stelle immer näher kam, wollte sie die Fahrt mit Sebastian bis zu Ende denken. Sie kurbelte das Fenster herunter und spürte den Fahrtwind, und dann fuhr sie noch schneller. Der Wind sollte ihr den Atem nehmen.

Dort, wo die Bäume soeben noch eng zusammen gestanden hatten, öffneten sie sich in eine Kurve. Sonnenlichter blinkten in der Scheibe vor ihr. Sie wurde geblendet. Die Baumstämme überkreuzten sich dort, wo ihr in diesem Augenblick ein Wagen entgegen kam. Sie sah sehr nah ein Gesicht hinter einer Windschutzscheibe, bedrohlich nah, und dann trat sie auf die Bremse. Der eigene Wagen drehte sich um das entgegenkommende Fahrzeug. Ein Baum tauchte unmittelbar vor ihr auf, so nah, daß sie die abgeschilferte Rinde vor sich sah wie in einem Vergrößerungsglas. Dann sah sie das Gesicht von Sebastian und Johannes, und dann das von Brunngrabe, viele Gesichter; die Käthe-Kruse-Puppe auf der Kommode zu Hause sah sie auch.

Der Wagen stand jetzt auf der anderen Seite der Fahrbahn. Auf einmal war es ganz still, und als sie ihr Gesicht vom Steuerrad hob, wußte sie, daß sie lebte. Sie öffnete die Tür, fuhr sich mit den Händen über das Gesicht. Die Hände zittern. Sie stieg aus, ging in der Kurve zurück und lehnte sich an den Baum. Zwischen der Stoßstange und der Baumrinde konnte sie soeben ihre schmale Hand einführen.

In der Ferne sah sie das andere Auto immer kleiner werden. Der Fahrer hatte nicht angehalten.

Jetzt war alles nackte Wirklichkeit. Sie schämte sich ihrer Träume. Das Bild war auf einmal da, das Bild der liebenswerten Frau aus dem Zimmer von Sebastian, das Bild mit ihr und den Kindern. Sie wollte es wegwischen. Es kam hartnäckig immer wieder, auch das Lächeln der Frau war wieder da. Die Frau bückte sich und kniete vor einem Beet nieder. Auch die beiden kleinen Kinder waren auf einmal neben der Frau.

O, ich schäme mich.

Sie hörte ihre geflüsterten Worte. Sie hatte sie wirklich ausgesprochen. Dadurch wurde alles noch schlimmer. Auf einmal war sie ganz nüchtern, und dennoch fürchtete sie, daß sie die Träume ganz verlieren könnte. Dann dachte sie einen Augenblick lang daran, daß Brunngrabe vielleicht doch würde sterben müssen.

Alles, was sie vorher erdacht hatte, bestätigte sich. Sein Erstaunen, als er zum Podium trat und Maria in der vierten Reihe bemerkte, seine überaus freudige Erregung, die er kaum verbergen konnte, sein Lächeln, sein Einverständnis. Das Herausheben ihrer Person aus dem großen Kreis der Zuhörer, einfach durch das Nicken mit dem Kopf. Maria sah seine Hände, die das Manuskript auf dem Pult ordneten.

Er könne einen Vortrag über ein so schwieriges Thema, nämlich die Interaktion mit Schwerkranken, nicht ohne Manuskript frei halten. So begann er.

„Seit sich die Soziologen, Theologen und vor allem die Medien um das Thema bemühen, seit also unzählige Nichtkompetente die Öffentlichkeit über das informieren, was in den Krankenhäusern geschieht, sind Wortbegriffe geprägt worden, die einen so hohen Anspruch an die Handlungsethik von Ärzten, Schwestern und Krankenpflegern stellen, daß sie kaum je erfüllt werden können.

Es wird zum Beispiel von der Führung eines Schwerkranken gesprochen …"

Maria spürte um sich herum die Spannung. Die Zuhörer, Ärzte, Schwestern und Pfleger fanden vermutlich in seinen Worten eine Bestätigung dessen, was sie immer empfunden, nie aber selbst in dieser Form zum Ausdruck gebracht hatten. Jeder fühlte sich offenbar angesprochen. Da, wo die Worte Widerspruch erregten, zwangen sie dennoch zum Überdenken oder gar zur augenblicklichen Korrektur der eigenen Meinung.

„Wer von uns kann denn behaupten, er könne einen Schwerkranken führen. Was bedeutet das denn? Dennoch benützen wir alle dieses Wort fast täglich. Oder wer kann denn behaupten, daß er einen Sterbenden begleitet? Wohin denn, frage ich Sie? Muß nicht jeder von uns, der einen solchen Ausspruch in Diskussionen benutzt, beschämt feststellen, daß er von etwas redet, was seine Möglichkeiten weit übersteigt?"

Maria sah den Redner unverwandt an. Sie durfte das ja jetzt tun. Niemand konnte Anstoß daran nehmen, denn sie hörte ja nur zu. Auch er sah sie an.

Er spricht zu mir, dachte sie. Sie hatte den Arm auf die Lehne des Stuhles gelegt. Der weite Ärmel der kurzen Bluse fiel zurück. Es war ein nackter, weicher Arm. Sie saß zehn Meter von seinem Pult entfernt.

„Meine Damen und Herren! Auch dieser so oft strapazierte Begriff des Begleitens eines Sterbenden ist eine Unwahrheit, deren wir uns schämen müssen. Haben Sie schon einmal den Versuch unternommen, ganz intensiv an das eigene Sterben zu denken, es so eindringlich zu denken, daß man erschrickt? Man muß sich vorstellen, wie dieser erste Augenblick ist, wenn man von einem Arzt erfährt, daß man zum Beispiel an einem Speiseröhrenkrebs leidet. Sie wissen doch in diesem Augenblick, daß nur ein Wunder sie retten könnte, denn nur die wenigsten Operationen sind radikal."

Maria wußte, daß er jetzt von Brunngrabe sprach, und er hatte sie dabei auch wiederum angesehen.

Ob einer der Anwesenden denn jemals versucht habe, sich intensiv in einen Kranken hineinzuversetzen, der eine mehrstündige Operation hinter sich habe, und bei dem lebensbedrohliche Komplikationen eingetreten seien, Meditation über das eigene Sterben. Wer hielte das schon mehr als einige Minuten aus ... Und dann sprächen Theologen, Philosophen und Journalisten von einer Begleitung.

„Ich spreche von nichts anderem als von unserer Hilflosigkeit."

Das war eigentlich schon der Höhepunkt des Vortrages. Es schien so, als löse sich die Spannung. Maria hörte in der Reihe hinter sich jemanden flüstern. Man hörte Räuspern im Raum. Das fiel auf, weil es bis dahin so still gewesen war.

Sebastian bemerkte die leichte Unruhe, er sah wiederum zu Maria. Sebastian versuchte, sich zu konzentrieren.

„Was also können wir tun?" Er sah in die Runde, dann blickte er in sein Manuskript.

„Wenn wir Hilflosigkeit im Umgang mit Schwerkranken akzeptieren, was bleibt dann? Es gibt ernstzunehmende Ärzte, die sagen, daß es gar nicht möglich sei, mit den Patienten mitzuleiden. Kann man denn mit dem Patienten auf Zimmer soundso mitleiden, nur weil er eine unheilbare bösartige Erkrankung hat?"

Sie hatte im Laufe des Vortrages einige, viele Patienten wiedererkannt.

Natürlich könne man mitleiden, sagte er, und dann hielt er einen Augenblick inne und sagte:

„Wissen Sie, daß Schwestern und Pfleger oft die Hauptlast dieser Hilfeleistung tragen?"

Sebastian hob die Arme, ließ sie wieder sinken, und das sollte wohl soviel heißen wie: Mehr ist es nicht. Mehr kann man nicht darüber sagen.

Er sah nach der Uhr, und dann nahm er, wie es schien, noch einmal einen Anlauf. Er sprach zum Schluß von Sterbehilfe. Maria wußte, von welchem Patienten er sprach. Die Angelegenheit hatte Johannes und sie damals in Unruhe versetzt.

Ein Mann mit einem Magenkarzinom, dessen Körper voller Metastasen war, hatte sich sehr gequält. Zum Schluß hatte er wegen der Lungenmetastasen sehr starke Atemnot. Johannes und Maria hatten ihn gepflegt, bis er eines nachts plötzlich erlöst wurde. Sebastian hatte es getan.

„Meine Damen und Herren! Ich halte es für unverantwortlich, wie dieses Thema Euthanasie in den Medien behandelt wird. Offenbar ist es sensationell. Es ist interessant, davon zu sprechen. Ich meine, man sollte allen, die sich zu Wort melden und darüber schreiben, vorher Fragen stellen, von deren Beantwortung dann ihre Qualifikation abhängig gemacht werden sollte, dies in der Öffentlichkeit zu tun.

Zum Beispiel so:

Wie oft, glauben Sie, wird ein Krankenhausarzt mit der Entscheidung über eine passive oder gar aktive Euthanasie konfrontiert? Einmal in der Woche, einmal im Monat?

Kennen Sie die Anzeichen des körperlichen Verfalles bis hin zur Agonie, und können Sie die Lebensdauer eines solchen Schwerkranken einigermaßen beurteilen?

Wie oft haben Sie einen Menschen sterben sehen?

Würden Sie, wenn Sie Tötung auf Verlangen für richtig halten, diese Tötung selbst durchführen, wenn Ihnen ein Arzt die Technik erklärte?"

Maria spürte seine Erregung, als er schließlich sagte, daß Sterbehilfe im letzten Stadium einer unheilbaren Krankheit immer ein Wagnis, eine einsame Entscheidung zwischen Arzt und Patient sei, und also ein Geheimnis.

Man müsse dabei einkalkulieren, daß man schuldig würde.

„Ich bin der Meinung, daß wir Indiskretionen begehen, wenn wir Ärzte, die wir allein die Verantwortung tragen, in der Öffentlichkeit darüber sprechen. Wir können als Menschen nur selten eine Entscheidung zur aktiven Euthanasie fällen und brauchen in allem, was wir tun, die Hilfe aus einer höheren Dimension."

Es dauerte einige Minuten, bis sich die Spannung, die wiederum entstanden war, gelöst hatte, und nach der Sprachlosigkeit einige den Mut hatten, Fragen zu stellen.

Ob er glaube, daß auch eine Krankenschwester oder ein Krankenpfleger, die das Sterben und die Quälerei täglich miterleben müßten, aktive Sterbehilfe leisten dürfe.

Maria hielt den Atem an. Eine junge Schwester hatte diese Frage gestellt, und so sehr sie auch überzeugt war, Sebastian zu kennen, so wenig konnte sie seine Antwort voraussagen.

„Sterbehilfe leisten viele Schwestern besser als die Ärzte. Wenn Sie aber die aktive Euthanasie meinen, zum Beispiel die Tötung eines Patienten auf Verlangen durch die Injektion eines Medikamentes in tödlicher Dosierung, worüber wir in diesen Tagen so viel in der Zeitung gelesen haben, wohl gemerkt in Extremfällen, wenn im allerletzten Stadium die Quälerei zu groß wird, und der Kranke darum bittet, dann müssen Sie sich immer die Frage stellen, ob Sie wirklich kompetent sind zu entscheiden, ob dieser Mensch nicht doch noch eine reale Chance hat zu überleben, und Sie müssen die volle Verantwortung für die Folgen tragen."

Die junge Schwester wollte nicht aufgeben. In ihren Worten war ein leichter Widerspruch gegen den Redner hörbar:

„Aber wenn es, wie Sie sagen, ein inoperabler hoffnungsloser Krebspatient ist? Wenn Sie also von vornherein wissen, daß er nicht überleben kann?"

„Derjenige, der die Entscheidung fällt, muß die Verantwortung allein tragen und wissen, daß er eventuell schuldig wird. Dennoch bin ich der Meinung, daß in der Regel, ich meine in den meisten Fällen, diese Entscheidung von dem behandelnden Arzt getroffen werden muß. Es gibt allerdings viele Ärzte, die aktive Euthanasie auch im allerletzten Endstadium grundsätzlich ablehnen."

Dann, als er schließlich das Podium verließ, und alle Kollegen sich um ihn drängten, stand Maria am Rande. Solange stand sie dort, bis er sich zu ihr durchgedrängt hatte und ihr die Hand gab.

„Daß Sie gekommen sind, Maria!" Er sagte „Maria", nicht „Schwester Maria", wie er es sonst tat.

„Ich wäre beinahe aus dem Konzept gekommen, als ich Sie dort vor mir gesehen habe."

„Und manchmal habe ich gedacht, daß Sie nur zu mir sprechen."

Vielleicht hätte sie das Letzte nicht sagen sollen, weil er still wurde und nicht antwortete. Dann führte er Maria an einen der vielen gedeckten Tische, an denen nur Ärzte Platz genommen hatten. Er stellte sie als seine Stationsschwester vor. Er ließ es sich nicht nehmen, zusammen mit ihr zum kalten Buffet zu gehen. Maria dachte in diesem Augenblick, daß das alles, worauf sie sich so gefreut hatte, höchstens noch eine Stunde dauern würde. Es würde danach nichts mehr geschehen, und wer weiß, ob sie überhaupt noch unter vier Augen mit ihm reden könnte. Sie hörte den Gesprächen an ihrem Tisch nur mit halbem Ohr zu, und sie beantwortete die neugierigen Fragen der Ärzte nach der Klinik, in der sie mit Doktor Sebastian arbeitete, höflich und distanziert.

Als man sich entspannt und in zunehmendem Maß dem Wein zuwendete, nützte Sebastian die Gelegenheit. Er lud sie zu einem Nachtisch zum kalten Buffet ein. Zwischen den Tischen führte er sie hindurch. Zuerst ging sie vor ihm. Sie hatte weiße Stiefel an, die bis zu den Waden reichten. Ihr Körper bewegte sich zwischen den Menschen, fast ohne diese zu berühren. Die Hüften fingen jede dieser Bewegungen auf. Einmal legte er seine Hand auf ihren nackten Arm. Wie viele Männer sie wohl schon geliebt hat? Er stellte sich das vor. Es war ja nicht die Krankenschwester Maria, die neben ihm stand, es war eine schöne junge Frau. Er reichte ihr eine Schale Obst. Sie hielt die Schale in der linken Hand und in der rechten den Löffel. Wiederum diese Haarsträhne, die seitlich in die Stirn fiel wie vorhin während des Vortrages. Er hätte sie mit zwei Fingern zurücklegen können. Das hätte bedeutet, daß er sie gestreichelt hätte. Sie pustete die Haare hoch. Er lachte.

„Warum lachen Sie?"

„Ich wollte soeben helfen, die Haare zurückzulegen. Ich meine, Sie haben ja beide Hände voll zu tun."

Sie legte den Löffel in die Schale und fuhr mit der rechten Hand durch die Haare. Dann reichte sie ihm die Schale.

„Seit drei Jahren arbeiten wir täglich zusammen, und dies ist das erste Mal, daß ich ..."

Sie wurden unterbrochen, weil um sie herum ein Gedränge entstand.

„Das erste Mal?" fragte sie.

„Das erste Mal, daß ich Sie so sehe, ich meine ohne einen weißen Kittel."

Er sagte nicht mehr als das, und sie wußte nicht, was sie antworten sollte.

Er hatte die Obstschale abgestellt, um sie bedienen zu können.

„Nehmen Sie Pudding mit Schokoladensoße?"

„Pudding, ja Pudding."

„Und Schokoladensoße?"

„Ja, bitte."

„Warum sind Sie mit dem Auto gefahren. Wir hätten zusammen fahren können."

„Aber ich wußte es doch nicht ..."

„Noch eine Weintraube?"

Sie nickte.

„Ich wußte doch gar nicht, ob Sie mich mitnehmen würden."

„Ein Glas Wein trinken Sie doch noch mit mir."

Sie schüttelte den Kopf. Sie standen beide zwischen den vielen Menschen und waren dennoch ganz allein.

„Dies eine Glas wird uns nicht schaden, auch nicht beim Autofahren."

Dann gingen sie zurück zu ihrem Tisch, und er blieb auf einmal stehen.

„Ich werde hinter Ihnen her fahren und auf Sie aufpassen."

„O, Doktor Sebastian. Sie sind sehr lieb zu mir."

Hatte er das gehört? Maria hatte es sehr leise gesagt, und der Vorsitzende des Ärztevereins dieser Stadt sprach ihn in diesem Augenblick an. Sebastian hielt seinen Teller mit dem Obst und den Wein in den Händen und sah etwas hilflos zu Maria.

In der Dunkelheit standen sie vor ihrem Auto, aber sie konnten nichts sagen. Sie hätte ihn noch so viel fragen wollen, sagte sie und konnte seine Antwort kaum verstehen, weil in den vielen Autos auf dem Parkplatz die Motoren angelassen wurden. Er würde hinter ihr her fahren, sagte er.

Bis zur Autobahn sah sie seine Scheinwerfer im Rückspiegel. Einmal hob sie die Hand und sah, wie auch er die Hand hob.

# 26

# Raststätte

Ich werde an der nächsten Raststätte abfahren, er wird neben mir halten, und ich werde ihm sagen, daß ich sehr müde bin, und er wird mich in das Lokal führen, oder er wird sich zu mir in das Auto setzen.

Das Hinweisschild der nächsten Raststätte in ihrem Scheinwerfer. Sie hob wiederum die Hand, gab ihm das Zeichen, aber er hatte es zu spät begriffen und konnte erst in letzter Minute seinen Wagen herumreißen, fuhr knapp an einem Pfosten vorbei und hielt schließlich dicht hinter ihr auf dem Parkplatz.

Von jetzt ab handelte er wie unter einem Zwang. Selbst das Bild seiner Frau, das vor ihm soeben aufgetaucht war, konnte nichts mehr daran ändern. Sie stiegen beide aus und gingen aufeinander zu. Ihr Gesicht im matten Lichtschein, der vom Eingang der Raststätte kam, und dann das Scheinwerferlicht eines vorbeifahrenden Autos. Er sah, daß sie lächelte.

Schräg hinter ihrem Wagen parkte auf der Gegenseite des Platzes ein großer Lastwagen mit Anhänger. In dem erleuchteten Führerhaus bewegte sich der Fahrer. Er zündete sich eine Zigarette an. Er konnte von seiner Kabine aus nicht erkennen, wie sie aufeinander zugingen, sehr langsam, fast zögernd. Sie war nur noch wenige Schritte von ihm entfernt, und er hörte jenseits der hohen Büsche das auf- und abschwellende Motorengeräusch auf der Autobahn.

Jetzt stand sie ganz nahe vor ihm. Sie neigte den Kopf ein wenig nach hinten, um ihm voll ins Gesicht sehen zu können. Irgend etwas spürte er in sich aufsteigen, etwas, das alles Bisherige auslöschte.

Er bemerkte noch, daß der Fahrer in dem Wagen das Fenster öffnete, dann nahm er ihren Kopf in beide Hände. Er spürte einen

Hauch des Zigarettenrauches, den ein leichter Wind herüberwehte. Immerfort war das Summen von der Autobahn in seinen Ohren, dann war nur ein Rauschen in ihm selbst.

Als sich ihre Körper von einander lösten, und er wieder zu sich kam, lag ihr Kopf auf seiner Schulter, der Windhauch fuhr in ihre Haare, und er sah das beleuchtete Viereck der Fahrerkabine drüben wie durch einen Schleier. Der Fahrer hatte sein Radio angestellt, und sie hörten beide von drüben die Melodie eines Schlagers. Das Motorengeräusch von der Autobahn war jetzt wieder deutlich vernehmbar. Er legte seinen Arm um sie und sagte:

„Komm!", aber man konnte es kaum hören, weil seine Kehle trocken war, und dann kam die Stimme wieder rauh und unbeholfen.

„Laß uns dort etwas trinken!", sagte er und zeigte auf die beleuchtete Raststätte. Sie gingen um den Anhänger des Lastwagens herum, blieben im Schatten desselben stehen. Er hörte, als sie die Arme hob und ihn wiederum umarmte, das ganz leise Klirren der beiden Armreifen, die auf den Ellenbogen zurückfielen. Sie versanken wiederum.

Bevor sie in das Licht der Eingangstür traten, nahm er wiederum ihren Kopf in seine Hände.

Er glaubte, die Süßigkeit noch nie in seinem Leben so gespürt zu haben, aber er hatte es schon gespürt und er wußte es.

Oh Maria!, wollte er sagen, man kann nicht zwei Frauen lieben, aber er sagte es nicht, er dachte es nur einen Atemzug lang. Länger wollte er es nicht denken.

Sie streichelte seine Hände, weil sie sein ernstes Gesicht sah. Maria ahnte, was er jetzt dachte.

Aber es darf keine Bedenken geben, nicht jetzt, nicht in diesem Augenblick, wo wir unsere Körper gespürt haben, wo sie so nahe waren. Wenn er mich nicht wirklich liebte, dann wäre er doch in die Nacht hinausgefahren und hätte mich alleingelassen.

In der Raststätte saßen verstreut Lastkraftwagenfahrer und Geschäftsleute. Sie fanden eine Nische, in der sie unbeobachtet waren. Sie bestellten einen Kaffee, und dann zog er ihre Hände zu sich herüber. Sie spürte diese Berührung in ihrem Körper.

„Ich kann nichts mehr dagegen tun", sagte er.

Sie sah ihn sehr lange nachdenklich an.

„Warum muß man etwas dagegen tun. Ich habe nichts dagegen tun können, vom ersten Tag, als ich dir begegnet bin." Sie sprach sehr leise. „Ich weiß, daß du mich vielleicht nicht so lieben kannst wie ich dich, und ich weiß, daß es vielleicht falsch ist, daß ich es dir jetzt noch dazu gesagt habe."

Sie hatte die Tasse mit dem heißen Kaffee an die Lippen geführt, und der aufsteigende Dampf schwebte vor dem Gesicht. Alles war ungewiß.

Daß sie von der Autobahn abgefahren war, weil sie plötzlich so schrecklich müde war, das war nur die halbe Wahrheit. Sie wußten es beide. Sie wollte, daß er zu ihr kam, und er wollte es auch.

„Wenn du sehr müde bist, Maria, dann solltest du hier übernachten. Du hast morgen doch Nachmittagsdienst. Du könntest ausschlafen. Ich werde dir ein Zimmer bestellen."

„Ich möchte nicht hier übernachten", sagte sie, „wenn du es nicht auch willst." Sie lächelte, und dann sah er, wie sich ihr Gesicht veränderte, und er wußte nicht, ob es Erschrecken war. Was auch immer es sein mochte, ihr Gesicht war verändert.

Er stand auf, ging zur Rezeption und bestellte noch einen französischen Rotwein. Er spürte seinen Herzschlag, und daß er in aller Auflösung, in der er sich befand, weiter und weiter untertauchte.

Dort, wo sich das Telefon befand, stand er mit dem Rücken zu ihr. Eine Glastür, die den seitlichen Gastraum von der Rezeption trennte, stand halb offen. Er sah sie im Spiegel dieser Tür, wie sie den Arm hob, wie die weite Bluse zurückfiel über die Achselhöhle. Alles sah er nur verschwommen, auch ihre Augen, die offenbar auf seinen Rücken gerichtet waren, und die fremd erschienen, fremd, weil diese betäubende Erwartung alles veränderte.

Er rief zu Hause an. Es meldete sich der Telefonbeantworter, und er wartete nicht, bis Julia den Apparat aufnahm, er gab nur die Nachricht durch, daß er wegen der großen Müdigkeit nach dem Vortrag auf einer Raststätte Pause machte, und daß sie ins Bett gehen sollte. Und dann sagte er das, was alles verändern würde, alles. Er sagte, daß er notfalls auch übernachten würde. Er hatte schon auf den Kontakt gedrückt, die Leitung war unterbrochen, aber er hielt den Hörer immer noch in der Hand und sah gegenüber an der Rückwand der Rezeption ein Poster von einem Strand am Mittelmeer. Es bedeckte die halbe Wand. Hibiskusgeflechte an alten Mauern.

Maria sah zu ihm hinüber, er hatte immer noch den Hörer am Ohr, aber sie wußte nicht, daß er gar nicht mehr telefonierte. Sie war wie betäubt. Den Wirt konnte Maria nicht sehen, denn er stand vor der Zwischenwand, die an die Glastür anschloß.

„Und Sie wollen ein Zimmer haben?", fragte er.

Nein zunächst nicht, er müsse später noch einmal telefonieren.

„Ich werde Ihnen Bescheid geben."

„Es hat Zeit", sagte der Wirt, „wir haben noch Zimmer frei."

Langsam ging er auf sie zu. Sie saß leicht vorgebeugt, ihre Haare fielen über die Stirn.

Hinter dem Tisch das Fenster, in dem die schwarze Nacht drängend und bedrohend darauf wartete, sich in diesem Hause auszubreiten. Alles würde sie ausfüllen, diese fremde Gaststube, das Zimmer, in dem sie schlafen würden. Worte würden sie in der Dunkelheit flüstern, wenn sie sich liebten, Worte, die Stunden später, wenn die Sonne aufginge, vielleicht nicht mehr wahr sein würden.

Obwohl Maria nicht verstehen konnte, was er dort am Telefon sagte, so spürte sie dennoch seine Unruhe.

Jetzt stand er hinter ihrem Stuhl, nahm ihren Kopf in die Hände und spürte, daß sie zitterte. Der Duft ihrer Haare wie vorhin auf dem Parkplatz. Seine Hände streichelten unter den weichen Haaren ihren Hals. Dann setzte er sich ihr gegenüber.

Sie könnte ihn betören, sie ist stärker als er, auch das weiß sie, aber jetzt sagte sie:

„Ich muß mit dir über den Vortrag sprechen!", das sagte sie, obwohl das alles bereits sehr weit weg war und in diesem Augenblick keine Bedeutung mehr hatte.

Er sah sie erschreckt an, wachte aus der Betäubung auf. Wie kann sie denn jetzt über den Vortrag reden?

Es war so, als wäre die Verzauberung fort.

„Nein ich will es doch nicht!", sagte Maria.

„Was willst du nicht, Maria?"

„Nein, ich wollte ja nicht vom Vortrag reden."

„Ich wollte etwas anderes sagen."

„Sag es mir."

Sie lächelte.

Der Kellner brachte den Rotwein und zündete eine Kerze an. Sie stießen an, und die Kerze leuchtete in den Gläsern. Er sah ihre Lippen am Rande des Glases und dann ihre Zunge zwischen den Lippen.

Heute wird es nicht geschehen, dachte sie, oder doch? Aber irgendwann wird es geschehen, dann wird er bei ihr bleiben. Es ist nur ein Aufschub. Sie glaubt es zu wissen.

Der Kellner fragte, ob sie bleiben wollten.

Sebastian schüttelte den Kopf.

„Nein, danke."

Dann sprachen sie doch über den Vortrag, aber sie dachten nicht an das, was sie sagten. Sie dachten nur das eine.

Später in der Dunkelheit auf dem Parkplatz konnten sie sich nicht loslassen. Sie hielten sich fest. Warum haben wir es nicht getan?, dachte sie. Wir tun es doch schon?

Sie fuhren wie zuvor hintereinander nach Hause. Sie dachte, daß er ihr vielleicht bis zu ihrer Wohnung folgen würde. Vielleicht tat er es ja wirklich.

Nein, an der Ausfahrt zur Stadt verlangsamte er offenbar das Tempo, zwei Wagen schoben sich zwischen sie, und Maria sah, daß er die Abzweigung zum Krankenhaus genommen hatte.

Gegen zwei Uhr nachts kam er nach Hause. Er betrat das Haus so leise, daß niemand ihn hören konnte. Im Wohnzimmer legte er sich auf das Sofa. Er wollte niemand stören und er fürchtete sich vor der Berührung mit Julia. Nichts war mehr so, wie es vorher war.

Er war nicht schuldig, es hatte ihn überfallen, er konnte sich nicht wehren, von Anfang an konnte er sich nicht wehren. Er lag wach und konnte nicht schlafen. Er war wie ein Fremder in seinem dunklen Haus, das bisher sein Zuhause war.

Jetzt hätte er leise die Treppe hinaufgehen können. Durch die halb geöffnete Tür würde er vielleicht ihre Atemzüge hören, er könnte sich leise ausziehen und dann ihre Wärme spüren. Er könnte das.

Du hast deine Frau betrogen, nicht nur heute, sondern immer, wenn du Maria in Gedanken ausgezogen hast. Ja doch, gib es zu, und bilde dir ja nichts darauf ein, daß du es heute nicht getan hast.

Er öffnete die Tür zum Garten, setzte sich auf die Steinstufen und spürte die Nachtkälte. In diesem Augenblick tauchten die Bilder von der Laserz-Nordwand in den Lienzer Dolomiten auf; eine Nacht, in der alles auf dem Spiele stand.

Sie, Sebastian und sein Seilgefährte waren 500 Meter geklettert, als das Unwetter sie überraschte. Das war kein Regen. Wasser wurde über ihnen ausgeschüttet aus schwarzen Wolkenbergen.

In einem der hohen Felskamine hatten sie unter einem Überhang auf einer Felsplatte Schutz gefunden, mit den Seilen und Karabinern angekettet an Haken, die sie hinter sich eingeschlagen hatten.

Das, worüber sie damals diskutiert hatten, wäre im täglichen Leben unausgesprochen geblieben. Sie konnten es nur sagen, weil sie dort in der nächtlichen Nordwand angeseilt über einem Abgrund hingen, er und sein jüngster Bruder. Es war der lebensfrohe Bruder, der im Sommer Tennislehrer und im Winter Skilehrer war.

Wenn sie ihre Lage verändern wollten, so hingen die Füße über dem tausend Meter tiefen Abgrund, und immer wenn sie sich bewegten, quietschten die Karabiner in den Haken. Sie begannen zu frieren, aber nach einer Stunde erwärmte sich der Raum in dem winzigen Zeltsack, und das Kondenswasser von ihrer Atmung benetzte die Plastikhülle.

Sebastian erwachte, als sein Kopf hart gegen den Felsen schlug, und der Körper nach unten glitt. Die Füße, die er auf kleine Vorsprünge am unteren Rand der Felsplatte gestützt hatte, waren über kleinen Steinen und Schotter auf der glatten Platte abgerutscht. Die Haken hielten ihn. Sie zogen die Rebschnüre fester an, und sie waren beide auf einmal hellwach.

Dann fing der Bruder an, über Gott und die Welt zu reden, und das geschah völlig unerwartet und unvermittelt. Sebastian erinnerte sich, daß er nicht die richtigen Antworten fand. Wie kann man über Gott reden, wenn der Kopf zum Zerspringen ist, und man an Seilen nachts über einem Abgrund hängt.

In diesem Augenblick stellte der Bruder die Frage, die wie eine Explosion war. Ob es Gott gäbe, wollte er wissen.

„Ja, es gibt ihn", hatte Sebastian geantwortet, aber er konnte keine wirklich klaren Gedanken fassen. Sein Schädel schmerzte. Seine Argumentation geriet ins Ungewisse.

„Mit dem Verstand, mit der Ratio kann man ihn nicht erfassen", hatte Sebastian geantwortet, „aber wir sprechen von ihm. Also existiert er."

Mitternacht war vorüber, als der Steinschlag neben ihnen über die Wand ging. Zuerst hörten sie ein dumpfes Grollen über sich, dann das scharfe sausende Geräusch herabstürzender Steine und Felsbrocken, die durch die Luft geschleudert wurden. Sie prallten über und neben ihnen in der Wand auf, und weil große Brocken dabei waren, hörte es sich an wie das Explodieren schwerer Granaten. Der gewaltige Steinschlag ging unmittelbar neben ihrem Standplatz über die Nordwand. Der Bruder hatte den Unterarm von Sebastian umfaßt und ließ ihn nicht los, bis das Toben und Grollen von der Tiefe verschluckt worden war. Sie hörten jetzt weit entfernt die Aufschläge.

Danach wurde die Stille um sie herum um so deutlicher.

„Ein Mordsglück haben wir gehabt, daß wir hier in dem komfortablen Sessel unter dem Überhang sitzen!", hatte der Bruder gesagt, und dann gefragt: „Woran denkst du?"

„Ich denke daran, daß mich ein verdammter Stein in den Hintern drückt."

Bevor ihn der Schlaf wieder übermannte, fing der Bruder von den Frauen an. Ob man ein Leben lang einer einzigen Frau treu bleiben könne, wollte er wissen.

Wenn man sie sehr liebe, hatte Sebastian geantwortet, aber das wollte der Jüngere auf keinen Fall gelten lassen.

„Was soll das, glaubst du, ich habe die Frauen, mit denen ich ...", er sprach nicht weiter, und Sebastian ergänzte:

„geschlafen habe."

„Ich habe sie alle geliebt."

Sebastian erinnerte sich genau daran, was er dann gesagt hatte:

„Aber wenn du ihr irgendwann versprichst, daß du bei ihr bleibst ..."

„Ich habe das nie einer Frau versprochen", und dann fügte der Bruder hinzu: „Du hast eine schöne Frau. Ich kenne leider keine wie sie, aber bitte, wenn du 15 Jahre später eine andere triffst, die du genau so liebst? Was dann?"

Gegen vier Uhr morgens verzog sich das Unwetter.

In der ersten Dämmerung sind sie dann losgegangen. Die Glieder waren wie erstarrt vor Kälte, und die schmalen Tritte und Risse waren bei der Nässe des Gesteins gefährlich. Die Wand war ausgesetzt, und Sebastian kletterte mit größter Vorsicht.

Die Sonne selbst war noch nicht über den Berggipfeln aufgegangen, als sie den Gipfelgrat erreichten, aber das Licht lag bereits rot, orange-gelb über den Karawanken und den julischen Alpen.

Sebastian hatte ihr Kommen nicht bemerkt, weil der Wind durch den nächtlichen Garten wehte, und er war so heftig, daß sich die hohen Bäume neigten und die Zweige rauschten. Die Tür zur Terrasse war weit offen, darum hörte er ihre Schritte auf dem Teppich hinter sich in der dunklen Stube nicht. Sie kam auf bloßen Füßen und berührte seine Schulter.

„Warum bist du nicht zu mir gekommen?"

„Ich wollte dich nicht stören, und ich konnte nicht schlafen."

Sie beugte sich über ihn und flüsterte:

„Komm zu mir."

# 27

# Der Morgen danach

Sebastian schlief noch drei Stunden, traumlos, wie er beschämt feststellte. Wie konnte man nach allem, was geschehen war, traumlos schlafen?

Gegen sieben Uhr betrat er sein Zimmer in der Klinik.

Die täglich benützten Dinge, alles, was ihn in diesem Raum umgab, stand an seinem alten Platz, so wie er es am Abend vorher verlassen hatte, die Akten auf dem Schreibtisch, die Kugelschreiber in der Porzellanschale, das Stethoskop über dem Schreibtischstuhl, Arztkittel, Hosen und Sandalen im Wandschrank. Aber die Dinge sahen ihn an, als gehörten sie nicht zu ihm. Alles schien sich von ihm abzuwenden. Nichts war mehr so wie am Tage davor. Zweifellos war es das Schuldgefühl, das ihn veranlaßte, selbst den toten Dingen, die ihn hier umgaben, eine irrationale Funktion zuzuschreiben, nämlich daß sie ihn anklagend anzublicken schienen. Warum taten sie es jetzt und nicht schon Wochen vorher, als er begonnen hatte, von dieser jungen Frau zu träumen, als er sich in sehnsüchtigen Fantasien erging?

Die Betrachtung des Bildes seiner Frau, das ihn ansah, wenn er dieses Zimmer betrat, war wie ein unausgesprochener Hilferuf. Je mehr er es betrachtete, um so mehr glaubte er wieder festen Boden unter den Füßen zu haben.

Es war das Bild von Julia vor den Hibiskussträuchern und dem Meer.

Er rief auf der Station an und erkundigte sich nach dem Befinden von Brunngrabe. Johannes schien besorgt. Die Temperatur sei aber normal und die Darmgeräusche ebenfalls.

„Ich werde nach der Operation kommen, Johannes. Halten Sie mich auf dem Laufenden."

Die Situation war offenbar nicht bedrohlich. Sebastian wollte sich auf die bevorstehende Operation konzentrieren.

Als er sich jetzt umkleidete, kam ihm der rettende Gedanke, daß es aus der Verwirrung seiner Gedanken, die ihn lähmten, einen Ausweg gab: die Arbeit. Er müßte sich aufopfern bis an den Rand seiner Kräfte.

Es stand ihm eine sicher über fünf Stunden dauernde, äußerst schwierige Operation bevor, und es war nicht seine Art, derartige Eingriffe, wenn sie bereits bis ins einzelne vorgeplant waren, aus persönlichen Gründen zu verschieben. Es kam hinzu, daß der Patient sich ganz auf diesen Termin eingestellt hatte. Es gab für ihn keinen Zweifel daran, daß er es durchstehen müßte.

Der Mann, den sie jetzt in den Operationssaal fuhren, hatte seit drei Wochen eine Gelbsucht. Die Voruntersuchungen hatten einen Verschluß des Hauptgallenganges ergeben, dort, wo die lebenswichtigen Gebilde wie Hauptschlagadern und Venen zusammen mit den Gallengängen in die Leber eintraten, und es war vor der Operation nicht eindeutig zu klären gewesen, ob es sich hier um einen Tumor handelte, was das Wahrscheinlichste war, oder aber um eine sehr seltene vernarbende Entzündung. Die radikale Entfernung eines bösartigen Tumors an der sogenannten Leberpforte gelang nur sehr selten, und Überlebenszeiten von fünf Jahren wurden in der internationalen Literatur nur in wenigen Fällen beschrieben.

Sebastian war sich der chirurgischen Herausforderung bewußt und auch der Tatsache, daß seine Mitarbeiter über den Sinn dieser Operation geteilter Meinung waren.

Die personelle Besetzung hatte sich Sebastian sehr genau überlegt. Die erste und entscheidende Assistenz war dem zweiten Oberarzt übergeben worden, Doktor Grohmann mußte als zweiter Assistent die Haken halten. Seine Funktion bei dieser Operation bestand darin, mit zwei großen sogenannten stumpfen Spatelhaken sowohl den Leberrand nach oben zu ziehen, als auch die mit feuchten Tüchern bedeckten Darmschlingen nach unten abzudrängen. Auf diese Weise hatte der Operateur einen guten Überblick über das eigentliche Operationsfeld, und nur so konnte er ungestört arbeiten. Dieses Hakenhalten bei stundenlangen schwierigen Operationen war von allen Assistenten gefürchtet. Nach einer gewissen Zeit mußte man ständig gegen die Müdigkeit ankämpfen, insbesondere dann, wenn der Operateur den Hakenhalter nicht an allen Phasen des Eingriffes teilnehmen ließ. Dazu mußte er seine Schulter zurück nehmen und dem halb hinter und neben ihm stehenden Assistenten den Blick in die Tiefe des Bauchraumes freigeben und ihm die einzelnen Schritte des Eingriffes erklären. Der andere mußte miterleben können, was im Bauch geschah. Anderenfalls war die Müdigkeit immer stärker als das Bemühen um stundenlange Konzentration. Die Haken sollten in der Position, die der Operateur ihnen gab, gehalten werden. Jede Veränderung erschwerte die Präparationsarbeit, besonders dann, wenn es um Millimeter ging. In entscheidenden Phasen, etwa bei der Naht oder der Freilegung lebenswichtiger Blutgefäße, konnte das Abrutschen der Haken bedenkliche Folgen haben. In der Hitze des Gefechtes gab es dann mehr oder weniger heftige Zurechtweisungen, und es war nur eine Frage des Trainings und der Gewöhnung, vielleicht auch der Sensibilität des jüngeren Assistenten, ob er dieses als persönlichen Vorwurf empfand. Manche dachten noch während einer derartigen Operation darüber nach, ob sie sich das wirklich alles gefallen lassen müßten, und ob es sinnvoll sei, diese harte jahrelange Ausbildung über sich ergehen zu lassen.

Was Grohmann betraf, so hatte Sebastian ihn ganz bewußt zu dieser Operation eingeteilt, weil er zu wissen glaubte, daß er an einem so bedeutenden Eingriff äußerst interessiert war. Er hatte sich vorgenommen, ihm in Details alle Schritte zu erklären.

Es sollte sich herausstellen, daß seine Vorstellungen falsch waren.

Grohmann fühlte sich keineswegs zurückgesetzt. Er war sich dessen bewußt, daß die zweite Assistenz in diesem Falle eher eine Auszeichnung war. Noch vor wenigen Wochen hätte er sich auf diesen interessanten Eingriff gefreut und sich auch theoretisch darauf vorbereitet. Aber alles war anders gekommen.

Grohmann erinnerte sich daran, wie er sich vor vier Jahren bei Sebastian um eine Assistentenstelle beworben hatte. Er hatte damals fachlich wenig vorzuweisen, allenfalls theoretische Kenntnisse auf einem speziellen Gebiet, nämlich Erkrankungen der Bauchspeicheldrüse. Er war ein Anfänger in der Chirurgie gewesen. Am Ende der

Unterredung hatte er sich darüber geärgert, daß er vor Aufregung feuchte Hände bekommen hatte. Er hatte versucht, sie mit dem Taschentuch unbemerkt zu trocknen, bevor er Sebastian die Hand gab. Dieser hatte ihm spontan eine Stelle zugesagt, ein Beweis seines Vertrauens, das bis zum heutigen Tage bestand.

Seit dieser Zeit arbeitete er jetzt unter der Leitung von Sebastian. Er hatte mit dessen Hilfe eine große Zahl schwieriger Eingriffe zunächst unter dessen Aufsicht, dann aber auch selbständig durchgeführt, und er war auf dem besten Wege, alle Voraussetzungen für den Facharzt für Chirurgie zu erfüllen. Alles schien vorgezeichnet. Die Frage, ob er sich für den Chirurgenberuf eignete, war insbesondere nach ausführlichen Gesprächen mit Sebastian, der die Fähigkeiten seines Assistenten in besonderem Maße hervorgehoben hatte, längst überflüssig geworden.

Irgendwann war die Wende erfolgt. Er wußte nur, daß er in den Jahren etwas verloren hatte, aber er konnte nicht sagen, was es war. Es hatte zweifellos etwas mit dem Begriff der Zeit zu tun, einer Zeit, in der man Fragen stellen und auf Antworten warten kann. Er war auf das Ziel hin gelaufen, das er sich gestellt hatte, er hatte Erfolge und Operationszahlen gesammelt wie Briefmarken, und er war dabei immer atemloser geworden, so atemlos wie ihm heute sein Chef Sebastian erschien. Er war diesem seinem großen Vorbild immer nachgelaufen.

Grohmann hatte sich im Umkleideraum bereits umgezogen. Er stand jetzt am Fenster des Vorbereitungsraumes und konnte das ganze Treppenhaus übersehen. Sebastian mußte dort herunter kommen, weil er auf der obersten Station beschäftigt war. Alle warteten auf sein Erscheinen. Erst dann, wenn er dort oben an einem der Fenster erschien, würde Grohmann beginnen, sich zu waschen. Als zweiter Assistent war es seine Aufgabe, den narkotisierten Patienten auf dem Operationstisch mit einem Desinfektionsmittel abzuwaschen.

Grohmann hatte als Bub des öfteren seinem Onkel auf einem Bauernhof geholfen, und dieser Onkel spielte jetzt auf einmal eine Rolle, wenn er über die Zeit nachdachte, die er verloren hatte. Grohmann erinnerte sich an Tage, an denen der Onkel vor seinem Hause gesessen und die Pfeife geraucht hatte. Er hatte nur da gesessen und nichts getan. Manchmal dauerte es mehr als eine Stunde, bis er etwas sagte. Da wußte Grohmann, daß er viele Fragen hatte und nach Antworten suchte. Zuerst sagte er etwas über das Wetter, und man hätte einwenden können, daß es für eine derartige Wetterprognose eigentlich nicht eine Stunde Nachdenkens bedurft hätte. Aber dann sagte er etwas über einen Krieg irgendwo in der Welt oder er sagte, daß man Tiere lange ansehen müsse, bis man ihre Blicke verstehe. Es gäbe geheime Übereinstimmungen, sagte der Onkel, und daß die meisten Menschen Tiere nicht lieben könnten, weil sie keine Zeit hätten, lange genug in ihre Augen zu sehen.

Grohmann dachte an den Onkel, an seinen Philosophielehrer und an Aristoteles. Wir arbeiten um der Muße willen. Jetzt, in diesem Augenblick fiel ihm das Wort Muße ein. Er wußte, daß er sie verloren hatte.

Sebastian erschien oben im Treppenhaus. Durch die Glasscheiben sah man, wie er die Treppen herabstieg. Grohmann empfand das Bedürfnis, jetzt über sein Leben und über die Muße nachzudenken, weil er als Chirurg im Begriffe war, den Satz des Aristoteles in sein Gegenteil zu verkehren.

Das Beklemmende war, daß Grohmann nicht ergründen konnte, ob sein Vorbild Sebastian wirklich so atemlos irgend einem Phantom hinterher lief Er wußte es ja gar nicht. Er nahm das doch nur an. Er kannte ihn viel zu wenig, aber er suchte Punkte gegen sein Vorbild, weil er sich von ihn befreien wollte. Wie oft hatten sie über die brennenden Probleme der technisierten modernen Medizin gesprochen. Der Fortschritt und das Machbare diktierten mittlerweile alle Entscheidungen. Was technisch machbar war, mußte durchgeführt werden. Der Arzt stand bei seinen Entscheidungen unter einem ständigen Zwang. Nicht nur der Fortschritt verlangte es, auch der Patient stellte seine uneingeschränkten Ansprüche an diese Medizin. Man müsse sich die Freiheit eigener Entscheidungen behalten, hatte Sebastian einmal gesagt. Was für ein großes Wort. Grohmann bewunderte ihn darum. Er dachte an Hilscher, den Sebastian nicht hatte operieren wollen. Das war eine persönliche Entscheidung, allerdings vom Patienten getroffen, nicht vom Arzt. Dabei war es Grohmann sehr wohl bewußt, daß das Entscheidende das Gespräch war, welches

Sebastian mit dem Mann vor der Operation geführt hatte, aber dennoch suchte er Argumente gegen sein Vorbild. Darum war er in der Gefahr, ungerecht zu urteilen. Man konnte auch über die ärztliche Ethik stolpern und atemlos werden.

Warum in aller Welt operierte er dann Tumoren, die nur eine winzige Chance hatten, radikal entfernt zu werden. Wo waren denn diese freien Entscheidungen? Waren das Wortschablonen und weiter nichts? Unterlag Sebastian nicht auch dem Diktat des Machbaren im Fortschritt und seinem Chirurgenehrgeiz?

Am zweiten Treppenabsatz blieb Sebastian stehen und trat ans Fenster. Er stand dort unbeweglich, als ob er keine Eile hätte. Vielleicht hatte er Angst vor diesem Eingriff. Grohmann konnte kaum glauben, daß ein ruhiger erfahrener Operateur wie sein Chef Angst haben könnte. Und wenn er doch Angst hatte? Er, Grohmann, hätte nie gewagt, ihn zu fragen.

Dann, als Sebastian sich wieder in Bewegung setzte, fing Grohmann an, sich zu waschen.

Es war immer so: Wenn er die Haut durchtrennt hat, wenn er nach Spalten der Faszie die Blutungen in der Muskulatur durch Elektrokoagulation gestillt hatte und schließlich der Bauch eröffnet war, dann empfand er auf einmal nicht mehr Müdigkeit noch Angst. Möglicherweise würde sich in diesem Falle schon beim Austasten des Bauchraumes mit der Hand alles entscheiden, denn tastbare Tumormetastasen etwa an der Leberoberfläche oder in den Lymphknoten um die Leberpforte herum wären ein klarer Hinweis darauf, daß dieser Tumor nicht radikal operiert werden konnte. In diesem Falle wäre der Eingriff mit einer einfachen Umleitung der Galle in kürzester Zeit zu beenden gewesen. Während er mit seiner Hand in die warme Bauchhöhle eindrang – er hatte den Schnitt zunächst so klein wie möglich gehalten – war er sich einen Augenblick lang bewußt, daß er diese Feststellung wie eine Befreiung empfinden würde. Niemandem könnte er das begreiflich machen, daß er einen für den Patienten hoffnungslosen Befund in diesem einen Augenblick herbeiwünschte, niemand würde das nachempfinden können. Die große Operation, die wie ein Berg vor ihm stand, würde ausfallen, die Galleableitung durch eine Darmschlinge könnte er dem Oberarzt überlassen, und er würde sich in seinem Zimmer einschließen, er könnte in aller Stille dort sitzen, und längst fällige Post erledigen. Wer hätte das begreifen können?

Die Hand suchte zunächst die Leberoberfläche. Sie glitt unter dem Zwerchfell über die Kuppe des rechten und des linken Leberlappens, aber sie fand keine verhärteten Bezirke, die für Metastasen sprachen. Der Tumor an der Leberpforte war deutlich tastbar, aber wegen des darüberliegenden Lebergewebes in seinen Grenzen nicht beurteilbar. Große verhärtete Lymphknoten fanden sich ebenfalls nicht. Während Sebastian mit der rechten Hand die Bauchhöhle austastete, sah er in die Gesichter der beiden Assistenten und das des Narkosearztes. Sie warteten gespannt auf das Ergebnis, und er wußte nicht, ob sie wegen der bevorstehenden übergroßen Anstrengung ähnliche Gedanken hatten wie er. Dann, als er die Hand zurückzog, sagte er:

„Wir müssen weitermachen."

Nach einer Dreiviertelstunde hatte er die Oberfläche des Tumors freigelegt und eine Gewebeprobe entnommen, und nachdem er am Dünndarm alle Vorbereitungen für die Ableitung der Galle unternommen hatte, kam telefonisch das Ergebnis, daß es ein bösartiger Tumor ist. Die Weichen waren endgültig für die große umfassende Resektion gestellt, einschließlich des den Tumor umgebenden Lebergewebes, und Sebastian gab den beiden Spatelhaken, die von Grohmann gehalten wurden, ihre Position. Er ließ Grohmann einen Blick in den Bauchraum und auf den an der Oberfläche freipräparierten Tumor werfen.

Als eine halbe Stunde später die Hauptschlagader der Leber und ihre ersten großen Aufzweigungen mit einem Teflonbändchen angeschlungen und der Tumor von diesem Gefäß abpräpariert war, da hätte es immer noch ein Zurück gegeben. Auch zu diesem Zeitpunkt hätte man die große Operation noch abbrechen können.

Grohmann hielt die beiden Haken so, daß die Handrücken auf dem Körper des Patienten lagen, und er hielt sie so fest, daß die zur Faust geschlossenen Finger über den Knöcheln etwas blaß wurden. Beim Blick in das Operationsgebiet war ihm nicht entgangen, daß der Tumor auch an seiner Rückseite nunmehr völlig von der darunterliegenden Arterie abgehoben war. Er überwand sich, das auszusprechen, was er von Anfang an bei diesem Eingriff empfunden hatte. Was nützt es eigentlich, im vorderen Bereich des Tumors radikal das gesamte Lebergewebe zu entfernen, wenn er an seiner Rückwand unmittelbar der Hauptschlagader auflag und hier ein großräumiges Ausschneiden kaum möglich war?

Der leichte Vorwurf und die Zweifel am Sinne des umfassenden Eingriffes waren für Sebastian unüberhörbar.

„Wenn der Tumor mit der Arterienwand nicht verwachsen ist, und sich mühelos abheben läßt, dann kann man die Hoffnung haben, daß noch keine Krebszellen in diese äußeren Schichten des Gefäßes eingewachsen sind. Mehr als diese Hoffnung ist es nicht", sagte Sebastian.

„Aber es ist sehr unwahrscheinlich."

„Sie haben recht, Grohmann, aber ich meine, man muß ihm die Chance geben", sagte Sebastian.

Da war es wieder: das Diktat des Machbaren. Weil es technisch machbar ist, darum mußte man in einem vielstündigen Eingriff den Versuch unternehmen.

Grohmann war im Begriffe, sich weiter und weiter von seinem Vorbild zu entfernen. Er tat es wie unter einem Zwang.

Als Sebastian die Aufzweigungen des Gallenganges präparierte, bewegten sich die Haken leicht nach oben.

„Bitte die Spitzen der Haken betonen", sagte Sebastian.

Er hatte es sehr ruhig und bedacht gesagt, denn er kannte die Empfindlichkeit von Grohmann, aber als er es nach einer halben Stunde wiederholen mußte, begann er sich zu ärgern.

„Herr Grohmann, bitte betonen Sie die Spitze der Haken, bitte sehen Sie hierher!", und er zeigte ihm die freigelegten und mit Bändchen angeschlungenen Blutgefäße und Gallengänge.

„Wenn Sie jetzt nicht exakt eisern halten, dann rutschen mir die Enden der Gallengangsnebenäste weg, wenn ich sie jetzt zwei Zentimeter oberhalb des Tumorrandes durchtrenne."

Grohmann war nicht bei der Sache, dachte Sebastian. Warum konnte er sich denn nicht zusammenreißen, jetzt, wo es wirklich darauf ankam.

Er hatte den Tumor samt umgebendem Lebergewebe entfernt. Für die Freilegung der Gallengänge in der Leber bedurfte es einer weiteren Präparation in unmittelbarer Nähe der rechten Hauptschlagader, und da geschah das, wovor er sich bei jedem dieser Eingriffe fürchtete: Es blutete im Strahl aus einem etwa einem Millimeter großen Loch in einer Arterie, das bei der Präparationsarbeit entstanden war.

Sebastian schien ganz ruhig. Es mußte unter allen Umständen gelingen, dieses Loch durch zwei feine Gefäßnähte zu verschließen. Zunächst legte er den Zeigefinger der rechten Hand auf das Loch und spürte den Pulsschlag des Gefäßes. Wenn er die Fingerkuppe anhob, zischte das Blut heraus.

„Saugen bitte", sagte er, „bitte absaugen, und verändern Sie bitte nicht die Position der Haken, Grohmann."

Dann versuchte er, beiderseits der Blutungsstelle, kleine Gefäßklemmen anzulegen.

Innerhalb des Lebergewebes ergaben sich Schwierigkeiten. Als die Blutung nach Anlegen der Klemmen stand, legte er die Nähte. Er durfte nicht zittern. Er zitterte äußerst selten, aber er war jetzt sehr müde. Das konnte das Zittern auslösen. Darum hielt er während er die Nadel durch die Gefäßwand führte, den Atem an, und als er dann die ganze angehaltene Luft ausatmete, stieg sie hinter dem Mundtuch nach oben. Die Brille, die er bei Operationen trug, beschlug, und bevor die Schwester ihm die zweite Naht reichte, kamen die Bilder.

Die Raststätte an der Autobahn, nur Bruchteile von Sekunden erschien ein Bild nach dem anderen. Die Hibiskussträucher und Julia, alles nicht länger als zwei Atemzüge. Sehr oft kamen Bilder mitten während einer dramatischen Situation.

Dann legte er die zweite Naht. Der feuchte Beschlag der Brille nahm zu, aber er sah noch genug und konnte sie in diesem Augenblick nicht abnehmen. Die Blutung stand. Er bat Quentin, seine beschlagene Brille zu säubern. Dabei neigte er den Kopf nach rückwärts und sah einen Augenblick lang in die Augen von Grohmann.

Quentin trat hinter Sebastian und ergriff die Gelegenheit, die Stimmung aufzulockern.

„Wischung von hinten, Chef!", sagte er und hielt das Mulltuch bereit. Dann nahm er die Brille ab und reinigte sie, aber bevor

Sebastian sich wieder dem Patienten zuwendete, hielt ihn Quentin am Kragen seines Operationskittels zurück.

„Ihr Frühstück, Chef!", sagte er, und dann zog er aus seiner Kitteltasche ein Bonbon, steckte es dem Chef in den Mund und zog das Mundtuch wieder über die Nase.

„Die anderen Herren werden auch bedient."

Jeder erhielt ein Karamelbonbon.

Vier Stunden waren seit Beginn der Operation vergangen. Sebastian war dabei, die durchtrennten Gallengangssegmente miteinander durch feinste Nähte zu verbinden, und dabei geschah es zum dritten Mal. Er sah, wie die Haken sich langsam nach oben bewegten. Die Darmschlingen legten sich vor das Operationsfeld.

„Nein, jetzt doch nicht, Herr Grohmann, bitte! Lassen sie uns alle noch einmal ganz konzentriert arbeiten. Wir haben es bald geschafft."

Nachdem die Verbindung zwischen einer Dünndarmschlinge und den Gallenwegen fertiggestellt war, und er die Sicherheitsdrainagen in den Bauch legte, mußte nur noch der Bauch zugenäht werden. Da kam das Glücksgefühl wie eine Erlösung. Er hatte es mit Erfolg hinter sich gebracht.

Nein, es war nicht eigentlich Glück, es war nur eine große Befreiung. Es war immer so.

Als sie im Nebenraum eine Tasse Kaffee tranken, kam die Meldung, daß vor einer Stunde eine Frau mit einem Darmverschluß eingeliefert worden war, und daß Sebastian sie selbst operieren müsse. Die Müdigkeit war jetzt so stark, daß er Gefahr lief, hier am Tisch einzuschlafen. Dann gab er sich einen Ruck und erinnerte sich an das, was heute morgen noch wie eine Rettung erschien: Arbeit. Es sollte ein Opfer sein.

Er spürte, daß das grüne Operationshemd am Rücken klebte. Er war völlig durchgeschwitzt und mußte sich umziehen.

Im Umkleideraum stand Grohmann bereits in Unterhosen. Es waren kurze gelbe Hosen, die wie Badehosen aussahen. Darunter die kräftigen Beine. Grohmann stand gebückt mit dem Rücken zu ihm, und er war im Begriff, sich die weißen Klinikhosen anzuziehen. Er drehte sich um, und Sebastian fiel auf, daß er sehr blaß war, und daß er ihn fast wie abwesend ansah. Dann knöpfte Grohmann sich die Hose zu.

„Das war heute nicht Ihre beste Leistung, Grohmann", sagte Sebastian. Er fürchtete sich vor Gesprächen dieser Art. „Ja", sagte Grohmann. Er sagt nur dieses eine Wort.

„Bitte versetzen Sie sich doch in den Operateur. Sie haben doch selbst schon große Eingriffe durchgeführt."

„Ich tue es doch, Chef, ich versuche es doch, mich in Sie zu versetzen." Dann machte er eine Pause und überlegte.

„Es ist etwas ganz anderes."

„Was ist es?"

„Ich kann Ihnen das nicht sagen, Chef."

„Etwas Persönliches also, und ich kann Ihnen nicht helfen?"

„Es ist ziemlich trostlos. Nein, ich glaube Sie können mir nicht helfen."

Wie Grohmann so vor ihm stand und die Arme hängen ließ, hatte er auf einmal Mitleid mit dem Jungen.

„Man weiß verdammt wenig von dem anderen, mit dem man täglich zusammen ist", sagte Sebastian.

„Stimmt", erwiderte Grohmann.

„Sie haben heute Nachtdienst. Wir müssen in einer halben Stunde weiter operieren, einen Darmverschluß. Kümmern Sie sich um die Ambulanz und schicken Sie mir einen jüngeren Assistenten, der frei ist."

Dann ging Sebastian in sein Arbeitszimmer. Das Bild von Fildes war herabgestürzt. Feiner Staub lag auf der Bildfläche und auf dem Teppich, und kleinere Mörtelstücke hafteten auf dem Doktor und dem Kind, so, daß ihre Gesichter teilweise verdeckt waren.

Wie sich später herausstellte, hatte Seidel im Zimmer nebenan Bücherbretter an die Wand gedübelt. Durch die Erschütterung waren der Wandputz und der Bilderhaken ausgebrochen.

Es leuchtete nicht mehr im einfallenden Licht vom Fenster, und es würde auch kein stilles Zwiegespräch mehr geben. Der Versuch, Staub und Mörtel wegzupusten, mißlang.

Sebastian hatte keine Zeit, sich mit seinem Bild zu beschäftigen; er mußte sich um die Patienten auf der Station kümmern. Also mußte das Bild an die Wand gelehnt werden und auf dem Boden stehen bleiben. Den Gedanken, es könnte sich bei dem Sturz des Bildes um ein schlechtes Vorzeichen handeln, verwarf er.

Als er ins Stationszimmer eintrat, drehte Maria sich zu ihm um und lächelte. Er wendete sich ab und sah zum Fenster. Sie glaubte zu wissen, daß trotz der schweren Operation immer nur das eine in seinem Kopf herumging, nur das eine, und daß er irgendwann zu ihr kommen würde. An irgendeinem Tag würde es geschehen, und darum lächelte sie immer noch, als er die Augen öffnete.

„Ich muß gleich weiter operieren", sagte er zu ihr und zu Johannes. „Sie müssen mit Grohmann Visite machen. Er soll mich anrufen, wenn etwas Besonderes ist. Später, am Abend werde ich heraufkommen."

Dann ging er zu Brunngrabe ins Zimmer, sah, daß er einen geblähten Bauch hatte, und Angst kroch in ihm hoch, obwohl aufgrund der Fieberkurve alles in Ordnung zu sein schien.

„Ich komme später in Ruhe zu Ihnen", sagte er.

28

# Nahtinsuffizienz?

Sebastian kam erst Stunden später, nachdem er zwei akute Operationen hinter sich gebracht hatte.

Im Zimmer 27 brannte nur die kleine Notbeleuchtung, und man konnte die beiden Patienten in ihren Betten nur in Umrissen erkennen. Für eine Nacht hatte man wegen eines akuten Bettenmangels einen zweiten Patienten in das Zimmer von Brunngrabe geschoben. Als Sebastian eintrat, kam ihm ein feiner süßlicher Geruch entgegen.

Sebastian kannte diesen Geruch. Er war typisch für ein Sekret aus dem oberen Magen-Darmkanal.

Sie schalteten das Licht an, und weder die junge Schwesternschülerin noch der diensthabende Assistenzarzt bemerkten sein Erschrecken. Sebastian schien ganz ruhig. Er erkannte die Situation mit wenigen Blicken. Aus der rechten Bauchdrainage lief ein bräunlich gefärbtes Sekret in den Auffangbeutel aus Plastik, der unten am Bettgestell hing. Es gab keinen Zweifel mehr. Eine Naht am Darm oder am Magen war undicht geworden, oder, was noch viel schlimmer sein würde: Die verbliebene kleine Schlagader, die den Rest des zu einem Schlauch geformten Magens allein mit Blut versorgte, war verschlossen, und das gesamte Organ ging zugrunde. Sebastian hatte Ähnliches vor Jahren erlebt, und er wußte, daß die Möglichkeit, den entstandenen großen Defekt durch eine Dünndarmschlinge zu ersetzen, äußerst gering war. Er sah in die sehr tiefliegenden Augen von Brunngrabe, und er sah, wie der Kranke seine Hände für einen Augenblick auf sein Gesicht legte, bevor er Sebastian erneut ansah. Die Angst vor einer Katastrophe steigerte sich. Es war wie immer in solchen Augenblicken: Sebastian spürte einen dumpfen Druck über dem Herzen. Es war so, als ob sich ein schwerer Reifen um den Brustkorb spannte, und das alles hatte nicht nur etwas mit Furcht zu tun, sondern auch mit Schuld, wenngleich auch bei kritischster Betrachtung kein Behandlungsfehler erkennbar war. Dennoch gab es dieses unbestimmte Gefühl von Schuld. Der Ring wurde enger und enger.

„Den Verbandswagen bitte!", sagte Sebastian.

Sie gingen beide hinaus, der Arzt und die Schwester, obwohl die Schwester es allein hätte machen können. Keiner von ihnen hätte jetzt allein mit ihm im Zimmer bleiben wollen.

Jetzt werden sie draußen miteinander sprechen, dachte Sebastian.

Das wird nichts mehr, wird der junge Arzt sagen, er hat jetzt eine Bauchfellentzündung, und die ganze Sauce läuft ihm in den Bauch. Einen zweiten Eingriff übersteht der Patient nicht.

So oder ähnlich würden sie miteinander reden. Sebastian ahnte es. Er setzte sich auf den Bettrand von Brunngrabe.

„Es ist etwas geschehen …", sagte Brunngrabe.

Seine Stimme war so, als könne sie augenblicklich unkontrolliert umschlagen, aber noch hatte er sich in der Gewalt. Es klang heiser und rauh.

„Etwas Unvorhergesehenes ist geschehen, Doktor, sagen Sie es mir."

Der Bettnachbar war beim Anknipsen des Lichtes aufgewacht. Er hatte Sebastian mit einem Kopfnicken begrüßt. Dann hatte er auf der linken Seite liegend alles beobachtet, neugierig, wie es Sebastian schien, die Neugier des Unbeteiligten vor etwas Aufregendem, vielleicht auch Sensationellem. Die Hand von Brunngrabe lag seitlich auf der Bettdecke. Ihre Hände berührten sich jetzt. Brunngrabes Hand war kühl, nicht kalt oder schweißig, wie es bei einem beginnenden Kreislaufkollaps der Fall gewesen wäre. Sebastian saß dem Patienten so zugewandt, daß der Bettnachbar ihre Gesichter nicht erkennen konnte.

„Irgendwo ist ein Loch entstanden", sagte Sebastian, „vielleicht, weil ein Bezirk nach der notwendigen Unterbindung so vieler Blutgefäße nun schlecht durchblutet ist."

Brunngrabe überlegte, versuchte, das zu begreifen, und Sebastian wartete angstvoll auf die nächste Frage, denn man wußte nie vorher, ob und wie man sie beantworten konnte.

Der Bettnachbar hatte sich halb aufgerichtet. Er blickte jetzt ärgerlich. Er war gestört worden. Er wollte nicht beteiligt werden bei irgendetwas Schrecklichem, was sich da neben ihm mitten in der Nacht ereignete. Es hatte vielleicht etwas mit Sterben zu tun. Er drehte sich mit einem Ruck im Bett herum.

Sebastian sah jetzt den Rücken des Mannes halb entblößt. Er zog die Bettdecke über den Kopf. Dieser Mann hatte eine mehrstündige Operation an den Gallenwegen hinter sich. Auch bei ihm hatte es auf des Messers Schneide gestanden. Sebastian spürte Abneigung.

Bis der Verbandswagen kam, war er also mit Brunngrabe allein. Sie sagten nichts. Die Pause war sehr lang und darum bedrückend. Beide warteten sie darauf, daß der andere anfangen würde. Sebastian sah Brunngrabe an, dann aber ging sein Blick durch ihn hindurch, als wäre Brunngrabe nicht da.

Man hält also einen Vortrag, spricht über Mitleid, man deutet an, daß eine andere Instanz für Euthanasieentscheidungen zuständig ist, also Gott. Man redet über die letzten Dinge, und man gibt sich selbst sozusagen die Bestätigung, ein guter Arzt zu sein. Ist es so? Nein, so ist es nicht. Es ist anders. Wie ist es denn? Vielleicht sollte man überhaupt nicht darüber reden.

„Ist es sehr schlimm?" fragte Brunngrabe.

„Ich kann das alles noch nicht sagen, aber wir werden es schaffen."

„Sie müssen mich noch einmal operieren?"

„Ja, wahrscheinlich."

Brunngrabe schloß die Augen, wendete den Kopf ab. Es war furchtbar, was der Sebastian da gesagt hatte. Er würde ihn noch einmal operieren, und alles würde von vorne beginnen, die Narkose, dieses Betäubtwerden, die Schmerzen danach, alles, und noch einmal könnte er dabei sterben.

Das Rollen des Verbandswagens draußen auf dem Flur war hörbar und wurde lauter. Sebastian sah die Angst in Brunngrabes Gesicht. Er wußte, daß es Todesangst war.

Ja, es war Todesangst.

Sie schlugen die Bettdecke zurück und sahen, daß der Verband trocken war. Wenn das ganze Sekret, das aus dem Loch in den Bauch lief, vollständig über die Drainage nach außen abgesaugt wurde, wenn es sich nicht im Bauchraum ausbreitete, dann bestand die Hoffnung, daß sich das Loch irgendwann von selbst schließen würde. Der Bauch war jetzt nicht mehr gebläht.

Sie entfernten den Verband. Brunngrabe versuchte, mit leicht erhobenem Kopf die jetzt frei liegende große Wunde zu betrachten, aber er konnte das nicht lange durchhalten. Der Kopf fiel zurück auf das Kissen.

Die Wunde, ein langer Schnitt vom Brustbein bis über den Nabel, war unauffällig. Sie war nicht entzündet. Jetzt nahm die Angst vor einer Katastrophe ab. Der Ring um Sebastians Brustkorb lockerte sich. Sebastian atmete zwei Mal ganz tief ein, um diesem Gefühl der Erleichterung Nachdruck zu verleihen, und es auszukosten. Vielleicht war es wirklich nur dieses kleine Loch dort, wo er die Kurve am Magen mit dem Nahtapparat verschlossen hatte. Man könnte es vielleicht durch die Drainage ohne eine Operation innerhalb von vier Wochen trocken legen und den Patienten über einen kleinen Schlauch, der in den Dünndarm eingelegt würde, ernähren. Sebastian desinfizierte die Bauchwunde und ließ sich von der Schwester frische Mullplatten anreichen. Die Todesangst von Brunngrabe war immer noch spürbar, und die Schwester und der Assistenzarzt mußten es zumindest ahnen, wenn auch nicht so überdeutlich, wie Sebastian. Sie sagten nichts; niemand sagte jetzt etwas.

Der Bettnachbar schnarchte. Sebastian räusperte sich. Das Schnarchen wurde augenblicklich unterbrochen. Dann begann es von neuem, dieses widerliche Schnarchen. Er hätte ihn rütteln und aufwecken können.

Hast du eigentlich schon vergessen, wie es dir vor zwei Wochen ergangen ist, du Mistkerl? Ich habe dich fünf Stunden lang operiert an deinen verengten Gallenwegen, und ich habe tagelang Angst gehabt um dich, und du weißt es. Du weißt, daß ich dich nachts in der Intensivstation besucht habe. Hast du damals nicht gewußt, daß du sterben könntest? Natürlich hast du es gewußt. Jetzt schnarchst du; kannst du nicht mit ihm reden, kannst du dich nicht an sein Bett setzen? Hast du Angst vor der Krankheit? Na gut, wenn du Angst vor der Krankheit hättest, dann will ich das verstehen, aber du hast keine Angst. Du schnarchst. Es geht dich nichts an, du willst nichts davon wissen.

Der Druck über dem Brustkorb wurde wieder stärker. Wenn man darüber nachdachte, wurde einem klar, daß der Druck immer vorhanden war. Es gab kaum eine Woche ohne Schwierigkeiten und Entscheidungsprobleme. Dieser Druck bedeutete Angst vor falschen Entscheidungen, Angst Fehler zu machen, einfach Angst. Sebastian wurde es in diesem Augenblick wiederum sehr bewußt.

Du hast ihn operiert, und du hast ihm geraten, es tun zu lassen. Aber du wußtest doch, daß er vermutlich nur zwei oder drei Prozent Chancen hatte, fünf Jahre zu überleben, und daß er zu den achtundneunzig Prozent gehören kann, die den Eingriff nicht fünf Jahre überleben.

Dann dachte Sebastian an Julia.

Einmal hast du zu mir gesagt: Wenn du immer daran denken mußt, an diese Kranken, die du operiert hast, wenn du nie richtig glücklich wirst, kannst du dann nicht aufhören, kannst du nicht irgendetwas anderes als Arzt sein?

Er hätte ja den Hof übernehmen können. Alles wäre ganz anders gekommen.

Vor Tagen hatte der Bruder begonnen, Holz zu schlagen. Haus und Stallungen würden neue Dächer bekommen. Die Ernte war gut gewesen.

Brunngrabe hatte die Augen geschlossen. Der Assistenzarzt und die Schwester waren hinausgegangen. Sie waren wie auf Zehenspitzen gegangen, als wollten sie ihn nicht in seinen Gedanken stören. Sie hatten begriffen, daß er mit dem Mann dort allein sein wollte. Die Tür hatten sie hinter sich ganz leise geschlossen.

Ich mußte es ja tun, dachte Sebastian, wegen dieser drei Prozent, und weil es technisch möglich war. Wir müssen immer alles tun, was möglich ist, ja wir müssen. Wir sind Abhängige.

Die Stadt am Meer ist so weit weg. Ich werde wieder dorthin gehen, allein mit Julia, wenn das hier überstanden ist. Es wird dann alles wieder gut werden, auch das mit Maria.

Ist es denn überhaupt sinnvoll, Krebsgeschwülste zu operieren mit einer Fünf-Jahres-Überlebenschance von zwei bis drei Prozent

Es gibt doch Überlebende. Auch bei Brunngrabe ist es ein Krebs im ersten Stadium. Woher weißt du das? Woher weißt du das eigentlich?

Brunngrabe versuchte, sich wieder aufzurichten und fiel zurück. Er hatte bemerkt, daß der Doktor auf seine Uhr gesehen hatte. Er hatte dabei das Handgelenk leicht gedreht und verstohlen nach unten gesehen. Brunngrabe hatte es dennoch bemerkt. Einen Augenblick lang war er enttäuscht. Es ging doch um sein Leben, Brunngrabes Leben, und der Chirurg sah auf die Uhr. Es war Nacht, der Doktor saß an seinem Bett und er sprach mit ihm. Aber er hatte auf die Uhr gesehen.

Aber man darf nicht ungerecht sein, der Mann ist müde. Er kommt nachts zu mir, und er muß in wenigen Stunden wieder arbeiten, und wie die Schwestern auf der Station sagen, ist er schon zwanzig Stunden auf den Beinen.

Dann sagte Brunngrabe:

„Aber wenn es etwas anderes ist, etwas, das mit dem Krebs zusammenhängt?"

Sie sahen sich an, wie damals, als er gefragt hatte, ob es eine bösartige Geschwulst sei, und beide erinnerten sich daran. Auch damals hatte Sebastian nicht ausweichen können. Es dauerte wenige Atemzüge lang bis Sebastian antwortete, und er hatte keine Zeit, darüber nachzudenken, was er sagen sollte. Natürlich waren das seine eigenen Worte, die er jetzt sprach, aber er wußte nicht, woher sie eigentlich kamen.

„Nein, mit der Grundkrankheit hat es nichts zu tun. Ich werde alles versuchen, damit fertig zu werden. Und dasselbe, was ich am Abend vor der großen Operation gesagt habe, das sage ich wieder", sagte Sebastian: „Es stehen alle technischen Möglichkeiten zur Verfügung, aber der Chirurg hat nicht das letzte Wort."

Brunngrabe sah jetzt an ihm vorbei. Er sagte immer noch nichts, und Sebastian wußte nicht, ob er ihn verstanden hatte. Warum spricht man eigentlich nur in Andeutungen, wenn es um Gott geht? Warum nennt man ihn nicht beim Namen? Dann nickte Brunngrabe. Er kämpfte wiederum mit den Tränen wie damals, aber Sebastian bemerkte es nicht, weil er in diesem Augenblick zum Fenster sah. Es war gegen vier Uhr, und er sah im Fenster den ersten Schein am

Himmel. Was er dann sagte, hatte er nur sehr selten so in dieser Form gesagt.

„Soll ich bei Ihnen bleiben?"

Da richtete sich Brunngrabe auf, und Sebastian sah, daß in dieser aufrechten Stellung des Körpers ein Schwall brauner Flüssigkeit in den Beutel floß. Es war augenblicklich bei der Veränderung der Körperlage ein neues Druckgefälle im Abfluß der Flüssigkeit entstanden. Brunngrabe packte mit beiden Händen den Unterarm des Doktors, und dann fiel er auf das Bett zurück.

„Ich danke ihnen. Nein, nicht bleiben. Sie müssen schlafen gehen. Sie sagen nichts, Herr Doktor."

„Ich sehe Sie an und denke daran, wie wir zum ersten Mal miteinander gesprochen haben."

„Aber Sie haben mich nicht angesehen."

„Habe ich das nicht? Sie meinen jetzt, in diesem Augenblick habe ich Sie nicht angesehen?"

„Sie haben mich eben nicht angesehen. Damals beim ersten Mal haben Sie mich angesehen."

„Jetzt sehe ich Sie an. Ich weiß, daß Sie Angst haben."

„Ist es sicher, daß Sie mich wieder operieren müssen, ist es so? Sie sagen wieder nichts."

„Wir können mit der Entscheidung warten bis morgen. Es besteht keinerlei akute Gefahr."

„Keine Gefahr?"

„Nein, keine akute Gefahr. Wir können abwarten bis zum Morgen. Um acht Uhr werden wir Ihnen einen Schluck Kontrastmittel zum trinken geben und das kleine Loch im Magen beim Röntgen finden. Anschließend werden wir vielleicht die Blutgefäße des Magens ebenfalls röntgenologisch darstellen. Dann sehen wir weiter."

„Werden Sie meine Frau anrufen, Herr Doktor?", fragte Brunngrabe. „Werde ich sie noch sehen, bevor Sie mich operieren?"

„Ich weiß noch nicht sicher, ob ich Sie operieren muß. Wenn es nur ein kleines Loch ist, schaffe ich es vielleicht auch ohne Operation."

Als Sebastian sich an der Tür noch einmal umdrehte, versuchte Brunngrabe zu lächeln.

# 29

# Aristoteles

Eine Stunde vor Mitternacht stand Grohmann draußen vor der Einfahrt des Krankenhauses. Sein Nachtdienst hatte um fünf Uhr nachmittags begonnen. Nach dem Darmverschluß mußte er mit Sebastian noch einen akuten Gefäßverschluß operieren. Sie hatten es schweigend getan, kaum ein Wort geredet. Er hatte erfahren, daß der Chef in der Nacht nur zwei Stunden geschlafen hatte. So war er also über 36 Stunden auf den Beinen. Das war keine Seltenheit, und er war während der zwanzig Jahre, in denen er die Abteilung leitete, immer nachts und an jedem Sonntag telefonisch erreichbar, er arbeitete täglich vierzehn Stunden, und er hatte eine Familie.

Zum Teufel mit dem allem. Grohmann wollte nicht so werden wie er. Früher einmal gab es keine Zweifel, daß er so werden wollte wie sein Vorbild. Jetzt dachte er an Aristoteles und an die Muße. Er dachte an sich selbst und wollte heraus finden, wie er glücklich werden könnte. Es mußte einen Zeitraum geben, einen unbegrenzten Raum, in dem man das in Muße ergründen könnte.

Grohmann setzte sich auf die Brüstung vor dem Eingang des Krankenhauses. Man hörte den Straßenverkehr auf der Hauptstraße. Es war kühl und sternklar.

Vorhin, als er sich von Sebastian verabschiedet hatte, kam für Augenblicke die Furcht vor dem eigenen, nunmehr feststehenden Entschluß.

Gegen Morgen ließ er sich wie verabredet von einem Kollegen ablösen.

# 30

# Sie haben keine Zeit

Johannes ging in das Zimmer 220. Der alte Herr mit dem Dickdarmtumor, der wegen eines Schlaganfalles ans Bett gefesselt war, lag in einem Dreibettzimmer. Johannes mußte den jungen Schwestern helfen, ihn zu betten. Es war ein schwerer Mann, und man mußte ihn aus dem Bett heben und auf die fahrbare Trage legen.

Es gab heute nichts, worüber man sich hätte freuen können, buchstäblich nichts. Solange es Brunngrabe so schlecht ging, solange alles auf des Messers Schneide stand, gab es nichts Erfreuliches, und sie hatten heute morgen alle verstört im Stationszimmer gestanden, nachdem die Ereignisse der Nacht besprochen worden waren. Und dann ging ihm das mit dem Mädchen Maria noch im Kopf herum. Johannes beugte sich zu dem alten Mann herunter. Er sagte:

„Legen Sie Ihre Arme um meinen Hals, so wie immer."

Dann hob er ihn hoch. Die knochigen Arme lagen jetzt um seinen Hals und Nacken, sie klammerten sich fest, und er roch jetzt die Haut des Mannes und seinen üblen Atem. Er setzte ihn auf die Trage neben dem Bett aufrecht hin, und die Mädchen bezogen das Bett. Johannes zog ihm das Hemd unter dem Gesäß weg, weil der Mann keine Kraft hatte, sich hochzuheben, und krempelte das Hemd nach oben. Dann nahm er die Franzbranntweinflasche in die Hand. Er goß sich die gut riechende Flüssigkeit in die hohle Hand und schüttete sie auf den Rücken des alten Mannes. Dann beklopfte er den ganzen Rücken mit den flachen Händen. Es gab ein klatschendes Geräusch, und dem Mann verschlug es den Atem. So sollte es auch sein. Der Reiz, den die klatschenden Schläge und der Geruch des Branntweins auslösten, führte zur Vertiefung der Atmung.

Es machte keinen Spaß, es war einfach beschissen, weil man das alles heute nur tat, weil es eben getan werden mußte, und warum sollte man sich überhaupt noch die Mühe machen. Schließlich war auch dieser Patient ein hoffnungsloser Fall.

Dann sah Johannes in die wasserblauen Augen des Alten, wasserblau und flach wie ein klares Wasser ohne Tiefe. Er sah die schlaff herabhängenden Arme, mit denen der Mann jetzt versuchte, sich auf der Trage abzustützen. Das aufrechte Sitzen war beschwerlich. Die Blicke waren heute vorwurfsvoll.

„Sie haben keine Zeit, Sie haben viel zu tun, Herr Johannes", sagte der Alte.

„Was haben Sie gesagt?"

Man konnte den Alten nicht richtig verstehen, weil er so leise sprach.

„Ich habe gesagt, daß Sie keine Zeit für mich haben."

Wenn er sich bemühte, lauter zu sprechen, dann wurde die Stimme rauh und zitterte.

Der starke Duft des Franzbranntweins erfüllte die Stube, und der Geruch aus dem Munde des Kranken war jetzt erträglicher.

Man kann nun einmal keine Liebe haben und Mitleid und was sonst noch alles, wenn es bei einem selbst nicht stimmte, und wenn man mit der Welt nicht zufrieden war. Dazu müßte man fröhlich sein, richtig fröhlich oder aber verzweifelt und tief traurig, dann konnte man lieben und Mitleid haben, aber dieser graue Alltag, der zerstörte alles. Und dann kam noch dieser stinkende Atem von dem Alten dazu.

Als der Mann wieder in seinem Bett lag, sagte Johannes:

„Ich komme heute noch einmal zu Ihnen, wenn ich mehr Zeit habe."

## 31

## Haben Sie Angst?

Die Röntgenuntersuchung von Brunngrabe hatte ergeben, daß die Blutversorgung des Magens sehr wahrscheinlich unbeschädigt war. Das kleine Loch an der Innenseite des Magenschlauches kam zur Darstellung.
Vielleicht hätte man tatsächlich abwarten können, ob sich dieses Leck von selbst in Wochen schlösse, aber der Ausgang der Krankheit war ungewiß. Das veranlaßte Sebastian, doch zu operieren, solange der Zustand des Patienten einen solchen Eingriff noch rechtfertigte. Diese Entscheidung fällte er während der Visite. Sebastian und Johannes standen vor der Tür des Zimmers 207.
„Es ist besser, alles auf eine Karte zu setzen."
Johannes nickte nur. Was sollte er als Krankenpfleger dazu sagen? Sebastian hatte sicher recht. Aber dann sagte Johannes doch etwas:
„Haben Sie Angst davor?"
„Ja."
„Ich beneide Sie nicht."
„Es ist leichter, etwas zu unternehmen, als tagelang abzuwarten, ob sich das Loch schließt, denn wir wissen ja nicht, ob es sich wirklich schließen wird, dieses Leck."
Solche Gespräche führte Sebastian oft mit Johannes, und er war stolz darauf, von ihm in das Vertrauen gezogen zu werden. Johannes hatte es vorher gewußt. Wenn es letztlich nur diese eine Möglichkeit gab, würde Sebastian operieren. Es war ein Wagnis, aber er wagte immer alles, solange noch eine wenn auch noch so geringe Chance bestand. Auch die anderen Ärzte wagten manchmal alles, wenn es darauf ankam. Johannes konnte sich nicht vorstellen, daß er selbst, wenn er Chirurg wäre, derartiges täte, daß er alles auf eine Karte setzen würde. Oder würde er es vielleicht doch tun, wenn er einer der

ihren wäre? Wenn es dann gelungen war, dann waren sie immer die großen Sieger. Und wenn es schief ging?

Johannes erinnerte sich an eine junge Frau, die Sebastian wegen einer ganz seltenen Erkrankung der Leber und vieler Gallensteine in den Gallengängen operiert hatte. Die Blutgefäße vor der Leber standen unter sehr hohem Druck, und die gestauten Venen hatten die Gallengänge ummauert. Die Operation hatte Stunden gedauert. Zunächst hatten sie oben auf der Station nichts Schlimmes vermutet, aber dann, als sie Johannes in den Operationssaal riefen, da spürte er, daß irgend etwas schief gegangen war. Etwas Schreckliches mußte es sein, denn wenn alles gelungen wäre, dann hätten sie die Frau doch in die Intensivstation gebracht, und warum hätten sie Johannes sonst so eilig in den Operationssaal gerufen?

Der Aufzug war blockiert. Deswegen war er die Treppen hinuntergelaufen, und dabei hatte er die ganze Zeit an die junge Frau gedacht. Als er sie fünf Stunden vorher auf der Trage hinuntergebracht hatte, da hatte er ihr gesagt, daß sie keine Angst zu haben brauche. Irgend etwas Tröstliches hatte er gesagt, na, was man halt so sagt in einem solchen Augenblick. Meistens wußte man ja gar nicht, was man sagen sollte, denn schließlich konnte ja auch einmal jemand auf dem Tisch sterben. Das hatte es doch alles schon gegeben. Außer Atem war er unten im Operationssaal angekommen. Vom Vorraum aus sah er, wie sie alle um den Tisch herumstanden, und er sah die vielen blutigen Tücher auf der Erde. Sie sprachen nur ganz leise. Darum konnte Johannes auch nicht verstehen, was sie sagten. Sigi räumte die blutigen Tücher weg. Einer von den Anästhesisten stand auf den Tüchern, und der Pfleger tippte ihn auf die Schulter. Er sollte doch einen Schritt zurückgehen, damit er sie wegfegen könne. Dieser Anästhesist stand über den Körper der Frau gebeugt. Johannes sah die Schläuche des Stethoskopes. Der Anästhesist horchte offenbar, ob das Herz der Frau noch schlug. Als Johannes an den Tisch trat, war ihr Gesicht schon blau und fremd wie alle Leichengesichter. Man hatte ihn gerufen, damit er sie in die Leichenhalle brächte.

Zuerst stand er so am Tisch wie die Operationsschwestern und ließ seine Arme hängen. Er wußte nicht, was er mit den Händen tun sollte. Vielleicht hätte er sie ja auch falten sollen. Er ließ sie ganz einfach hängen, und dann sah er Sebastian. Er saß auf einem umgestülpten Eimer im Waschraum. Er hatte die Ellenbogen auf die Knie gestützt, und sein Gesicht verbarg er in den Händen. Er saß ganz still, nur einmal zuckte er am Körper so merkwürdig. Johannes wußte zunächst nicht, ob er zu ihm hingehen sollte, dann aber kam ihm der Gedanke, daß er ihm seine Hand auf die Schulter legen sollte. Das war sehr ungewöhnlich, aber er hatte jetzt das Gefühl, daß er es tun müsse. Als Sebastian die Hand auf der Schulter gespürt hatte, hatte er die Hände vom Gesicht genommen. Johannes hatte ihn nie so gesehen, er brachte kein Wort heraus. Man konnte doch jetzt nicht sagen: Das mußte so kommen, oder: Sie haben doch ihr Bestes getan, oder irgendeine so blödsinnige Bemerkung. Das konnte man einfach nicht sagen, schon gar nicht als Krankenpfleger. Aber dann eine Stunde später, als sie allein im Stationszimmer waren, da fing der Sebastian von selber an:

„Ich weiß nicht, ob sie das verstehen können. Sie ist verblutet, auf dem Tisch verblutet, unter meinen Händen sozusagen."

„Ich glaube, ich weiß wie das ist, ich stelle mir immer alles vor", sagte Johannes.

„Was?"

„So ziemlich alles."

„Das verstehe ich nicht, Johannes."

„Ich meine, daß ich mir vorstelle, wie ich es täte, wenn ich ein Chirurg wäre, und ich stelle mir auch vor, wie ich in schwierigen Situationen entscheiden würde."

„Wenn Sie das immer wieder denken, ich meine, wenn es so stark ist, dann sollten Sie wirklich überlegen, ob Sie nicht noch studieren wollen."

„Ich bin zu alt."

„Das glaube ich nicht."

„Ich habe eine Familie."

Johannes konnte sich noch Monate später an Einzelheiten dieses Gespräches erinnern.

# 32

# Der gemeinsame Patient

Brunngrabe sollte in einer halben Stunde operiert werden. Alle notwendigen Vorbereitungen wurden getroffen. Johannes mußte das Bett eines Patienten in den Operationssaal schieben, und vom Gang aus sah er durch die halbgeöffnete Tür, daß Maria am Bett von Brunngrabe saß. Nur ihr Gesicht sah er, nicht das von Brunngrabe, und weil er die Worte nicht verstehen konnte, die sie zu dem Mann sprach, und weil er nur sah, wie sie die Lippen bewegte, darum fühlte er sich ausgeschlossen. Es war ihr gemeinsamer Patient, aber sie klammerte sich jetzt an diese schreckliche Sache, so als wäre das auch ihre eigene Traurigkeit und Verzweiflung. Die Haare waren wieder einmal über die Stirn in ihr Gesicht gefallen bis zu dem Augenlid, aber sie pustete sie nicht weg, und darum sah Maria noch trauriger aus.

Was sie da wohl alles am Bett redete, dachte er, und im Grunde war das viel wichtiger als dieses blödsinnige Bettgeschiebe. Das hätten die Schwesternschülerinnen auch selber machen können.

Also, was redete sie mit dem Brunngrabe, wo doch der Chef alles mit dem Patienten besprochen hatte? Sie sollte es doch so lassen. Was war mit ihr los? Zum Kuckuck, sie sollte jetzt bloß nicht mit dieser psychologischen Masche anfangen.

Maria, ich bitte dich, das paßt nicht zu dir. Reden, ja, zuhören, noch besser, aber zuviel reden? Verstehst du das nicht? Das paßt auch nicht zu dir.

Der Patient mit dem Blinddarm, den er in den Operationssaal fahren mußte, lag am Fenster, und Johannes mußte in dem engen Raum die anderen Betten verschieben, bevor er das des Patienten hinausjonglieren konnte.

Das Bett stieß an den Schrank, und der Körper des Mannes, der einen entzündeten Blinddarm hatte, wurde in seinem Bett geschüttelt.

Der Mann stöhnte.

„Entschuldigen Sie!", sagte Johannes. „Es liegt an dieser Enge und an dem Architekten, der dieses Haus gebaut hat."

Offenbar war es dem Patienten unangenehm, daß Patienten und Schwestern, die an der Trage vorbei gingen, auf ihn herabsahen. Darum hatte er die Augen geschlossen. Beruhigend war nur die Gestalt des Pflegers Johannes, der am Fußende das Bett dirigierte, und seine großen Hände, die sich um den metallenen Rahmen des Bettes schlossen. Die blonde Schwester, die hinter dem Kopfende des Bettes ging, sah er erst, als sie vor dem Aufzug Halt machten. Sie hatte blasse, sehr zarte Hände, und sie hatte eine andere Tracht an, als die älteren Schwestern, und der Patient hatte in Erfahrung gebracht, daß das die sogenannten Schwesternschülerinnen waren.

Diese Schwesternschülerinnen hatten alle weiße Socken an, die bis in die Mitte der Wade reichten, und Johannes dachte, daß sie mit diesen Socken manchmal aussahen wie kleine Schulmädchen, vermutlich auch wegen dieses herunterhängenden Schwesternkleides, das ihnen manchmal zu groß war. Vielleicht hatte es die Oberin so angeordnet. Aber sie waren keine Schulmädchen, und das war das Verwirrende.

An den aufleuchtenden Etagenzahlen sah man, wie der Aufzug langsam höher kam.

„Gestern hat der Oberarzt einen Vortrag in N... gehalten", sagte die Schwesternschülerin. Sie sprach über den Kopf des Patienten hinweg, so als wäre er nicht da.

„Schwester Maria ist dort gewesen."

„Ja."

Es hatte sich also schon herumgesprochen. Wie war das möglich? Johannes hatte es übrigens auch erst heute morgen von Maria selbst erfahren.

„Erzählen Sie mir das meinetwegen nachher."

Das Mädchen war beleidigt und machte ein schnippisches Gesicht, aber dann sah sie Johannes an und wußte, daß sie einen Fehler gemacht hatte. Man sollte nicht in Anwesenheit eines Patienten am Krankenbett private Dinge besprechen.

Die Aufzugstür öffnete sich, und sie schoben das Bett hinein. Als es über die Schwelle fuhr, kippte der Kopf des Patienten zur Seite, weil der Mann bereits benommen war. Das Beruhigungsmittel wirkte schon. Johannes legte den Finger an den Mund, und die Schwester unterdrückte das Verlangen, noch einmal davon anzufangen. Sie fuhren abwärts, und der Mann machte wieder seine Augen zu. Johannes sah zu der Schwester hinüber, die sich an die Wand lehnte, und er sah, daß dieses Kleid sich jetzt über dem Oberkörper und über den kleinen Wölbungen darunter spannte. Dann sah er weg auf die Bettdecke und auf den Kopf des Mannes, nur um irgendwo hinzusehen und dann erschien in seinen Gedanken Maria. Sie hatte heute eine Kette umgelegt, die eng am Hals lag. Sie trug heute weiße Stiefel, die bis zu den Waden reichten. Machte sie das absichtlich? Natürlich machte sie es absichtlich. Und dann wunderte sie sich, wenn man ganz scharf war.

Am Samstag werde ich endlich die Pergola bauen, die Kinder werden die Nägel reichen und sich mit den Brettern abschleppen. Renate würde ihre Shorts anziehen, wenn es wieder so heiß werden würde, und weil sie wußte, daß er immer ganz verrückt war, wenn sie sie an hatte; und dann der Abend im Garten und die Nacht bei geöffneten Türen! Und überhaupt! Es ist alles gut.

Johannes lächelte den Mann an, und er sagte, es sei eine Kleinigkeit, so ein Blinddarm. Der Mann zuckte mit den Achseln unter der Bettdecke. Das sah unbeholfen aus, und er versuchte ebenfalls zu lächeln. Er hatte vorhin gesagt, daß er sich weniger vor der Operation als vor der Narkose fürchte. Sie gäben einem eine Spritze und nähmen einem das Bewußtsein, und dann wäre man ganz ausgeliefert. Das machte ihm Angst.

Als sie mit dem Aufzug zurück auf die Station fuhren, fing die Kleine wieder an:

„Schwester Maria war bei dem Vortrag in N…"

„Ja doch, ich habe es gehört."

„Warum hast du so schlechte Laune? Sie war ganz allein dort. Ich meine, niemand aus der Klinik war bei diesem Vortrag."

„Was soll das?"

„Vielleicht haben sie was zusammen."

Johannes war hellwach. Er tippte mit dem Finger an die Stirn.

„Unsinn, völliger Blödsinn. Wer sagt das?"

„Niemand sagt das. Ich sage das."

„Mädchen! Der Oberarzt ist gut verheiratet, und er hat zwei Kinder."

„Na wenn schon. Wenn sie sich lieben?"

Er sah die weißen Socken an den Beinen und dachte, daß sie gar kein Mädchen mehr war. Sie waren alle ganz anders, als er sie sich vorgestellt hatte.

„Ich finde, du bist ziemlich langweilig mit deiner..."

„Was heißt das? Na, sag' schon."

„Na mit dem Verheiratetsein."

„Wie muß man denn sein? Meinst du vielleicht, verheiratet sein ist langweilig?"

Johannes dachte an die Shorts und an die Pergola und die Balkontüren, die nachts aufstehen.

Die Aufzugstür öffnete sich.

„Hör mal, Johannes. Wenn man sich liebt, was willst du denn dagegen tun. Ist doch ganz menschlich. Und ich finde, der Chef Sebastian ist ein klasse Mann, und unsere Maria ist doch auch klasse."

Erst kurz vor Beginn der Operation war das Fehlen von Doktor Grohmann aufgefallen. Jener Kollege, der gegen Morgen seinen Nachtdienst übernommen hatte, war der Meinung, daß Grohmann erkrankt sei, und daß der Oberarzt und der Chef darüber informiert wären. Da Grohmann bei der Operation an Brunngrabe mit assistieren sollte, versuchte Oberarzt Seidel alles, um ihn zu Haus telefonisch zu erreichen. Er war wie vom Erdboden verschwunden. Das war um so merkwürdiger, als Grohmann als ein äußerst korrekter Mitarbeiter bekannt war, ein Grund mehr, sich um ihn ernstlich Sorgen zu machen. Sebastian wollte sich nach dem Eingriff persönlich darum kümmern. Das gestrige Gespräch beunruhigte ihn.

# 33

# Hilflos

Maria hatte ein Ferngespräch angemeldet und wollte die Frau von Brunngrabe anrufen, aber Johannes nahm ihr den Hörer aus der Hand.

„Was tust du da?", sagte er. Er hatte so etwas noch nie getan, ihr einfach den Hörer aus der Hand zu nehmen, und sie hatte ihn auch noch nie so angesehen, so abweisend und fremd.

„Du darfst das nicht tun."

„Wer sagt das?"

„Ich."

„Natürlich werde ich anrufen. Er hat mich darum gebeten."

„Maria!", sagte er, hielt immer noch den Hörer fest und sah sie an. Ihre Augen waren ganz nah vor ihm. Sie zerrte fortwährend an ihrer Halskette.

„Der Chef hat mit ihr gesprochen, heute morgen. Du darfst das nicht, weil du ja gar nicht weißt, was er mit Frau Brunngrabe besprochen hat."

„Aber ich habe ihn hinuntergefahren zum Operationssaal, und ich war bis zum Schluß bei ihm, bis sie ihm die Spitze gegeben haben und er eingeschlafen ist."

Dann ließ sie plötzlich beide Arme fallen. Sie hingen an ihrem Körper herab.

„Du darfst dich nicht in etwas hineindrängen. Verstehst du das denn nicht?"

Sie lief aus dem Stationszimmer hinaus und verschwand in der kleinen Kammer, in der sie sich umzogen.

Johannes war hilflos und elend. Sie hatte schon manchmal geweint, wenn jemand gestorben war, den sie gepflegt hatte, aber sie hatte dann nie so gezittert wie jetzt. Er ging an den Schreibtisch und versuchte, die Schreibarbeit von ihr zu erledigen. Er tat es nur fünf Minuten lang, dann ging er auf den Gang, sah sich um, ob jemand ihn beobachtete. Leise öffnete er die Tür zum Vorratsraum. Sie saß auf einer großen Zellstoffrolle, und es zuckte noch in ihr. Es war ein ausgetrocknetes hilfloses Weinen. Als er ganz nah zu ihr trat, sah er im Nacken das Kettchen an ihrem Hals. Plötzlich wollte er etwas völlig Verrücktes. Er wollte vor ihr niederknien und sie in den Arm nehmen, aber dann streichelte er nur ihre Haare, und auch das ging ihm durch und durch. Dann nahm er zwei Mullplatten aus der Packung aus dem Regal und trocknete ihr das Gesicht ab, denn bevor er eingetreten war, hatte sie richtig geweint. Dann fing sie an:

„Es war so schrecklich im Zimmer vor der Operation. Er ist so ein kräftiger Mann gewesen, und auf einmal hat er das mit dem Sterben gesagt."

„Was mit dem Sterben?", fragte Johannes. Er hatte sich ihr gegenüber auf ein Zellstoffpaket gesetzt. Mit seiner Hand hielt er einen Infusionsständer fest. Sie sah, daß die Knöchel seiner Hand fast weiß waren und daß diese Hand jetzt sehr kräftig und nicht mehr so weich aussah.

„Daß er weiß, daß er sterben muß, das hat er gesagt, und daß er das mit der Operation nur machen läßt, weil der Doktor ihn überredet hat. Aber er will nicht, daß man immer weiter macht. Und auf einmal nimmt er das Bild vom Nachttisch und zeigt es mir. Aber ich kannte es doch schon lange, weil es immer dort stand. Du kennst es auch, das Bild von seiner Frau und den beiden Kindern. Und das war so schrecklich, weil er es dann in die Schublade gelegt hat, und weil er dann ganz tief geatmet hat und es um seinen Mund zuckte. Ich hatte Angst, daß er jetzt weinen würde, aber warum sollte er denn nicht weinen. Und weißt du, was er dann gesagt hat, als das Zucken aufhörte? Das Schlimme ist, sagte er, daß sie dann allein bleiben."

## 34

# Der Konkurrent

Doktor Seidel war kein Konkurrent für Sebastian. Die ganz großen Operationen im Bauch und im Brustkorb führte Sebastian immer noch ganz allein durch, aber der Jüngere drängte nach vorne. Sebastian war zwar durchaus bereit, ihn in diese Methoden einzuführen, aber große und riskante Eingriffe miteinander durchzuführen setzt nicht nur Können, sondern auch Vertrauen voraus. Irgendetwas stand seit der eigenmächtigen Wiederbelebungsaktion von Seidel zwischen ihnen. Quentin hatte gesagt, Seidel sei ein Intrigant.

Sie standen beide im Vorraum des Operationssaales am Waschbecken, und Sebastian sah von hier aus durch die geöffnete Tür, wie die Anästhesisten Brunngrabe jetzt hereinfuhren. Man hörte das Rollen der Räder auf dem Fliesenboden. Immer, wenn sie über eine Fuge rollten, stolperte der Ton. Daß der Kopf eines narkotisierten Menschen hin und her wackelt, ist nichts besonderes, aber in diesem Falle weckte es bei Sebastian den Gedanken an einen Toten. Brunngrabe war bereits ohne Bewußtsein, als er in den Operationssaal gefahren wurde.

Sebastian wußte nicht, was ihn erwartete. Erst wenn der Bauch geöffnet war, konnte endgültig ausgeschlossen werden, daß das Loch nicht Folge einer Durchblutungsstörung des eingesetzten Magenteiles war. Selbst mit der Röntgenaufnahme der Blutgefäße konnte man das nicht mit absoluter Sicherheit beurteilen. In diesem Falle wäre es fast hoffnungslos. Sebastian dachte daran, wie Brunngrabe aussehen würde, wenn er gestorben war. Irgendjemand würde dann das Laken über das Gesicht ziehen.

Schwester Maria hatte im Vorbereitungsraum neben dem fahrbaren Operationstisch gestanden, als die Anästhesistin ihm die Injektion machte.

„Vielleicht wach' ich nicht mehr auf", hatte Brunngrabe noch gesagt. Sie konnte nicht mehr antworten. Während der Injektion verlor er das Bewußtsein. Der Schlaf kam wie immer ganz plötzlich. Die Krankenpfleger lagerten den erschlafften Körper auf den Operationstisch. Das Kopfende konnte Sebastian vom Waschbecken aus nicht sehen, aber er wußte, daß sie nun den Tubus in die Luftröhre einführten. Der Krankenpfleger entfernte das weiße Tuch, das über dem Körper lag, und dann nahm er auch den Verband von der Wunde. Der abgemagerte Körper von Brunngrabe lag jetzt nackt vor ihnen.

Der junge Assistent begann, den Bauch abzuwischen. Die Bauchmuskeln waren jetzt ebenso schlaff wie der Kopf, und wenn der Tupfer mit dem Desinfektionsmittel über diesen Bauch strich, schob er Hautfalten vor sich her.

Seidel war in den Saal gegangen. Er hielt die nassen Hände hoch, damit das Wasser nur über die Ellenbogen und nicht über die gewaschenen Unterarme abtropfte und gab dem Jungen Anweisungen. Dann kam er zurück in den Waschraum. Sie sahen beide auf die Uhr und wußten, daß sie sich noch zwei Minuten waschen mußten.

„Noch eine Komplikation darf nicht eintreten", sagte Seidel, „das würde er nicht überstehen."

„Warum reden Sie jetzt schon von der nächsten Komplikation?"

„Ich meine ja nur", sagte Seidel. Er spülte sich die Arme ab, drückte mit dem Ellenbogen auf den langen Hebel am Seifenspender und seifte die Hände von neuem ein.

„Ich meine nur, daß er es nicht überstehen würde."

„Wenn wir einen Abszeß finden, dann wird die Temperatur heruntergehen, und wenn wir das Loch schließen können, dann hätte er eine reelle Chance", sagte Sebastian. „Zweifeln Sie daran, daß wir ihn jetzt operieren müssen?"

„Nein, aber Sie wissen ja nicht, ob Sie den vermeintlichen Abszeß finden werden, und wenn Sie ihn nicht finden, wenn er vielleicht irgendwo versteckt im Bauch liegt, dann geht das weiter mit den Temperaturen."

Die Temperatur war erstmals an diesem Morgen aufgetreten, und man kannte die Ursache nicht. Der andere fing immer wieder von dem Schlimmsten an, so als ob man von vornherein nicht daran glauben könnte, daß es gelänge. In Sebastian stieg die Wut hoch. Er war überempfindlich, und er wußte es. Vielleicht tat er dem Seidel Unrecht. Schließlich hatte er dieselben Bedenken. Sebastian schwieg und sah seine Fingernägel an. Er fand noch eine kleine schmutzige Stelle, nahm die Nagelschere aus dem Alkoholbehälter und fing mit der Waschprozedur von vorne an.

Nein, es ist ungerecht. Warum sollte Seidel nicht an den tödlichen Ausgang denken, ich selbst denke doch auch daran.

Sebastian sah die kräftigen Unterarme von Seidel, seine vielen Sommersprossen und die kleinen blonden Haare, die in feuchten Büscheln an der nassen Haut des Armes und des Handrückens klebten.

„Wenn man bedenkt, daß nur drei Prozent aller Patienten, die wir wegen eines Krebses an der Speiseröhre operieren, fünf Jahre überleben, dann ist doch alles, was wir da machen, ziemlich vergebens", sagte Seidel. Eigentlich wollte er *große Scheiße* sagen.

„Sie sagen es. Aber ich würde es immer wieder versuchen, und außerdem kann er dann wieder normal schlucken."

Quentin kam um die Ecke.

„Es ist angerichtet, die Herren", sagte er, und er grinste dabei.

„Sie meinen wohl, weil sich schon einige totgewaschen haben ...," sagte Seidel.

Bevor der andere wieder von seiner Statistik anfing, kam ihm Sebastian zuvor:

„Er hat eine größere Chance als drei Prozent, weil es ein Karzinom ist, das vermutlich noch nicht durch die Wandschichten hindurchgewachsen ist, und weil er keine Lymphknotenmetastasen hat. Es gibt eine neuere japanische Arbeit, die beweist, daß in solchen Fällen die Chance bei fünfzehn Prozent liegt."

„Scheißstatistik. Ich glaube Ihnen allen kein Wort mehr. Außerdem kann man die japanischen Arbeiten nicht mit den unseren vergleichen. Sie erwischen viel mehr Frühstadien als wir, weil sie andere Vorsorgeuntersuchungen machen, und weil die Japaner leichter zu operieren sind. Sie sind nicht so fett wie unsere Leute."

Sie gingen in den Saal.

Wünscht sich Seidel denn, daß es für mich ein Mißerfolg wird? Kann man so etwas überhaupt denken?

Sebastian eröffnete den Bauch vorsichtig und präparierte ebenso vorsichtig in die Tiefe, weil er wußte, daß sich in der Umgebung dieses verhängnisvollen Loches im Magen eine Gewebsbarriere gebildet hatte, ein Schutzwall aus frischem, entzündlichem Gewebe, das das Vordringen des Sekretes in die freie Bauchhöhle verhinderte. Unter allen Umständen mußte soviel als möglich von diesem Schutzwall erhalten bleiben. Dann tastete er in der Tiefe die Spitze des Gummidrains, das ihm die Richtung wies, in der er Millimeter für Millimeter weiter präparieren mußte. Er öffnete schließlich über der Spitze dieses Drains das frische Narbengewebe, und in diesem Augenblick sahen sie beide das bohnengroße Loch in der Vorderwand des Magens.

„Nahtinsuffizienz –", sagte Seidel, „wie zu erwarten."

Wenn er recht gehabt hätte, daß nämlich eine Naht nicht gehalten hatte, dann wäre es in gewisser Weise eine technisch bedingte Komplikation. Zumindest wäre ein technischer Fehler nicht auszuschließen.

Sebastian spürte erneut Wut aufkommen, aber er sagte nichts. Er sah den anderen nur über das Mundtuch hinweg an. Dann ließ er sich feuchte kleine Mulltupfer geben und legte mit ihrer Hilfe durch vorsichtiges Abschieben des am Magen haftenden Gewebes die Ränder des Loches frei.

„Keine Nahtinsuffizienz", sagte er. „Das Loch liegt nicht im Bereich der Naht, sondern Zentimeter entfernt davon. Es ist keine Nahtinsuffizienz, sondern eine Durchblutungsstörung an der Vorderwand des Magenschlauches mit dunklen nekrotischen Rändern", womit das durch die Minderdurchblutung verursachte abgestorbene Gewebe gemeint war.

Die Naht war in Ordnung, es war wie ein kleiner Triumph. Der Reifen, der sich besonders dann um den Brustkorb zusammenzog, wenn es um die Frage ging, ob man einen technischen Fehler begangen hatte, lockerte sich.

Sebastian atmete auf.

Warum sagte der andere jetzt nichts? Warum schwieg er? Er könnte sich jetzt doch korrigieren und sagen: Gott sei Dank, es hat nichts mit unserer Nahttechnik zu tun. Diese lokale Durchblutungsstörung ist ein schicksalsmäßiger Verlauf und weist nicht auf einen Fehler hin. Es war nicht vorauszusehen.

Warum, verdammt noch mal, sagte er es nicht? Einfach aus Kollegialität könnte er es sagen.

Es war nur eine lokalisierte Störung der Durchblutung, obwohl die Hauptschlagader des verbliebenen Magens scheinbar gut durchgängig war.

Sebastian schaltete eine Dünndarmschlinge aus dem Verband der verklebten Darmschlingen, um mit ihrer Hilfe ohne Spannung das Loch im Magen mitsamt dem umgebenden Gewebe zu verschließen. Er wußte, daß Brunngrabe jetzt eine reelle Chance hatte zu überleben.

Die Operationsschwester beugte sich über ihren Instrumententisch dem Operationsfeld entgegen und ließ sich die Nahtstelle zeigen. Sie nickte Sebastian zu, weil sie wußte, daß es nun doch noch ein großer Erfolg für ihn werden könnte. Sie waren seit Jahren so aufeinander eingespielt, daß sie ihm immer schweigend und meist unaufgefordert jedes Instrument anreichte, das er in eben diesem Augenblick benötigte. Solange sie zusammen am Tisch standen, fühlte sich Sebastian als Operateur in schwersten Situationen nicht ganz allein gelassen. Das Alleingelassensein kam erst dann wieder, wenn die Operation beendet war, man den Operationssaal verlassen hatte, und das Stadium begann, in dem man Angst vor dem weiteren Verlauf haben mußte.

Sebastian blickte über den Narkoseschirm, um das Gesicht des Patienten zu sehen. Der Anästhesist nickte ihm zu; das war Einverständnis ohne Worte und sollte soviel heißen wie: Mach nur weiter. Wir regeln das hier schon. Du brauchst dich um nichts zu sorgen.

Bei der weiteren Präparation kam Sebastian in bedenkliche Nähe derjenigen Schlagader, die den Magenschlauch versorgte. Sie war in entzündliche Schwielen eingebettet. Undeutlich fühlte Sebastian den Puls dieses Blutgefäßes, aber er war sich nicht sicher. Darum mußte er es freilegen, Millimeterarbeit. Er hielt den Atem an.

Die kleine Arterie war unversehrt und pulsierte, der zweite Triumph. Die Blutversorgung des Magens war gewährleistet.

Seidel hätte das ja jetzt bestätigen können, aber er schwieg ...

Sebastian spülte schließlich am Ende den ganzen Bauch mit Flüssigkeit aus. Beim Lösen weiterer miteinander verwachsener Darmschlingen fand er einen kleinen Abszeß, abgekapselt und ausgefüllt mit grünlichem Eiter. Das war der dritte Triumph. Er hatte tatsächlich diesen Eiterherd gefunden, der vermutlich die seit gestern Nacht bestehenden hohen Temperaturen verursachte.

„Es wäre schön, wenn es der einzige Abszeß wäre", sagte Seidel, und dabei drängte er mit einem Tupfer die anliegenden Darmschlingen auseinander, aber Sebastian hinderte ihn daran, weil er den Einriß dieser Schlingen fürchtete. Seidel präparierte nicht zart genug.

„Was wollen Sie eigentlich?", sagte er. „Wollen Sie noch mehr Abszesse und noch mehr Komplikationen? Ist es das, was Sie wollen?"

Quentin war ganz nahe an den Tisch herangetreten. Er stellte sich auf einen der kleinen Schemel, um besser über Sebastians Schulter in den Bauch sehen zu können.

„Vielleicht möchte der Herr Oberarzt Urlaub nehmen. Die große Chirurgie ist vielleicht zu anstrengend."

„Sie sollten sich da raushalten, Quentin!", sagte Seidel.

Sebastian wollte das so nicht im Raum stehen lassen.

„Lassen Sie ihn nur, Seidel. Vielleicht hat er wirklich recht."

Die Stimmung war gereizt. Sie schwiegen, bis der Bauch zugenäht war.

Allein in seinem Zimmer setzte sich Sebastian an den Schreibtisch und stützte das Gesicht in die Hände. Die Spannung fiel ab wie eine schwere Last. Er hatte keine Angst mehr. Dann blickte er auf die Stelle, wo einmal das Bild von Fildes gehangen hatte. Er war gewohnt, daß in solchen Augenblicken der englische Doktor neben ihm war. Das Bild mußte wieder her. Er brauchte nicht nur den Rat dieses Doktors, er wollte auch seine Zustimmung. Also holte Sebastian das Bild aus der Aktenkammer, wohin er es verbannt hatte. Er pustete den Staub ab, sah das Gesicht des Doktors undeutlich, aber dennoch erkennbar unter kleinen Partikeln von Mörtel, die der Oberfläche des Bildes anhafteten. Er stellte das Bild auf den Boden hinter seinen Schreibtischstuhl und rief den Hausmeister an.

„Könnten Sie bitte das Loch an der Wand zu Herrn Seidels Zimmer ausspachteln und streichen?", sagte er, aber er wagte nicht hinzuzufügen, daß diese Reparatur dringend war. Darum fügte er nur hinzu:

„Ich wäre ihnen dankbar, wenn es bald geschähe."

## 35

## Ischia

Hätte Grohmann mit dem Chef über die Gründe seiner Flucht gesprochen, hätte dieser ihn vermutlich überredet zu bleiben. Er hatte alle Brücken abgebrochen. So jedenfalls erschien es ihm, als er am Flughafen in Neapel einen Brief an Sebastian einsteckte, in dem er die Gründe seiner Flucht erläuterte. Im übrigen war dieser Brief auch ein Dankesbrief an sein Vorbild.

Als er sich schließlich am Hafen von Pozzuoli fünfzehn Kilometer westlich von Neapel auf die Fähre nach Ischia begab, schien es ihm so, als hätte er nun endgültig das Bisherige abgeschüttelt, zumindest hatte der Akt seiner Befreiung begonnen.

Er ging nicht in den Aufenthaltsraum der Fähre, wo die meisten Passagiere Platz genommen hatten, sondern an den unverdeckten Bug des Schiffes und er nahm dabei in Kauf, daß ihm der Wind bei stärkerem Seegang die Gischt der Bugwelle ins Gesicht trieb.

Das Zauberwort hieß Freiheit.

Als die Fähre nach dem Wendemanöver die Hafenmole hinter sich gelassen hatte und steuerbord die Küste jener kleinen Bucht westlich von Pozzuoli auftauchte, als man sich dann dem Capo miseno, dem letzten Ausläufer der Bucht und des Golfes von Neapel näherte, wo das Tyrrhenische Meer sich öffnet, da steigerte sich das Glücksgefühl. Die Insel Procida war noch nicht in Sicht, und die Küstenorte in der Bucht Baia und Bacoli rückten immer mehr in die dunstige Ferne.

Grohmann schweifte ab in Erinnerungen an eine Dampferfahrt in früher Kindheit, die lange Zeit ihren Glorienschein behielt, weil alles, was die fantasievolle Mutter erzählte, nicht in Zweifel gezogen wurde, Geschichten von einem großen Meer mit märchenhaft großen Schiffen, die mehrere Stockwerke hatten, von Stürmen und Todesgefahren und schließlich von Delphinen, die so hoch sprangen, daß sie in die Fenster der Kabinen blicken konnten ...

Das Schiff passierte die Felsen am Capo miseno. Wo sie aus dem Meer aufstiegen, öffneten sich in dunklen Felsentoren die unterirdischen Grotten, in denen wer weiß welche Piraten oder Seeräuber vielleicht einmal Zuflucht gefunden hatten.

Das Meer war jetzt sehr blau, im Süden auf Backbord aber glitzerte es farblos in blendender Sonne.

Dort wo das Schiff nun endgültig das offene Meer erreichte, wiegten sich in der Nähe des letzten Felsens kleine Fischerboote auf den Wellen.

Eine große weiße Fähre tauchte auf im blendenden Sonnendunst, zunächst nur in zitternden Umrissen wie über dem Wasser schwebend, wie aus dem Nichts aufsteigend.

Ganz unvermittelt deutlich und klar sah der Flüchtling den Operationssaal vor sich; das Vorbild Doktor Sebastian tauchte auf, sein strafender Blick wegen der allen Regeln widersprechenden unerlaubten Entfernung vom Dienst, der weißliche Tumor erschien im aufgeklappten blutigen Lebergewebe. Die Diskussion zwischen ihm und dem Chef über den Sinn einer doch vermutlich nicht radikalen Entfernung begann von neuem, jetzt mit viel bestimmterer Ablehnung klar formuliert, nicht mit jenen schüchtern und vorsichtig gestellten Fragen wie damals bei der letzten Operation. Der Chef hatte diesmal keine Chance der Erwiderung. Die Worte wurden ihm in den Mund gelegt.

Nein, nur nicht das, nichts von Tumoren und Vorbildern, nein, bitte nicht.

Die andere Fähre war kaum fünfzig Meter entfernt. Man erkannte die Gesichter der an der Reeling stehenden Passagiere. In Gedanken wurde ein Schiffsuntergang inszeniert, der Zusammenstoß, die Panik auf dem sinkenden Schiff, der Kampf um die wenigen Rettungsboote, die an verrostetem Gestänge mit bräunlichen durchgescheuerten Seilen neben der Reeling festgezurrt, kaum noch seetüchtig sein dürften.

Das Festland, der Golf von Neapel von Pozzuoli bis zum sehr fernen Sorrent, war verschwunden.

Grohmann hielt Ausschau in Richtung der Insel, die noch im Dunst verborgen war wie das Zukünftige und der Ausgang des Abenteuers, das begonnen hatte, sich völlig unberechenbar in Szene zu setzen. Es war erregend und erschreckend zugleich wie alles das, was ihn zur Flucht bewegt hatte. Grohmann blickte in das blendende Licht über dem Wasser; Bilder und Erinnerungen tauchten sehr flüchtig auf, aber nur eines blieb hartnäckig an der Oberfläche des Bewußtseins, das Bild des Mädchens, das ihn nach zwei Jahren um eines anderen Mannes willen verlassen hatte, der wesentlich älter und wohlsituiert war.

Dieser Rückblick fand statt an dem Punkt auf dem Meer, an dem erstmals die Umrisse der Insel Procida auftauchten.

Nein, nichts mehr von dieser Frau, von der Trostlosigkeit, die sich monatelang, nachdem sie ihn verlassen hatte, seiner bemächtigt hatte.

Grohmann war im Begriffe, sich wiederum in ein Mädchen zu verlieben, ein Grund mehr für ihn, in vollkommener Abgeschiedenheit zu prüfen, ob das Bild in der Trennung verblassen würde. Das Mädchen hieß Judith.

Über einem in der Hitze vibrierenden Dunstschleier schwebte fern die Insel Ischia mit dem noch sehr fernen zartblauen Berggipfel des Epomeo, eine Fata Morgana, ein Märchenbild.

Der Bug des Schiffes zielte auf den immer noch fernen Hafen Ischia Porto.

Er wurde empfangen von der Schönheit Ischias. Sie hatte auf ihn gewartet. Zaghaftes in Besitz nehmen, zunächst nur mit den Augen. Das kleine Hafenrund, nur durch einen schmalen Durchlaß mit dem offenen Meer verbunden. Auf der einen Seite dieser Durchfahrt der kleine Leuchtturm, auf der anderen ein bewaldeter Felsen. In Empfang genommen von den vielstimmigen Geräuschen auf der Mole und der Schiffswerft, von den am steilen Berghang hinaufkletternden Häusern von Ischia Porto. Er wird erwartet von einem kleinen vorbestellten Autobus, der ihn mit anderen Gästen über Serpentinen zur Küstenstraße von Casamicciola und Lacco Ameno, und wiederum über Bergstraßen nach Forio und schließlich nach S. Angelo brachte.

Nach der Durchfahrt durch eine bewaldete Schlucht dann der Ausblick auf das Meer mit einem orangenen niedrigen Sonnenball, paradiesisch. Auch dieses Wort benutzte Grohmann in seinem Tagebuch. Auf dieser einzigartigen Fahrt stellte er sich die Frage, ob ihm nicht möglicherweise ein wirklicher Neuanfang auf dieser Insel vorbestimmt sei, ob nicht das zukünftige Leben bereits jetzt durch das Schicksal festgelegt sei.

Als man von Succhivo aus in Richtung S. Angelo hinabfuhr, kam dieser Gedanke noch einmal. Es war lächerlich, diese Träumerei, völlig irrational. Immerhin hatte er seinem Aufenthalt keine zeitlichen Grenzen gesetzt. Was konnte alles geschehen? Irgendeine Verdienstmöglichkeit konnte sich plötzlich auftun und Sorgenfreiheit garantieren.

Auch hier in S. Angelo wurde er in Empfang genommen in Gestalt eines kleinen Esels, der sein Gepäck über steil gestufte Gäßchen auf die andere Seite des kleinen Ortes zu einem kleinen Hotel am Marontistrand brachte.

Der Esel erregte sein Mitleid, denn in den beiden Koffern befanden sich neben sehr vielen Büchern auch die Malutensilien, mit einem deutlichen Übergewicht, das bereits am Flughafen zu Beanstandungen Anlaß gegeben hatte.

Zwei Wochen lang nahm er Besitz von dieser Insel, von der Felsenküste westlich von S. Angelo, von den winkligen Gassen, über die die weißen Häuser blaue Schatten warfen, vom Hafen, den große Steinwälle vor dem Meer in Schutz nahmen, von Fischerbooten, Netzen und Segelschiffen hier und über dem Meer und vom kleinen Ort Serrara, hoch oben über den Berghängen unter dem Epomeo. Auch dort hinauf war er des öfteren durch steile Hänge gegangen, und immer, wenn er Atem holte, sah er die blaue Tiefe unter sich. Wenn man oben die Straße erreichte, wurde man vom Geläut der Glocken empfangen. Dort oben war er Tage später einem Mann begegnet, der sein Freund wurde, Rosario, der Mann, der die Gäste auf der Insel als Physiotherapeut behandelte.

Im Tagebuch hielt er alles fest: Den Gang zum höchsten Punkt über S. Angelo. Die Kirche war weiß, der Himmel tief blau, und über den Gräbern hingen rote Blumen.

Eines Tages war er über viele steinerne Stufen hinauf gestiegen. Eine junge Frau war vor ihm gegangen. Er versuchte, die weichen

Bewegungen ihres Körpers zu beschreiben. Sie ging wenige Meter vor ihm. Es war nicht möglich, sich abzuwenden. Sie war dunkel gekleidet, und sie war schön. Sie war so nahe und doch unerreichbar. Oben in der Kirche bekreuzigte sie sich. Er blieb in der offenen Tür stehen. Vermutlich trauerte sie um jemanden.

Sein Gang über den kleinen Friedhof. In Mauernischen standen viele kleine Urnen. Dann betrat er noch einmal die Kirche. Die Frau saß in der ersten Reihe. Er schämte sich, weil er sich ihren schönen Körper in allen Einzelheiten vorzustellen suchte, jetzt in der Kirche, auch später noch am Abend.

Das Meer lag zweihundert Meter tief unter der Kirche, und in der offenen bogigen Kirchentür waren Bläue, Meer und Himmel. Ein Vogel erhob sich von rot blühenden Sträuchern. Er schwebte in weiten Kreisen und glitt über den blauen Abgrund.

Ein anderer Tag, beschrieben im Tagebuch. Musik aus den offenen Fenstern des Ristorantes. Auf dem Platz davor tanzte im Takt eine kleine Signorita. Blaues Höschen, rote Strümpfe, braune Haare mit zwei Zöpfen. Sie tanzte für sich allein ohne Zuschauer. Ihre kleinen graziösen Tanzschritte. Die Arme ausgestreckt, in den leeren Fäustchen Kastagnetten, die den Takt schlugen.

Manchmal beobachtete er die Fischer, wie sie vom Meer kamen. Sie legten Anker aus, luden Körbe voll von Fischen in kleine Boote, die neben den Schiffen auf den Wellen tanzten. Sie ordneten ihre Netze und gingen barfuß durch die blauen Gassen nach Hause.

Abendliche einsame Feste, gedeckte Tische vor steinernen Ballustraden steil über dem Meer. Auf der Brüstung zwei Katzen. Sie miauten und öffneten Raubtiermünder. Ihre schwarzen Silhouetten vor dem Abendhimmel. Die gebogenen Rücken mit hocherhobenen Schwänzen störten die Symmetrie des Horizonts. Minestrone, frisch gefangener Fisch, roter Wein der Insel.

Die Abende wuchsen aus dem Meer in den Himmel. Noch war dann unter einem blaßblauen Streifen der Horizont erkennbar. Später war er in der Schwärze der Nacht verborgen. Dort, wo man ihn vermuten konnte, durchzogen erleuchtete Schiffe die Nacht.

# 36

# Der Blumenstrauß

Johannes' Frau Renate liebte den Rhythmus ihres Alltags ebenso wie die ruhige Beständigkeit, mit der sie von Johannes geliebt wurde. Dieses Leben war keineswegs langweilig, wie eine Freundin einmal festgestellt hatte, es war gleichförmig, berechenbar, soweit es den Alltag betraf. Der Rhythmus der Tage drohte allerdings bei bestimmten Gelegenheiten aus dem Takt zu geraten, zum Beispiel dann, wenn ihr Johannes trüben Stimmungen unterworfen war.

Es war am späten Vormittag. In zweieinhalb Stunden mußte Johannes den Nachmittagsdienst antreten; die Kinder waren in der Schule. Durch die geöffnete Wohnzimmertür sah man im Garten die nassen Gräser, bedeckt von glitzernden Tropfen, Spuren des Regens, der bis vor kurzem sanft und beständig alles befeuchtet hatte. Es war merklich abgekühlt.

Es wäre ausreichend Zeit für die Liebe. Die Sonne zeichnete durch die breit offene Tür Schattenbilder der im leichten Wind schwankenden hohen Bäume auf den Teppich. Diese Schatten bewegten sich vor ihren Füßen hin und her. Es hätte wirklich genügend Gründe gegeben, sich daran zu erfreuen. Ein ganz leichter Duft von Flieder war bis zu ihnen gedrungen, und der Geruch des frischen Holzes, das immer noch an die Hauswand gelehnt für den Bau der Pergola bereit stand. Wie so oft hatte Renate ihren seidenen Morgenrock an. Johannes schien in sich gekehrt und verdrossen. Das störte die Harmonie und das Gleichmaß, zu dem auch an Tagen wie diesem die Liebe gehörte. Sie beugte sich zu ihm. Einen Augenblick lang sah er sie an, der Ausschnitt ihres seidenen Mantels öffnete sich, und indem sie sich ihm zuneigte, fiel der Mantel über den Oberschenkeln auseinander. Sie wußte, daß er dem nicht widerstehen konnte, und es war meistens der Anfang jener Begebenheiten, die ihr

Leben entgegen der Vermutungen der Freundin nie langweilig werden ließ.

Johannes wendete sich ab.

„Ich muß heute eineinhalb Stunden früher in die Klinik."

Zum erstenmal war es also geschehen, daß Johannes sie zurückwies, daß er sie nicht beachtete. Irgendetwas mußte geschehen sein, etwas, zu dem sie keinen Zugang hatte. Ihr Mitgefühl und das Mitleid war größer als die kaum vernehmbaren Alarmsignale des Argwohns. Im übrigen wußte sie, daß ihr Johannes ohne Harmonie nicht leben konnte, Grund genug, diese Verstimmung auf sich beruhen zu lassen.

Johannes fuhr zur zweiten Schicht ins Krankenhaus. Er war an einem Blumenladen ausgestiegen, und er kaufte einen Blumenstrauß für Maria. Das war das erste Mal, daß er so etwas tat. Er hatte, seit er verheiratet war, nie irgendeiner Frau Blumen geschenkt. Er legte den Strauß auf den Beifahrersitz. Jedesmal wenn er an einer Ampel halten mußte, sah er den Strauß an.

Es war einfach idiotisch, diesen Strauß zu kaufen. Erstens mußte er damit durch die ganze Klinik laufen, und jeder würde ihn fragen, wohin er damit denn wolle, und zweitens: Was sollte das? Was würde sie sagen? Der Sebastian sollte ihr Blumen kaufen. Zum Teufel mit dieser ganzen Geschichte. Ob der Sebastian wußte, daß sie ihn liebte? Natürlich wußte er es.

Der Blumenstrauß stand in einer Glasvase auf der Arbeitsplatte vor dem Fenster. Sie waren ganz allein im Stationszimmer, und sein Bild, Maria, saß über Papiere gebeugt dort am Tisch. Dann drehte sie sich auf einmal um. Jetzt würde sie nach dem Blumenstrauß fragen, dachte er. Er hatte ja darauf gewartet.

„Kannst du mir sagen, wer mir diesen Blumenstrauß geschenkt hat? Niemand weiß es."

„Ich habe ihn dir geschenkt."

„Warum hast du das getan?"

„Weil ich dich gern habe, und weil ich weiß, daß du Probleme hast."

Maria sah ihn nachdenklich an.

„Ich finde es wunderbar!", sagte sie.

Dann stand sie auf und legte ihm ihre Hände auf die Schultern und sagte:

„Johannes! Diese eine Rose, nur diese eine werde ich behalten. Ich werde sie mit nach Hause nehmen und so lange pflegen, bis sie verwelkt ist. Aber die anderen vielen Blumen, die schenkst du deiner Frau."

Sie entnahm dem Strauß jene eine Rose und besorgte eine kleine Vase; den großen Strauß aber gab sie ihm in den Arm.

„Du solltest heute früher nach Hause gehen, Johannes! Du solltest es wirklich tun."

Sie war also wieder einmal die überlegene Frau, die ihn zurecht gewiesen hatte. Mit diesem einen Satz hatte sie alle jene Hoffnungen und Illusionen aus seiner Fantasie herausgerissen. Einen kleinen Augenblick lang, solange, bis er stumm nickte und hinausging, wollte er Widerstand leisten, aber er konnte es nicht.

Die dumpfen Träume, in denen ihr Körper die Hauptrolle spielte, würden nun vermutlich nicht mehr so quälend sein. Das zumindest war befreiend. Das alles bedachte er auf der Heimfahrt zu Renate.

# 37

# Wieder Palmen

Die Verurteilung der Krankenschwester in einem süddeutschen Gericht machte in allen Zeitungen Schlagzeilen. Offenbar hatte man sie verhaftet, weil zwei Kolleginnen gegen sie ausgesagt hatten. Sie sei völlig verstört aus dem Zimmer gekommen, und es gäbe keinen Zweifel, daß sie es von sich aus getan hätte.

Unbegreiflich, daß sie verurteilt wurde.

Es wurde der Schwester vorgeworfen, der 85jährigen todkranken Frau eine Überdosis eines Betäubungsmittels injiziert zu haben. Man war sich hier im Krankenhaus einig, daß das Schwurgericht das nicht beweisen konnte. Dennoch wurde die Schwester wegen versuchten Totschlages zu fünf Jahren Gefängnis verurteilt, in der juristischen Praxis ein bisher einmaliges Ereignis.

„Habt ihr das gelesen?", fragte Petra, „Noch im Gerichtssaal hat man die Schwester verhaftet, einfach abgeführt haben sie sie."

„Sie ist die Mutter von drei unmündigen Kindern", sagte Judith.

„Die Richter haben keine Ahnung von den Aufgaben und den Problemen einer Krankenschwester. Nicht einmal einen Gutachter, einen Spezialisten aus dem Pflegedienst, hat man zugezogen", sagte Johannes.

Petra konnte das alles nicht begreifen.

„Könntet Ihr jemanden töten, der sich quält, weil er eine unheilbare Krankheit hat?", fragte Petra.

Typisch, daß diese Frage von Petra, von der Madonna, kam, dachte Johannes.

„Ich würde niemanden töten", sagte Johannes.

„Du tötest ihn ja nicht, ich meine, du bringst ihn doch nicht um. Du willst ihm helfen, und du gibst ihm eine Injektion."

„Was ist da der Unterschied? Du tötest ihn."

„Du willst ihm ja nur helfen, verstehst du denn nicht?"
„Nein, niemals!", sagte Johannes.
„Und du, Maria?"
„Das ist ja wie ein Interview, Petra. Ich weiß es nicht. Ich weiß es wirklich nicht", sagte Maria.

Judith hielt es nicht mehr aus. Seit Tagen immer wieder diese Diskussionen. Dazu kam die Sache mit Brunngrabe. Er lag in der Intensivstation, und niemand wußte, ob er es schaffen würde. Maria war jeden Tag bei ihm unten.

Judith verließ das Stationszimmer.

Zimmer 15 hatte geklingelt. Im Bett an der Tür lag der Mann mit dem Dickdarmkrebs und dem künstlichen Ausgang, und am Fenster der Patient mit dem Lungentumor.

Das erste, was Judith sah, war die aufgeschlagene Zeitung auf dem Bett am Fenster, die Tageszeitung mit dem Bericht über den Prozeß.

Sie wünschte einen guten Morgen, und dann hielt sie die Luft an, ging zum Fenster und öffnete es weit. Sie beugte sich über das Fensterbrett und sah in den Park. Der Geruch im Zimmer war penetrant. Hinter sich hörte sie den Mann mit dem künstlichen After sagen:

„Schwester, ich glaube der Beutel hat nicht gehalten. Der ganze Dreck läuft mir den Bauch herunter."

Die Verklebung des Beutels, in den der Kot aus dem künstlichen After laufen sollte, hatte nicht gehalten.

Judith nahm noch einen tiefen Atemzug und wendete sich um. Heute war der Strand mit den Palmen dran.

„O, das werden wir gleich haben!", sagte sie und lachte. Sie schlug die Decke zurück; der Geruch wurde stärker.

„Da haben wir die Bescherung!"

Der Bauch war verschmiert mit Kot. Judith wußte, daß es dem Mann peinlich war.

Der Eimer unter dem Waschbecken mußte her, eine Waschschüssel und Zellstoff, viel Zellstoff. Behutsam entfernte sie die Kotmassen von dem Bauch, dann wendete sie einen ihrer Tricks an. Aus ihrer Kitteltasche holte sie Kölnisch Wasser, betupfte damit ein Mulläppchen und legte es dem Mann vor die Wange, ein Trick, den sie erfunden zu haben glaubte.

„Danke, Schwester."
„Das Schlimmste habe ich nun schon weggewischt."
Dann aber, als sie ihn wiederum anlächelte und mit ihm sprach, verlor sie ihr Bild mit den Palmen am Strand wieder. Vielleicht sollte sie noch einmal zum Fenster gehen, nein, später wollte sie es tun.
Jetzt fiel ihr die Sache mit dem Kindergeburtstag und mit der Schokoladentorte ein. Sie hatte den Kakao auf die weiße Tischdecke ausgeschüttet. Mutters entsetztes Gesicht und dann Vaters Gegenaktion, die so typisch für ihn war.
Der Mann wollte wissen, warum sie lachte. Schließlich war es doch nicht zum Lachen. Sie fing an zu erzählen, und während sie den Bauch reinigte, sagte sie:
„Also passen Sie auf! Mein Vater nahm sein Stück Schokoladentorte und legte es auf das Tischtuch mit dem großen braunen Schokoladenfleck. Und wissen Sie, was er gesagt hat? Wir sollten doch zur Abwechslung mal auf der Tischdecke essen, und er fände das sehr lustig. Man könne es doch auch einmal ganz anders machen. Die Situation war gerettet."
Der Mann schämte sich auf einmal nicht mehr vor der jungen Schwester.
Judith reinigte mit Öl sehr vorsichtig die leicht entzündete Bauchhaut und klebte einen neuen Plastikbeutel auf.
Sie wollte den Mann aufrichten, um ihm das frische Nachthemd anzuziehen. Dabei mußte sie ihren rechten Arm um seinen Nacken legen, und jetzt spürte sie jede einzelne Rippe und die Wirbelkörper. Der abgemagerte Körper war nahe an ihrem Gesicht, und sie wollte dem eindringlichen Blick des Mannes ausweichen. Wie konnte sie sich dem entziehen? Sie sah einfach weg zum Fenster.
Judith wußte, was in den Schwerkranken vorgeht. Wenn sie so kurz vor dem Ende sind, wenn sie es spüren, dann klammern sie sich oft an einen. Vielleicht wollen sie noch etwas von der Gesundheit einer jungen Schwester haben. Sie wollen nicht aufgeben.
Judith schüttelte das Kissen auf.
„Jetzt machen wir das zweite Fenster auch auf", sagte Judith.
Ich will ja gut sein zu euch, aber ich will nicht, daß ihr auf meine Insel mit den Palmen mitkommt.

Sie sah in den Park, und dann hörte sie hinter sich das Rascheln der Zeitung.

„Schwester Judith!", der Mann hinter ihr, der, der am Fenster lag, hatte eine brüchige Altmännerstimme.

„Werden sie uns auch umbringen?"

Sie drehte sich mit einem Ruck um, sie hatte es kommen sehen, als sie die Zeitung auf seinem Bett gesehen hatte.

„Was sagen Sie da?"

„Ich habe gesagt, was hier in der Zeitung steht. Ich habe gesagt, daß die Schwestern einen töten, wenn es so weit ist."

„Sie hat nicht getötet. Sie hat einer alten Frau, die sich gequält hat, und die nicht mehr leben wollte, geholfen, daß es schneller geht."

„Vielleicht war es doch anders. Man hat sie verhaftet."

„Sie werden sie wieder freilassen, glauben sie mir. Dieser Staatsanwalt wußte bestimmt nicht, wie es wirklich war. O, Gott, das ist so schrecklich, was Sie da gesagt haben!", sagte Judith.

Der andere Mann, der mit dem künstlichen After, hatte sich mühsam aufgerichtet.

„Hör auf mit dem Quatsch, Mann. Was soll das. Warum glaubst du dieser Zeitung? Laß unsere Schwester Judith zufrieden."

Judith ging zurück in das Stationszimmer.

Ich kann es nicht mehr hören. Ich will es nicht hören. Und das mit Brunngrabe will ich auch nicht die ganze Zeit hören. In einer halben Stunde ist Feierabend. Dann werde ich in die Stadt gehen, dachte sie.

Wir werden roten Wein trinken, und wenn einer von den Freunden mich nach dem Krankenhaus fragt, dann werde ich sagen: Du meinst das große Krankenhaus am Park? Ich kann und will dir nicht viel darüber erzählen. Wollt ihr wieder wissen, was die Zeitungen über uns geschrieben haben, was die Ärzte und Schwestern falsch gemacht haben, welche nicht geglückten Operationen es gab, oder wollt ihr etwa über den Mord mit mir sprechen? Das war in einer anderen Stadt. Es geht mich nichts an. Hört mal gut zu, werde ich ihnen sagen, wir ermorden keine alten Menschen. Oder vielleicht frage ich sie: Wer von euch hat schon einmal jemanden gepflegt, der sterben muß?

Ach was, ich werde sagen: Laßt mich mit dem allen zufrieden, aber glaubt denen nicht, die das alles besser wissen. Genau das werde ich sagen. Und wer von euch war denn schon tatsächlich auf der Insel mit dem weißen Sand und dem Meer, das Bild hängt doch nur im Reisebüro am Markt.

# 38

# Aortenaneurisma

Auf dem niedrigen Tisch vor dem Sofa lagen Fotografien aus dem letzten Urlaub an der Adria ausgebreitet. Julia hatte sie sortiert und war im Begriffe, sie einzukleben, als Sebastian aus der Klinik kam. Sie zündete eine Kerze an und versprach, nach Erledigung einiger Arbeiten in der Küche rasch wieder zu kommen.

Sebastian sah das Kerzenlicht in der großen Scheibe der Schiebetür, die zum Garten führte, und weil die Tiefe des Gartens bereits im Dunklen lag, sah er das Spiegelbild der Kerze nun auch in den dunklen Zweigen des Baumes hängen. Nur ein kleiner Lichtschein erreichte draußen soeben noch das Beet mit den roten Blumen. Dann hörte er in der Küche das Klappern von Geschirr und blickte auf die Fotografien und alle ihre liebevollen Bemühungen. Es rührte ihn. Alles, auch die kleinen, scheinbar unbedeutenden Dinge tat sie mit Hingabe.

Gestern hatte Julia ihn gefragt, wer Schwester Maria sei. Ganz beiläufig kam diese Frage. Sie sei die zweite Stationsschwester auf der Station 10. Was mit dieser Schwester sei, hatte er gefragt. Das geschah während des Abendbrotes, und Julia beugte sich über ihren Teller. Sie sah ihn nicht an und sagte: Ich frage mich manchmal, wie das ist, wenn man jeden Tag mit einer schönen Frau zusammenarbeitet.

Das kann ich dir leicht beantworten, hatte er erwidert, es spielt keine Rolle. Sie ist schön, und sie ist eine gute Schwester, diese Maria.

Julia lachte. Dann sei sie ja beruhigt, sagte sie.

Er stellte fest, daß das Klappern des Geschirrs jetzt aufgehört hatte. Sebastian stand auf und ging Julia entgegen, blieb vor ihr stehen, sah sie lange an und umarmte sie. Sie hielten sich fest, und als er die Augen öffnete, sah er wiederum die Kerze in den Zweigen hängen und unterhalb derselben einen dunkelvioletten Schein auf dem Beet mit den roten Blumen. Er hielt sich noch immer fest.

Wenn nicht etwas Unvorhergesehenes kommen würde, dann würde dieser Abend einer von den wenigen, der nur ihnen ganz allein gehörte, mit einer Flasche Rotwein und Kerzenschein.

Das Telefon zerstörte alles.

Einer der Anästhesisten war am Apparat.

„Kommen Sie sofort, ein durchgebrochenes Aortenaneurisma."

Die Wand einer sehr stark erweiterten und verkalkten Hauptschlagader im Bauch hatte einen Riß bekommen, und es blutete lebensgefährlich in den Bauchraum. Lebensrettend konnte nur der sofortige Eingriff sein. Der Patient mußte sofort in den Operationssaal. Mit einem großen einzigen Schnitt mußte die Bauchhöhle eröffnet und die große Schlagader oberhalb der Blutungsquelle abgeklemmt werden, bevor man in die Läsion eine Gefäßprothese einsehen konnte. Ansonsten würde der Patient in Kürze verbluten.

„Wie alt ist der Mann?", fragte Sebastian am Telefon.

„Achtundsiebzig Jahre."

„Ist er im Kreislaufschock?"

„Er war pulslos, als er eingeliefert wurde, und dann kam es zum Herzstillstand. Jetzt beatmen wir ihn, und die Internisten machen Herzmassage. Seidel ist dabei."

„Warum die Internisten? Warum macht ihr Anästhesisten es nicht selber?"

„Weil er zu ihnen eingewiesen wurde, nicht zu den Chirurgen. Er war vor einem Jahr bereits einmal dort Patient. Sie sagen, daß wir ihn sofort operieren müssen, wenn sie das Herz wieder in Gang bekommen. Seidel sagt es auch."

Sebastian streichelte Julia und wollte zur Haustür, aber sie hielt ihn fest.

„Es ist so, wie es immer ist. Es ist immer so, und es wird immer so bleiben."

„Ich kann doch nichts dafür", sagte er.

Noch nie hatte sie so mit ihm geredet.

„Ich weiß es. Aber es wird sich nie etwas ändern!", sagte sie. Sie wandte sich ab und dann blies sie die Kerze aus.

Der Mann lag nackend auf dem Röntgenuntersuchungstisch. Immer dann, wenn der Internist über dem Brustbein den Brustkorb mit beiden Händen zusammenpreßte, baumelte der Kopf des Bewußtlosen hin und her. Herzmassage. Das Gesicht war weiß, die Lippen bläulich, ebenso die Fingernägel. Der große, scheinbar bereits leblose Körper schwappte unter den ruckartigen Bewegungen auf dem Tisch hin und her.

Seidel stand neben dem Internisten und beobachtete jede Bewegung.

„Wie lange war er pulslos?", fragte Sebastian.

„Das wissen wir nicht", sagte der internistische Oberarzt, der die Massage durchführte, und der junge Assistent, der daneben stand, ergänzte:

„Es muß auf dem Transport hierher geschehen sein."

„Also vermutlich lange genug, um irreversible Schäden zu verursachen", sagte Sebastian und hob die Augenlider des Mannes. Die Pupillen waren klein. Es war also noch nicht verloren.

Jede Aktion über dem Brustkorb führte zu einem entsprechenden Ausschlag der EKG-Kurve, den sie alle fasziniert auf dem Monitor beobachteten. Die Beatmung erfolgte über einen Tubus, den die Anästhesisten in die Luftröhre eingeführt hatten.

Sie legten eine neue Blutkonserve an. Das Blut lief also in den Blutkreislauf und durch das Loch in der Hauptschlagader wieder in den Bauchraum, ein sinnloses Hineinschütten, wenn nicht sofort etwas geschah, ein Wettlauf mit dem Blutverlust.

Sebastian fragte den jungen Assistenten, der die Konserve anlegte: „Er war ein Jahr vorher bei Ihnen auf der internistischen Abteilung?"

„Ja."

„Und da hatte er noch keine Erweiterung der Hauptschlagader?"

„Er hatte eine Erweiterung. Wir haben es sonografisch diagnostiziert. Dort liegen die Krankenpapiere. Sie können es nachlesen."

„Und warum haben Sie mich damals nicht gerufen. Es wäre eine vergleichbar viel leichtere, relativ ungefährliche Operation gewesen."

„Er hat alles abgelehnt", sagte der andere, „nicht einmal eine Gefäßdarstellung hat er durchführen lassen."

„War er bei Bewußtsein, als die Blutung eintrat?"

„Offenbar hat er sofort das Bewußtsein verloren. Der Hausarzt hat ihn eingewiesen."

„Aber vermutlich wußte der Hausarzt, daß der Mann alles abgelehnt hatte, und er kannte ihn und die ganze Familie besser als wir."

„Ja, aber er wollte die Verantwortung nicht übernehmen, ihn so sterben zu lassen. Ich habe mit ihm am Telefon gesprochen", sagte der Assistent.

In diesem Augenblick wurde die erste selbständige Herzaktion registriert. Das Herz schlug wieder. Der Blutdruck war erstmals wieder meßbar und betrug 50 Millimeter Quecksilbersäule, das Herz schlug wieder 140 pro Minute. Der periphere Puls war an der Halsschlagader sehr schwach, am Handgelenk noch nicht tastbar. Der Internist und Seidel waren in Siegesstimmung. Sie hatten ihn wieder ins Leben befördert. Seidel sagte:

„Bringt ihn sofort in den Operationssaal."

„Wenn für Sie die Indikation so klar ist", sagte Sebastian, „dann hätten Sie ihn sofort dorthin bringen müssen." Sebastian sah den anderen durchdringend an und dann sagte er: „Entscheiden Sie das, oder entscheide ich es?"

„Er hat nur diese einzige Chance, und er hat sie nur jetzt in den nächsten fünf Minuten – Sie wissen es!", sagte Seidel. Er war erregt.

„Ich bin derselben Meinung", sagte der Internist.

„Aber er war zu lange pulslos, er hatte einen Herzstillstand, er ist achtundsiebzig Jahre, und wie ich aus den Papieren von damals entnehme, bestand seinerzeit bereits eine Durchblutungsstörung der Halsschlagader."

„Jeder Gefäßchirurg plädiert heute für die absolute Operationsindikation bei einem blutenden Aneurisma", sagte der Internist, und Seidel nickte zustimmend.

„Ich weiß das, aber dies ist eine individuelle Entscheidung."

„Aber er hat nur diese eine Chance."

„Er hat keine Chance. Wenn es wider Erwarten gelingt und er mir nicht auf dem Tisch stirbt, dann behält er eine bleibende Hirnschädigung – wo sind die Angehörigen?", fragte Sebastian.

„Draußen im Vorraum", sagte der junge Assistent.

Die Entscheidung mußte in der nächsten Minute fallen. Sebastian ging in den Warteraum.

Die alte Frau hatte verweinte Augen, die Tochter hatte den Arm um sie gelegt.

„Er hat damals alle Maßnahmen abgelehnt?", fragte Sebastian.

„Ja."

„Sie wissen, daß er jetzt in äußerster Lebensgefahr ist?"

„Ja."

„Konnte er noch entscheiden, als die Blutung eintrat?"

„Nein", antwortete die Tochter. Die alte Frau konnte offenbar nichts sagen. „Er war sofort bewußtlos. Wir konnten kein Wort mehr mit ihm reden."

„Und Sie wissen, daß er möglicherweise anders entschieden hätte als vor einem Jahr?"

„Wie meinen Sie das?"

„Wenn er ganz wach gewesen wäre und plötzlich erkannt hätte, daß er jetzt sterben muß, hätte er sich möglicherweise anders entschieden als damals vor einem Jahr, als er nicht in akuter Lebensgefahr war."

Die beiden Frauen waren hilflos. Es waren dreißig Sekunden vergangen.

Sebastian hatte keine Zeit. Darum waren seine Worte nur sachlich, nüchtern, scheinbar kalt und gefühllos.

„Ich werde ihn nicht operieren", sagte er. „Sein Gehirn wird mittlerweile so geschädigt sein, daß er dann, wenn er die Operation überstehen sollte, was sehr fraglich ist, nicht mehr derselbe Mensch wäre. Ich werde ihn nicht operieren."

Sie waren beide sprachlos.

Er hatte keine Zeit, sie zu trösten, er streichelte die alte Frau nur. Es war mittlerweile fast eine Minute vergangen, und er wollte sich immer noch eine ganz kleine Frist lassen, noch einen kleinen Augenblick. Noch konnte er ja anders entscheiden. Von dem Warteraum bis zum Röntgenraum waren es nur dreißig Meter. Er wußte, daß diese spontane Entscheidung auch falsch sein konnte. Niemand konnte ihm dabei helfen.

Sie hatten den Mann schon auf die Trage gelegt. Sie wußten, daß er wohl noch nicht endgültig entschieden hatte, und daß sie in dreißig Sekunden im Operationssaal sein konnten. Die Türen standen offen, die Operationsschwester stand gewaschen am Tisch.

Er dachte auch an die Kerze und an den zerstörten Abend. Wenn er nicht operierte, konnte er in einer Viertelstunde zu Hause sein. Es war wirklich nur ein sehr flüchtiger Gedanke, und er schämte sich sofort, daß er überhaupt so denken konnte.

Als er vor der Trage stand, auf der der Mann lag, klatschte der Anästhesist auf dessen Wange, er wollte ihn vollends aufwecken, und dann rief er laut seinen Namen. Als der Schlag erfolgte, zuckte es um den Mund des Mannes. Er reagierte auf Schmerzreize.

„Der Blutdruck liegt jetzt bei 70", sagte der Oberarzt. Der Mann war noch nicht bei Bewußtsein. Sebastian lehnte die Operation ab.

Wenn ich ihn operiere, dachte er, und wenn er stirbt, dann habe ich ihn umgebracht, operiere ich ihn nicht, stirbt er auch, aber sie werden sagen, daß ich die Chance nicht wahrgenommen habe.

„Ich werde ihn nicht operieren, fahren Sie den Mann in den Vorraum."

Er hörte seine Worte, und es schien, als wären es nicht seine eigenen.

„Ich werde später mit den Angehörigen sprechen."

An der Tür drehte sich Sebastian um. Er sah die Blicke des internistischen Oberarztes und die von Seidel auf sich gerichtet, und er wußte, daß sie ihn jetzt haßten, weil er so autoritär entschieden hatte. Er wußte auch, daß sie den Patienten am liebsten mit dem Hubschrauber in die Universitätsklinik geflogen hätten, wenn sie noch Zeit gehabt hätten. Aber die Zeit war jetzt bereits abgelaufen. Der Mann würde vermutlich in den kommenden zwanzig Minuten sterben.

In seinem dunklen Zimmer angekommen, zog Sebastian den weißen Kittel aus.

Vor dem Bild aus der Tategalerie blieb er einen Augenblick stehen. Immer noch lagen Mörtelstücke auf dem Gesicht, auf der Petroleumlampe und auf dem Körper des Kindes. Seit das Bild hier auf dem Boden stand, vernachlässigt, gab es keine Kommunikation mehr.

Er würde Julia bitten, das Bild zu restaurieren. Es klopfte an die Tür. Der junge internistische Assistent trat ein.

„Ich wollte Ihnen sagen, daß ich Ihre Entscheidung für richtig halte."

„Sie entspricht nicht den allgemeinen Vorstellungen von uns Chirurgen. Ihr Oberarzt findet sie auch nicht richtig. Er hat mir schon mehrere Menschen auf den Tisch gelegt, die im Sterben lagen oder kurz davor waren, und sie alle hatten immer noch die sogenannte letzte Chance."

„Ich bin nur gekommen, weil ich es Ihnen sagen mußte, und ich habe es auch ihm gesagt."

„Wem, Ihrem Oberarzt?"

„Ja."

„Ich danke Ihnen. Das war mutig. Wollen Sie sich setzen?"

„Nein, ich muß zu den Angehörigen."

„Lassen Sie uns gemeinsam gehen. Er wird kaum noch mit Ihnen reden können."

Sie hatte gehofft, daß er doch noch vor Mitternacht kommen würde.

„Es tut mir leid, wegen vorhin", sagte sie, aber manchmal ..." Er ließ sie nicht ausreden und streichelte sie.

„Zünde die Kerze wieder an", bat er.

Ihr Spiegelbild hing wieder in den Zweigen.

Er erzählte ihr, was geschehen war.

„Wird er jetzt sehr bald sterben?", fragte sie.

„Er ist bereits gestorben", sagte er.

# 39

# Intensivstation

Brunngrabe lag in einer Einzelbox der Intensivstation.

Maria besuchte ihn täglich, aber wenn sie mit ihm sprach, fürchtete sie sich, etwas Falsches zu sagen. Der Vortrag und alles, was Sebastian damals gesagt hatte, schwirrte in ihrem Kopf herum. Immerzu hörte sie es, aber weil es nicht zu ihr gehörte, und weil es seine Worte waren, die er im Vortrag gesprochen hatte und nicht ihre eigenen Worte und Gedanken, geriet das alles in große Verwirrung.

Es war der fünfte Tag nach der zweiten Operation. Die Notbeleuchtung über dem Fußboden war eingeschaltet. Sie betrat die Glaskabine.

Von der Überwachungszentrale fiel schwaches Licht auf sein Gesicht. Sie konnte die Augen erkennen. Er wendete den Kopf zu ihr, und seine Mundwinkel bewegten sich. Das war wie ein Lächeln, aber in dem abgemagerten Gesicht mit den starren Falten wurde aus dem Versuch eine Grimasse. Er hatte sie erkannt. Dann kam wieder das lange schreckliche Schweigen, weil die Worte eben doch nicht von selber kamen. Also wartete sie. Vielleicht war es besser zu schweigen, wenn man keine Worte hatte.

„Ich hab ihnen ein kleines Haus gebaut, ein sehr kleines", sagte er.

„Ein kleines Haus?", fragte sie.

Er redete mühsam, sah sie nicht mehr an. Nur als sie hereinkam, hatte er sich ihr zugewendet. Jetzt waren die Augen halb geschlossen und auf die Decke gerichtet.

„Ein kleines Haus für die Kinder", sagte er. „Ich habe ein kleines Haus für die Kinder gebaut."

„Für die Kinder?", fragte Maria. Man baut kein Haus für die Kinder. Ein Gartenhaus vielleicht?

„Ein kleines Haus aus Zweigen und Holzstückchen", und er hob seine Hände mühsam über die Bettdecke und zeigte ihr die Umrisse dieses Hauses. „Es steht im Wald."

Brunngrabe brauchte Kraft für die nächsten Sätze, darum entstand eine längere Pause.

„Wenn wir im nächsten Jahr mit dem Schiff fahren ... wenn wir auf den Felsen über dem Meer wohnen werden ..."

Er brach ab. Es wird kein nächstes Jahr geben.

„Schwester Maria."

„Ja?"

„Ich muß es Ihnen sagen. Ich möchte auf die Station zurück. Ich will nicht mehr hier sein."

„Aber Sie sind hier besser aufgehoben."

„Das weiß ich. Ich weiß das doch. Sie geben sich große Mühe. Aber Sie wissen doch hier, daß es alles zwecklos ist."

Sie wollte jetzt nicht antworten, weil sie daran dachte, daß Sebastian ihr gesagt hatte, sie solle Brunngrabe Mut machen. Aber sie konnte es nicht. Darum wiederum das längere Schweigen.

„Sie sagen nichts. Sehen Sie, ich wußte es doch. Ich möchte bei Ihnen oben sterben, bei Ihnen, bei Johannes und bei Doktor Sebastian."

Sie spürte, daß die Tränen kamen, aber natürlich konnte er das nicht sehen. Sie saß ja immer noch im Halbdunkel an seinem Bett, und sie hatten danach minutenlang nichts gesagt. Dann fing er wieder an:

„Der Zug fährt immer noch. Er müßte schon längst aus dem Bahnhof gefahren sein. Er fährt auf der Stelle. Sie winken noch. Sie stehen und winken, und sie haben traurige Gesichter."

Jetzt machte er den Versuch, den Kopf zu heben, aber er fiel wieder zurück. Was er sagte, war ganz klar ausgesprochen, aber sie konnte es nicht begreifen, jedenfalls nicht in diesem Augenblick. Begriffen hat sie es erst später.

„Alle stehen da und sehen zu wie er wegfährt und winken."

Sie legte ihre Hand auf seinen Brustkorb, weil er so schwer atmete, als ob sie das mit dieser Berührung verhindern könnte.

„Sie sind müde, Herr Brunngrabe", sagte sie, „Sie träumen mit offenen Augen."

„Ich träume nicht."

„Doch, Sie träumen", sagte sie, „es ist gut, wenn Sie träumen."

Jetzt aber geschah etwas Erschreckendes, dem sie hilflos gegenüber stand, und von diesem Augenblick an wußte sie nicht, wie sie sich dem würde entziehen können. Sie war gerade aufgestanden und wollte gehen. Da richtete er sich halb auf und hielt ihren Arm fest. Offenbar nahm er jetzt beim Sprechen noch einmal alle Kraft zusammen. Er wollte sich Gehör verschaffen, klar und deutlich. Was er sagte, war wie eine Forderung.

„Werden Sie mir helfen wenn ich sterben muß?"

„O, mein Gott – wie meinen Sie das?", fragte sie.

Sie stand halb gebeugt, ihm zugeneigt, weil er ihren Arm immer noch fest hielt. Er hielt sie mit beiden Händen fest. Es waren abgemagerte Arme.

Sie hatte es wirklich so gesagt: Mein Gott!

Dann ließ er sie los und fiel auf das Kissen zurück.

„Ich meine, wenn ich sterben muß, dann helfen Sie mir bitte, daß es schneller geht. Nur eine Injektion, verstehen Sie?"

„Ja."

Sie setzte sich wieder, nahm seine linke Hand zwischen ihre Hände, aber sie wußte nicht, ob es nur Mitleid war oder bloßes Erschrecken.

„Glaubst du, daß er es schaffen wird?", fragte Johannes Maria am nächsten Morgen. Er wußte, daß Maria Brunngrabe schon fast aufgegeben hatte, aber er wollte es von ihr direkt hören.

„Ich weiß es nicht, nein, ich glaube es nicht, und ich finde..."

„Was findest du, na sag schon?"

„Ich finde, daß man ihm helfen sollte, weil er sich quält."

„Du meinst, man müßte es so machen wie der Chef neulich bei dem Mann mit dem Magenkarzinom und den Lungenmetastasen?"

Sie nickt.

„Du bist verrückt. Es ist doch ganz anders."

„Nein, es ist dasselbe. Schließlich muß man damit ja nicht warten, bis die Quälerei am Ende dazu führt, daß er keine Luft mehr bekommt. Man weiß doch, daß er es nicht schaffen kann."

„Das weiß man eben nicht", Johannes sagte es ärgerlich, „und darum ist es nicht dasselbe."

Sie setzte sich auf ihren Drehstuhl und sah ihn fest an, und dann fing sie mit der Geschichte von dem kleinen Hund an. Sie müsse in diesen Tagen immer an diese Geschichte denken, die sie verfolge.

„Ich habe ihn sehr geliebt, diesen kleinen Hund. Wirklich, Johannes. Er hatte dicke gelbe Pfoten. Es war ein Rauhhaardackel. Ich bin mit ihm spazierengegangen. Ich war dreizehn Jahre, und es war im Herbst. Er lief in den Furchen des Ackers hin und her, und als der Schuß fiel, da ist er hochgesprungen, einen Satz hat er gemacht, und das war alles so furchtbar, weil die Pfötchen so zuckten, und weil er mich noch so angesehen hat, ich meine, richtig angesehen, wie ein Mensch es tut. Und dann kam dieser alte Jäger. Kannst du dir das vorstellen? Manche von diesen Leuten wollen einfach auf irgendetwas Lebendiges schießen. Es war ein ganz alter Mann, und er sagte, daß er gedacht hätte, es wäre ein Hase. Aber dann, als der Hund so krampfte und so schrecklich zappelte, da hätte er ihn erschießen müssen. Das hat er nicht getan.

Da habe ich ihn auf die Arme genommen, und ich habe geweint. Ich erinnere mich, Johannes, daß ich den ganzen Weg nach Hause geweint habe. Und dann kommt das, warum ich es dir erzähle und warum ich mich gerade jetzt daran erinnere, wo das mit Brunngrabe so schrecklich ist. Keiner hat ihn dann töten wollen zu Hause, und sie wußten ja auch nicht, wie man das machen kann. Man konnte ihn doch nicht einfach erschlagen. Aber er zuckte immer noch mit den Pfoten, und man hat nur noch das Weiße in seinen Augen gesehen, aber vorher hat er mich richtig angesehen, wie ein Mensch. Niemand wollte ihn töten."

# 40

# Das schöne Bild

Doktor Grabner besuchte Brunngrabe. Er saß an seinem Bett und wartete darauf, daß der Mann etwas sagte. Brunngrabes Augen waren geschlossen, und er hatte lange nichts gesagt. Wenn die Lider die Augäpfel vollständig bedeckt hätten, hätte man denken können, daß er schlief. Aber sie waren nicht heruntergefallen; ein Spalt blieb geöffnet, und darin sah man das Weiße des Augapfels. Grabner dachte an einen Leichnam.

Hätte er nicht heute morgen mit Sebastian telefoniert und erfahren, daß die Blutwerte stabilisiert waren, daß der Darm arbeitete, und dem Patienten die notwendigen Kalorien sowohl über eine Vene als auch über eine Dünndarmsonde zugeführt wurden, so würde er als alter erfahrener Praktiker sagen, daß dieser Mann verloren war. Bisher hatte er sich auf seine Intuition und die Erfahrungen seiner vierzigjährigen Praxis verlassen können. Er glaubte, am Gesicht eines Kranken, an der Atmung und am Geruch den Tod voraussehen zu können, aber er wußte, daß diese scheinbar so untrüglichen Anzeichen des herannahenden Todes in der modernen Medizin keine volle Gültigkeit mehr hatten. Die Bilanzierung der Eiweißsubstanzen, der Elektrolyte und des Säure-Basenhaushaltes im Blut, die Stärkung des Herzmuskels, die Anregung der Nierenfunktion, das alles hatte die Grenzen zwischen Leben und Tod verschoben. Der alte Arzt beherrschte diese Technik der modernen Infusionstherapie nicht in vollem Umfang, aber er vertraute einem Mann wie Sebastian. Aus diesem Grunde gerieten seine durch Erfahrung gewachsenen Vorstellungen ins Wanken.

Dort, wo der entblößte Arm von Brunngrabe auf der Bettdecke lag, bildete die Haut schlaffe, längliche Falten. Der alte Arzt legte seine Hand auf diesen Arm; die Augenlider des Kranken hoben sich nicht wie beim Erwachen, sondern allmählich, mühsam, bis der Blick frei war.

„Es wird zu Ende gehen", sagte Brunngrabe.
Grabner schüttelte den Kopf.
„Aber ich weiß es, ich spüre es. Jeder muß es doch spüren, wenn es kommt."
„Es gibt klare Hinweise dafür", sagte Grabner, daß Sie den kritischen Punkt überwunden haben. Daß Sie jetzt die Hoffnung aufgeben, liegt an Ihrer körperlichen Schwäche."
Brunngrabe schüttelte den Kopf.
„Nein, ich weiß es."
„Sie wissen es nicht. Sie glauben, es zu wissen. Sie werden leben."
Die Lider senkten sich langsam über die Augäpfel. Grabner beobachtete; wiederum sah er das Weiße in den Augen des Kranken, wiederum Schweigen. Dann ging Grabner sehr leise zur Tür. Die Lider hoben sich nicht.
Grabner wollte einige Worte mit Sebastian sprechen. Er war nicht angemeldet und hoffte, daß der Chirurg nicht im Operationssaal war.
Auf sein sehr zaghaftes Klopfen an der Tür antwortete eine Frauenstimme. Er war unschlüssig, ob er eintreten sollte.
Auf dem Boden hinter dem Schreibtisch kniete vor dem Bild von Fildes Julia. Sie war damit beschäftigt, mit einem feinen Läppchen die Mörtelspuren von dem Bild zu entfernen. Sie kniete dort so, wie sie auf der Fotografie neben Sebastian vor dem Blumenbeet abgebildet war.
Grabners Blick fiel auf dieses Bild, und er erinnerte sich an eine Einladung, bei der er Sebastians Frau Julia kennen gelernt hatte.
Grabner sah ihre entblößten Knie; in der Hand hatte sie das kleine angefeuchtete Tuch, und sie überlegte offenbar, ob sie das ihr anvertraute Gemälde in seinem nun feuchten Zustand sich selbst überlassen könne. Dann stand sie auf und gab ihm die Hand.
„Ihr Mann ist im Operationssaal?"
Sie nickte.
„Ich bin nie hier in seinem Zimmer allein", sagte sie wie entschuldigend, „einmal in der Woche bringe ich frische Blumen und sehe nach dem Rechten."
„Wann war das, als wir uns kennenlernten?", fragte er, als sie sich am kleinen runden Tisch gegenübersaßen.

„Es war bei einer Einladung bei M… und später an diesem Abend haben Sie mir ihre Lebensgeschichte erzählt."

Sie lächelte.

„Was ich sehr selten tue", sagte er.

„Aber Sie haben es getan."

Grabner erinnerte sich.

Sie hatte ein enganliegendes dunkles Kleid an. Ab und zu berührte ihn ihr nackter Arm, wenn sie einander die Speisen zureichten.

Er erinnerte sich, an ihre dunkle weiche Stimme, ihr Lächeln, an die Berichte über ihre kleine Welt, die Kinder, über einen Garten, der blühte.

Alles das war Anlaß genug, ihr von seinem Leben zu erzählen.

Er erinnerte sich.

Es war etwas in ihrer Erscheinung, das ihn berührte, etwas, was sie begehrenswert machte, vielleicht der Duft irgendeines Parfüms? Er wußte es nicht mehr. Er war ein alter Mann, und er erinnerte sich an eine kaum spürbare, fast schmerzliche Wehmut.

„Sie wollen das schöne Bild von Fildes vom Mörtel befreien?"

„Ja, die kleinen Bröckchen haben leider an kleinen Stellen die Oberfläche beschädigt. Ich habe es mit einer öligen Tinktur eingeweicht, und ich hoffe, daß ich alle Mörtelteilchen ablösen kann. Ob es allerdings Schaden gelitten hat, das wird sich herausstellen. Auch das Gesicht des alten Doktors ist in Mitleidenschaft gezogen."

Wiederum lächelte sie.

„Sebastian hängt sehr an diesem Bild", sagte Julia.

„Ja, offenbar hat es eine besondere Bedeutung", erwiderte er.

„Dieser alte Doktor sitzt dort, so lange ich dieses Bild hier kenne, er sagt kein Wort, er blickt auf das kranke Kind."

„Er ist ein Analytiker", erwiderte Grabner, „er denkt nach."

„Vielleicht denkt er auch darüber nach, was hier geschieht. Das ist natürlich verrückt in ihren Augen?"

„Nein, ganz und gar nicht."

Als Grabner das Krankenhaus verließ, spürte er wiederum einen leisen Schmerz, wie man ihn nur empfindet, wenn man Abschied nimmt, wenn man sich umwendet, nach etwas Schönem, das man bereits verloren hat.

# 41

# Verurteilung

An diesem Tage war in einer führenden überregionalen Zeitung ein Artikel über jene Krankenschwester erschienen, die wegen Totschlags verurteilt worden war. Ein bekannter Staatsanwalt versuchte, das für alle Eingeweihten unverständliche Urteil juristisch zu erklären. Er rechtfertigte es nicht, er analysierte den Prozeß. Entscheidend für die Urteilsfindung waren die Zeugenaussagen, wonach die Schwester eigenmächtig gehandelt haben sollte. Dieser Jurist nahm zu den kritischen Stimmen Stellung, die darauf hinweisen, daß in der Vergangenheit Euthanasiefälle dann allenfalls mit einer mehr oder weniger symbolischen Strafe abgeschlossen wurden, wobei allerdings immer von der Voraussetzung ausgegangen wurde, daß die Tötung im letzten Stadium einer unheilbaren Erkrankung und im Einvernehmen mit dem Kranken erfolgte. Die Praxis in anderen europäischen Staaten, insbesondere der Schweiz und Holland, wurde im Einzelnen diskutiert und es wurde mit Nachdruck darauf hingewiesen, daß in Holland jährlich 1000 Fälle straffrei ausgegangen waren, bei denen seitens der Ärzte eigenmächtig, das heißt ohne ausdrücklichen Wunsch des Patienten dem Leben ein Ende gesetzt wurde. Aber, so der Autor dieses Artikels: Holland sei kein Vorbild für die deutschen Ärzte, aber hier wie andernorts werden nur wenige Fälle von Euthanasie gemeldet. Das Verkürzen eines hoffnungslos zu Ende gehenden Lebens, die Hilfe zum Sterben, vollzieht sich in einem Bereich, in dem nur Arzt und Patient allein entscheiden.

Maria las den Artikel immer wieder. Sie blickte den Autor an, der sehr groß im Bild erschien, und glaubte, ihn bereits gesehen zu haben. Immer wieder versuchte sie, sich zu erinnern.

## 42

## Du bist nicht Jesus

„Mutter Maria, Sie werden den Bus verpassen", sagte Maria.
„Das macht nichts, bei einer alten Frau kommt es nicht so darauf an, wann sie ins Bett geht."
Sie standen da, mitten im Stationszimmer, bereits zehn Minuten lang.
„Sie sind so gut zu mir."
„Hör mal Mädchen. Du könntest meine Tochter sein. Weißt du das?"
„Ja."
„Und manchmal denke ich, daß du so etwas wie eine richtige Tochter bist. Die meine sitzt irgendwo in Deutschland mit einem Mann, der sie zugrunde richtet. Sie ist von mir weggegangen. Sie liebt mich nicht."
„Das kann nicht sein."
„Doch, es ist so. Ich war zu ehrlich zu ihr. Ich habe ihr alles gesagt, was ich denke. Vielleicht ist sie darum gegangen. Aber dir, Mädchen, muß ich es sagen, und du wirst nicht weglaufen, und ich weiß, daß du verstehst, was ich dir sage."
„Das klingt so schrecklich feierlich, Mutter Maria."
„Du gehst kaputt, wenn du immer an den Brunngrabe denkst. Wir alle haben Mitleid."
„Alle sagen das", sagte Maria.
„Wer alle?"
„Johannes sagt es, und der Chef sagt es auch."
„Sie haben recht."
„O nein, ich glaube nicht, daß sie recht haben. Sie haben nicht recht. Wenn man sie nicht liebt, wenn man nicht Mitleid hat, ich meine das ganz große Mitleid, dann kann man ihnen nicht richtig helfen."

„Kind, das ist verrückt. Man soll sich nicht kaputt machen."
„Vielleicht muß man sich sogar kaputt machen."
„Du bist nicht Jesus."
„Nein, nein, sag das nicht so."
Mutter Maria trat einen Schritt zurück und betrachtete sie.
„Nein, sag das nicht, bitte nicht."
„Ich hab es doch nur eben so gesagt, wie man das halt sagt, aber es ist so. Du kannst nicht so sein."
„Eben. Es gibt ein großes Mitleid, ich meine so groß, als ob man alle Menschen lieben wollte, und besonders die Kranken."
„Ich versteh dich nicht."
„Ich weiß nicht, wie ich es sagen soll. Ich kann es doch nicht erklären."
„Ich weiß nicht, ob es ein kleines und ein großes Mitleid gibt, aber du kannst nicht immer daran denken. Du mußt noch ein bißchen Platz für dich selber übrig lassen."
„Ach, Mutter Maria. Das kann man so sagen, aber man kann doch nicht nach Hause gehen und nicht mehr daran denken."
„Doch es geht. Aber da ist noch was anderes."
„Was denn?"
„Irgendetwas. Ich weiß es nicht, und du brauchst es mir auch nicht zu sagen, Maria."
Mutter Maria strich ihr über die Haare. Dann stand Maria auf. Hilflos sah das aus. Sie ließ die Arme hängen, und dann fiel sie der alten Frau in den Arm, und die alte Frau hielt sie fest.

## 43

# Bei Rot über die Straße

Am Rande der engen Straße standen hohe Bäume, die mit ihren dichten Blätterkronen das Sonnenlicht verschluckten. Auf dem Pflaster und an den Wänden der kleinen Häuser lagen bläuliche Schatten.

Marias Wohnung befand sich im Dachgeschoß unter dem Schatten dieser hohen Bäume. Manchmal, wenn der Wind sie bewegte, berührte einer der Äste das Fenster, und wenn sie allein war, drangen die Geräusche des Baumes auch durch die geschlossenen Fenster zu ihr.

Maria trat in den dämmerigen Hausflur. Der Postkasten war leer. Nur eine Zeitung lag dort. Die Schritte auf den steinernen Treppenstufen erzeugten leise, aber harte, eindringliche Laute. Hinter den geschlossenen Türen im Erdgeschoß aber war alles still. Vor der Wohnungstür im vierten Stock stellte sie die Tasche ab. Das knirschende Geräusch des Schlüssels im Schloß, hob eine Hand die Tasche vom Boden, die andere hielt die Zeitung, und mit dem Knie wurde die Tür nach innen gedrückt.

Ein fast schon verblühter Blumenstrauß verbreitete immer noch einen feinen Duft. Er wurde in der Küche neu gesteckt. Die toten Blumen kamen in den Abfalleimer. Die einsame rote Rose von Johannes erhielt in diesem neu geordneten Strauß ihren Platz. Sie blühte immer noch. In der kleinen Küche stand noch die halbvolle Kaffeekanne und der Filter mit dem Kaffeesatz. Es war keine Zeit mehr heute morgen. Zurück in den Flur und ein Blick in den Spiegel. Das sagte alles: der fest geschlossene Mund. Kein Bedürfnis, sich anzulächeln, eher abweisend. Und dann das Wohnzimmer: Freunde hatten gesagt, es sei etwas Besonderes, dieses Zimmer. Aber sie wußte nicht, was dieses Besondere eigentlich war. Der Barockspiegel über dem verspielten Schränkchen mit den Intarsien, die Glaskugeln an fast unsichtbaren Fäden, und die blaue Kugel vor dem Fenster. Sie bewegten sich, als sich die Tür öffnete, und mit einem leisen klopfenden Ton berührten sie die Scheiben. Langstielige blauviolette Weingläser auf dem halbhohen Bücherschrank, das Bild von Chagall mit dem Liebespaar. Es schwebte neben dem Mond über dem Kirchturm, und darüber die Fotografie der Mutter. Vor ihr saß die Käthe-Kruse-Puppe. Das war nicht alles, es war noch viel mehr: geheime Spuren von Erinnerungen.

Der Tee wurde in der Küche aufgegossen, lustlos heute, nicht wie sonst ein bedeutungsvolles Ritual. Nichts davon heute. Das Anzünden des Teelichtes in seinem glänzenden Messingkäfig auf dem Glastisch. Es wurde wieder ausgepustet, ärgerlich und trotzig. Es sollte heute nicht leuchten. Auch die schmale hohe Kerze auf dem Porzellanleuchter aus Villach wurde nicht angezündet. Nein, heute nicht. Es gab keine Tröstungen mit Hilfe dieser Rituale. Das erzeugte nur Wehmut.

Der Tee wurde nur halb ausgetrunken.

Die Krone des großen Kastanienbaumes wurde vom Wind geschüttelt, er neigte sich dem Fenster zu, immer wieder, zog alle Register, um wie so oft schon zu stiller Zwiesprache aufzufordern. Umsonst! Schließlich kratzte einer der Äste sogar an die Fensterscheibe. Auch das wurde heute nicht beachtet. Schließlich wurde sogar die Käthe-Kruse-Puppe, diese Vertrauensperson aus Kindertagen umgedreht. Die ausgestreckten Puppenarme verdeckten das Gesicht der Mutter auf der Fotografie.

Niemand braucht mich ansehen. Ich will nicht, daß mich alles ansieht. Ich will das nicht. Man sollte einfach weglaufen von hier. Dieses liebliche Lächeln der Puppe ist unerträglich. Nicht doch immer wieder, wenn es trostlos zu werden scheint, diese Rückblicke auf Kindertage, auf die Mutter, auf Spaziergänge mit dem Puppenwagen, Gute-Nacht-Küsse, Umarmungen.

Maria faßte den Entschluß, die Tageszeitung aus N..., die vor Tagen über den Vortrag von Sebastian ausführlich berichtet hatte, doch noch einmal aufzuschlagen. Damit wird zum wievielten Male der Vorsatz durchbrochen, das Bild des Vortragenden nicht wieder anzusehen. Man sollte es doch ausschneiden. Bei der Suche nach der

Schere fiel der Blick auf die Pinsel der Glasmalerei, die in einem Keramikbecher steckten. Wiederum ein stiller Vorwurf; diesmal von Seiten der Werkzeuge, die zwei Wochen nicht angerührt wurden. Wer kann denn bei einem Erdbeben Lampenschirme anmalen?

Die Schere zerschnitt den schon mehrfach gelesenen Text, sie durchtrennte die „Sterbehilfe" und die „einsamen Entscheidungen" unterhalb des Bildes. Das Schrecklichste sei das Abschiednehmen, hatte Brunngrabe gesagt.

Nachdem das Bild ausgeschnitten war, wurde es sehr lange betrachtet, und der Versuch unternommen, es vor der Lampe aufzustellen. Das mißlang, weil das dünne Zeitungspapier einknickte, und weil es sich auch durch Abstützen mit dem Bergkristall nicht fixieren ließ. Es müßte auf Pappe geklebt werden, was aber aufgeschoben wurde. Nicht jetzt! Wer weiß, ob das alles überhaupt noch einen Sinn hatte. Natürlich hatte es einen Sinn, aber jetzt mußte sie fort von hier. Es war nicht mehr auszuhalten.

Vor dem hohen Spiegel an der Innenseite des Kleiderschrankes zog sie sich um. Das rot-grün gestreifte Sommerkleid war das richtige. Nachdenklich betrachtete sie sich, und ihre Hände glitten über den Körper. Sie streichelten.

Sie stellte das Auto in der Nähe des Rathauses ab.

In dem kleinen Kaffeehaus sah sie durch große Glasfenster auf die Straße. Warum war sie nur in dieses Kaffeehaus gegangen? Sie hatte eine Tasse Tee bestellt und wollte nicht zu dem Liebespaar am Tisch gegenüber sehen; sie tat es nur hin und wieder, wenn sie die Tasse an den Mund hob. Die beiden küßten sich. Der Kellner lächelte, ein alter Kellner. Er sah Maria so an, als ob er Mitleid hätte. Er kannte sich da aus. Warum sie denn schon ginge, und sie habe ja nicht einmal den Tee ausgetrunken.

Siehst du, ich weiß doch, daß Brunngrabe sterben wird. Er weiß es auch, und er hat mich gebeten, daß ich ihm helfen soll. Du hilfst ihm doch nicht, weil du immer noch glaubst, daß er es überleben kann. Aber ich könnte es für dich tun, und wenn ich es dann getan habe, wird es niemand erfahren. Wenn ich es dir sage, dann weißt du, daß ich es getan habe, weil ich ihm und dir helfen wollte. Du wirst das verstehen, sicher wirst du es verstehen.

Es waren sehr viele Menschen auf der Hauptstraße. Niemand sah sie an. Es nahm kein Mensch Notiz von ihr. Nur Männer sahen sie so an, wie Männer es oft tun, mit Blicken von oben bis unten.

Sie ging sehr schnell, aber sie hatte kein Ziel. Sie lief einfach fort. Sie blieb vor einem Schaufenster stehen und sah ihr Spiegelbild in der großen Glasscheibe zwischen den anderen Gesichtern der Menschen. Eine lebensgroße Puppe stand im Schaufenster. Nichts anderes, als eine Puppe, ein Mann mit graublauen Strohhaaren, einem grauen Anzug aus englischem Stoff und mit einem Staubmantel. Dieser Mann streckte starre, leblose Arme aus. Marias Gesicht im Spiegel der großen Scheibe neben der Puppe. Die Arme wurden wie hilfesuchend nach ihr ausgestreckt, eine so lächerliche Bewegung.

Wenn ich es doch gewußt hätte, daß du mich liebst ... Ich wäre mit dem Zug gefahren. Und warum hast du keinen Mut, warum darfst du denn nicht zu mir kommen. Du fürchtest dich vor dem Liebhaben.

Wenn du mich nun doch besuchen würdest? Deine langen Beine vor meinem kleinen Glastisch. Du sitzt wirklich so da, als ob du dich fürchtest, so aufrecht.

So, jetzt mache ich uns eine Tasse Kaffee, nein? Du willst lieber Tee? Gut, also Tee. Ich werde doch das Teelicht und eine Kerze anzünden. Siehst du, die Flamme hängt im Kastanienbaum und leuchtet im Spiegel. Und bitte lach doch nicht über meine Spuren der Erinnerung, ich meine die Käthe-Kruse-Puppe. Das ist doch nur, weil früher einmal alles so schön war.

Die große Männerpuppe streckte immer noch die Arme aus, als ob sie sie umarmen wollte.

Seit wann ich dich lieb habe? Von Anfang an.

Jetzt stand sie also vor diesem Schaufenster. Eine hölzerne Puppe streckte ihre Arme nach ihr aus. Diese leblose Puppe löste derartige Assoziationen aus. Wie beschämend das war. Eine Holzpuppe, weiter nichts. Oder war es nur das Zeichen der Hilflosigkeit, das durch diese hölzern erstarrte Bewegung ausgedrückt wurde? Sebastian also auch vermutlich hilflos.

Der Laden mit dem Schaufenster lag an der Ecke des großen Platzes. Viele Menschen berührten Maria im Vorbeigehen. Sie nahm es nicht wahr. Manchmal wurden diese Berührungen als feindlich empfunden.

„Um Gottes willen, mein Fräulein, was machen Sie?" Eine Hand hatte ihren Arm gepackt. Der Mann hielt sie ganz fest.

„Bei Rot über die Straße! Sie sind ja fast vor das Auto gelaufen."

Es war ein Mann von etwa sechzig Jahren. Er sah gut aus, und er hatte sehr freundliche Augen.

„Sie träumen."

Sie bedankte sich, aber sie sprach es so leise aus, daß der Mann sie kaum verstehen konnte.

Ich wäre am liebsten mit ihm mitgegangen, wenn er irgendetwas gesagt hätte. Aber er hat nichts gesagt, und er hat mich allein gelassen.

Wenn er das von der Hilflosigkeit wüßte. Vielleicht hätte er mich dann getröstet, der ältere Herr, wenn ich ihm alles erzählt hätte. Gerade weil er wildfremd war, hätte er trösten können. Aber was nützt das Trösten. Man käme nur in die Wirklichkeit zurück. Ich will es doch weiter träumen.

Maria fuhr mit dem Auto quer durch die Stadt und dann zum Fluß hinunter. An der Straßenecke stieg sie aus. Sie ging sehr langsam auf das Haus mit dem verwilderten Garten zu. Sie hatte Herzklopfen. Über der dichten Hainbuchenhecke neben dem Stamm der Kastanie bog sie einen Zweig zur Seite, und sie sah wie durch ein Fenster in die Tiefe des Gartens. Wie ein Urwald war das. Johannes mit bloßem Oberkörper. Er sägte Bretter, hielt sie an die Balken der Pergola. Zwei Kinder reichten Nägel an. Sein kräftiger, etwas zu massiger Körper. Johannes baute ein Haus, mitten im Urwald, unerreichbar. Dann kam seine Frau. Sie sah gut aus. Sie brachte einen Glaskrug mit Saft. Er richtete sich auf und trank. Sie küßten sich. Die Frau hatte Shorts an, und darunter sah man wohlgestaltete Beine.

Maria ließ den Zweig los. Er schlug ihr ins Gesicht. Mehr würde sie von dem Haus im Urwald nicht sehen, denn sie ging zurück. Sie hielt ein Taschentuch vor das Gesicht, weil der Zweig ihr weh getan hatte.

Maria fuhr sehr langsam zur Wohnung ihrer Mutter. Sie suchte nach einem Ausweg. Zum ersten Mal seit Jahren entschloß sie sich, die Mutter um Rat und Hilfe zu bitten und sich zu offenbaren.

Als sie im Treppenhaus hinaufstieg, blieb sie stehen. Sollte sie das wirklich tun, sich so bis ins Letzte anvertrauen? Es gab keine Hilfe. Wie sollte die Mutter helfen? Seit Maria wußte, daß die Mutter ein Geheimnis hatte, seit sie diesen so gutaussehenden älteren Mann auf dem Bild entdeckt hatte, war eine neue Situation entstanden. Die Mutter war eine Frau wie sie. Sie würde alles verstehen. Nur sollte sie nicht sagen: Mein liebes Kind.

Auch bei diesem Besuch fing die Mutter von dem Prozeß an, in dem eine Schwester verurteilt wurde. Offenbar beschäftigte sie das Thema über die Maßen, und während sie ihre Fragen stellte, suchte Maria das Bild jenes geheimnisvollen Mannes und entdeckte es auf dem Bücherbord. Es hatte große Ähnlichkeit mit dem Staatsanwalt aus der Zeitung. Ganz sicher, es gab kaum einen Zweifel... er war es...

Zwei Stunden hatten sie miteinander geredet. Am Schluß sagte die Mutter:

„Maria, ich habe das doch längst gewußt, daß du diesen Mann liebst."

„Du konntest es doch nicht wissen, niemand weiß es, niemand."

„Du hast von diesem Mann geredet, und da wußte ich es."

# 44

# Die Pergola

Bevor er ins Haus ging, legte Johannes noch den Zollstock an die Pfosten. Vielleicht war es doch besser, die hinteren zu verkürzen, damit das Dach eine größere Neigung bekam. Am nächsten Samstag wollte er die Dachpappe für das Dach der Pergola besorgen.

Renate umarmte ihn, als er in die Tür trat. Die Umarmung war anders als sonst. Sie dachte an den Blumenstrauß und alles, was danach geschehen war, und Johannes war auf einmal sehr glücklich, bis sie dann nach seinem Patienten fragte. Sie sagte: „dein Patient", und sie meinte Brunngrabe. Sie wußte, daß er manches loswerden wollte, wenn er zu Hause war und daß sie zuhören mußte, obwohl sie vieles nicht richtig verstand. Dann, als er schon fast alles erzählt hatte, sagte sie, sie müsse schnell in die Küche, um den Herd auszuschalten. Wie sie da beide in der Küche standen, wunderte er sich darüber, daß er ihr das alles erzählt hatte, aber nun mußte er es zu Ende führen, weil sie ihn so erwartungsvoll ansah. Die Kinder waren schon zu Bett gegangen.

„Aber da ist noch etwas. Weißt du, was Sebastian gesagt hat? Er sagt: Maria wird ein Problem, und ich denke, ich höre nicht richtig. Wo ich doch weiß …"

„Was weißt du?"

„Wo ich doch weiß, daß er sie gern hat."

„Und du hast sie auch gern."

„Ja, aber nicht wie du denkst."

„Ich denke gar nichts, aber ich weiß, daß du sie gern hast."

Sie wußte also mehr, als er ahnte, und jetzt lachte sie so, wie Frauen lachen, die zu wissen glauben, daß sie nie betrogen werden, und etwas liebevoller Spott war auch dabei.

„Warum soll Maria ein Problem sein?"

Johannes kratzte sich am Kopf und ging in der Küche herum, wie er es manchmal tat, wenn er Schwierigkeiten hatte, etwas auszudrücken.

„Also, das ist so:", er blieb vor dem Fenster stehen und drehte ihr den Rücken zu.

„Sie hat diesen Vortrag gehört, und jetzt will sie das alles nachmachen, was er da gesagt hat, weil sie ihn ja liebt. Sie will das nachmachen, das mit den Gesprächen am Krankenbett, mit der Wahrheit bei Leuten, die bald sterben werden. Alles macht sie auf einmal mit dem Verstande, und sie denkt sogar über Sterbehilfe nach. Früher ist sie zu einem Schwerkranken gegangen, zu irgendjemandem, der sterben mußte, und hat mit ihm gesprochen, und sie hat ihn getröstet, was weiß ich, wie sie es gemacht hat. Jeder macht es anders, und keiner weiß, wie es der andere macht. Das kam, wie soll ich sagen, aus dem Herzen, was sie sagte. Und jetzt macht sie es mit dem ..."

„Mit dem Verstande."

„Ja, mit dem Verstande, genau so ist es. Sie will etwas nachmachen."

„Dann wäre es besser, man würde solche Vorträge nicht halten", sagte sie.

Johannes setzte sich auf einen Stuhl und sah sie an. Er bewunderte seine Frau, weil sie manchmal so verständig war. Sie sprach über Dinge, so als wären sie das einfachste von der Welt, worüber andere Leute stundenlang debattierten.

„Ich hätte das nicht für möglich gehalten bei einer Frau wie Maria. Sie ist verwirrt, sie ist nicht mehr sie selbst, nein das vielleicht nicht, aber sie ist auf einmal ganz anders.

Früher hat sie Mitleid gehabt, wenn jemand Schmerzen hatte, wenn jemand sterben mußte. Wir alle haben doch Mitleid. Aber jetzt leidet sie mit."

„Das ist dasselbe."

„Nein, das ist nicht dasselbe. Das Wort ist nur dasselbe."

„Wir müssen jetzt essen, sonst wird alles kalt", sagte sie.

# 45

# Es ist genug

Brunngrabe war auf ausdrücklichen Wunsch von der Intensivstation auf die allgemeine Station zurückverlegt worden.

Johannes hatte Judith den Auftrag gegeben, ihn zu füttern. Der Chef wollte es so. Man müsse sehr langsam mit einer Brühe und einer gutschmeckenden Nährlösung beginnen. Dem Magen müsse etwas angeboten werden.

Doktor Grabner saß an Brunngrabes Bett. Als Judith das Zimmer betrat, stellte sie das Tablett mit der Schnabeltasse auf den Nachttisch.

„Soll ich herausgehen?" fragte Doktor Grabner.

Warum ist er so bescheiden? dachte Judith. Schließlich war er doch der behandelnde Hausarzt.

„Nein, Herr Doktor, bitte nicht. Ich glaube, es ist gut, wenn Sie bleiben."

Judith wendete ihren Trick an. Sie ging zum Fenster, öffnete es weit, weil der Geruch so undefinierbar muffig und bedrückend war. Wie könnte man da Appetit bekommen. Langsam strömte die Luft vom Park in das Zimmer.

Maria hatte gestern gesagt, daß ein ganz eigener Geruch den Tod ankündigt. Nein, das war nicht so. Judith wollte nicht, daß der Tod eine Gestalt bekam. So wollte überhaupt nicht immer über den Tod reden.

„Sie müssen etwas essen, Herr Brunngrabe, nur ein bißchen."

Doktor Grabner hatte sich auf einen Stuhl gesetzt, und jetzt saß Judith an seiner Stelle auf dem Bettrand. Sie hatte das Kopfende mit einem Hebeldruck leicht angehoben. Dann hob sie Brunngrabe die Schnabeltasse an die Lippen. Nein, so ging es nicht. So würde er sich verschlucken, weil er doch so schwach war. Grabner beobachtete sie und nickte ihr zu. Es war wirklich gekonnt, wie die kleine Schwester das machte.

Sie legte ihren rechten Arm unter den Nacken des Kranken und mit dem linken hob sie die Tasse.

„Noch einen Schluck, Herr Brunngrabe. Tun Sie es doch bitte mir zuliebe."

Dabei war sein Kopf ihr sehr nahe. Sie bemerkte, daß er versuchte zu lächeln.

Nach den ersten Schlucken setzte sie die Tasse ab. Sie nahm das Bild von der Frau von Brunngrabe mit den beiden Kindern in die Hand und betrachtete es so, als sähe sie es zum ersten Mal, und dabei kannten sie es doch alle seit dem ersten Tag seines Hierseins.

„Wissen Sie, wie das war, als ich klein war? Da hatte meine Mutter zu mir gesagt: Noch einen Löffel für die Mutti und noch einen für den Vati und noch einen Schluck für ..."

Sie wurde jetzt ganz ernst.

„Sie müssen trinken, Herr Brunngrabe, für Sie und für die Kinder. Sie müssen gesund werden", und weil er jetzt mit dem Kopf schüttelte, wußte sie nicht, ob er nicht mehr trinken konnte, oder ob er nicht mehr gesund werden wollte.

Vom Fenster wehte die frische Luft aus dem Park bis zum Bett.

„Wenn Sie sich erholt haben, dann gehen Sie doch mit mir in den Park?"

Er sagte nichts, sah sie nur an.

„Werden Sie es tun?"

Er nickte. Dann flüsterte er:

„Es ist genug."

Der alte Arzt sah, wie Judith nun das Kissen mit einer Hand aufschüttelte, wobei sie Kopf und Nacken immer noch mit dem rechten Arm unterstützte, und dann ließ sie den Kopf von Brunngrabe ganz langsam zurück auf das Kissen gleiten. Sie nahm das Tablett und wollte zur Tür gehen.

„Schwester Judith. Ich danke Ihnen."

Er hatte es ganz deutlich gesagt. Sie ging an sein Bett zurück und streichelte seine Hand, drehte sich danach sehr rasch um und ging, nein, sie lief zur Tür.

Auf dem Gang stellte sie das Tablett auf eine Krankentrage und öffnete die Tür zum Treppenhaus. Da war sie allein. Sie trat an das Fenster. –
 Judith weinte.

# 46

# Euthanasie

Doktor Grabner hatte seinen Patienten kurz nach Judith verlassen. Er wollte Schwester Maria unter vier Augen sprechen, und weil die anderen Schwestern im Stationszimmer anwesend waren, gingen sie miteinander auf den Gang bis zu dem großen Fenster.

„Ich war bei Doktor Sebastian, Schwester Maria", sagte Grabner.

„Was hat er Ihnen gesagt?"

„Er glaubt immer noch an die Möglichkeit, daß Brunngrabe durchkommt."

Der erfahrene Arzt kam also zu ihr, und wollte offenbar ihre Meinung wissen. Sie wußte nicht recht, wie sie damit umgehen sollte.

„Ja, er glaubt daran, Herr Doktor. Der Chef hat ihn operiert, er ist sein Patient, und es ist sein Erfolg."

Sie hatte es also klar erkannt, war vor allem auch erfahren genug, sich in die Verhaltensweisen eines Chirurgen hineinzudenken.

„Und Sie glauben nicht mehr daran, Schwester Maria?"

„Herr Brunngrabe will nicht mehr, er hat sich aufgegeben."

„Ich weiß es."

„Hat er es Ihnen auch gesagt?"

„Er will, daß man ihm hilft."

„Auch mit mir hat er darüber gesprochen", sagte Grabner, „und jetzt wollen Sie vermutlich von dem alten Doktor eine Antwort auf die entscheidende Frage!"

„Ich glaube, das würde mir sehr helfen."

„Es gibt keine Antwort, Schwester Maria. Früher, als ich jünger war, hatte ich Antworten. Jetzt habe ich keine, zumindest keine, die ich anderen weitergeben könnte."

„Ich hatte gehofft..."

„Brunngrabe ist jetzt nicht mehr mein Patient, zumindest solange er hier im Krankenhaus liegt. Doktor Sebastian ist ein junger Mann. Er kämpft. Er muß sogar kämpfen. Ich bin alt und habe nur noch Fragen und wenig Antworten."

# 47

# Eine Fliege auf dem Gesicht

Johannes war gekommen, um Brunngrabe zu betten.
 Eine Fliege erhob sich von der Bettdecke. Sie landete auf dem blassen, mageren Arm von Brunngrabe. Sie krabbelte über den Handrücken. Sie tat das ganz unangefochten, und das war unheimlich. Schließlich wurde sie mit einer sehr müden, sehr schlaffen Handbewegung vertrieben. Brunngrabe hatte dabei die Augen geschlossen. Die Fliege zog ihre Kreise und landete jetzt auf der Stirn des Kranken zwischen den Schweißtropfen. Sie lief bis zu den geschlossenen Augenlidern. Die wurden sehr träge halb geöffnet. Da flog sie auf und setzte sich an den Mundwinkel. Vermutlich war das nur ein Reflex, ein schwacher Reflex, als sich die Hand wiederum, diesmal nur wenige Zentimeter, über das Bett hob. Sie fiel kraftlos zurück. Die Fliege blieb dort sitzen, bis Johannes sie verscheuchte.
 Brunngrabe hatte Johannes anscheinend noch nicht bemerkt. Er hatte wohl auch nicht gehört, daß die Tür geöffnet worden war. Johannes stand also vor seinem Bett, und weil der Mann kaum noch diese Fliege verscheuchen konnte, schien Johannes nun der Tod nahe.
 Johannes kontrollierte die Nährflüssigkeit, die aus einem Plastikbeutel über einen sehr dünnen Schlauch tropfenweise in den Dünndarm lief. Seit zwei Tagen behielt Brunngrabe alles bei sich, und alle Laborwerte hatten sich gebessert. Es sähe zwar so aus, als würde er bald sterben, hatte Sebastian heute zu Johannes gesagt, aber die kritische Situation sei tatsächlich überwunden. Der Stoffwechsel käme wieder in Gang und die Organfunktionen würden sich schrittweise verbessern.
 Mit dem Tode war das so: Niemand, der lebt, hat ihn gesehen, überlegte Johannes, nicht einmal von Ferne, denn diejenigen, die

sterben, verabschieden sich still und heimlich von den anderen. Das tun sie wohl meistens lange bevor sie wirklich gestorben sind, und lange bevor das Herz aufhört zu schlagen. Man sagt, sie würden schon irgendein Licht sehen aus einer anderen Welt. Woher wollte man das denn wissen?

Johannes hielt nicht viel von solchen Visionen und Theorien. Was sollte das alles! Wenn es ans Sterben geht, dann sprechen sie nicht mehr. Sie ziehen sich zurück und niemand kann sie fragen, was sie dort sehen. Sie sitzen in diesem Zug, von dem der Brunngrabe bei Maria fabuliert hatte, der Zug, der sich immer weiter entfernt, und dem sie alle nachwinken.

Die Schriftsteller und alle, die über Tod und Sterben in den Zeitungen schreiben, haben es wohl kaum erlebt, wie hier im Krankenhaus. Sogar Interviews mit denen, die noch einmal davongekommen sind, haben sie abgehalten. Der Blick ins Jenseits. Was sollte das alles? Sie kokettieren mit dem Sterben, weil es nun einmal interessant ist. Zum Teufel mit ihnen.

Als Johannes Brunngrabe berührte, schlug er die Augen auf. Johannes rollte ihn auf die Seite und klopfte seinen nackten mageren Rücken mit Franzbranntwein ab. Dann verließ er das Zimmer. Brunngrabe war wieder allein.

# 48

# Wolken im Fenster

Die Schwäche war so groß, daß Brunngrabe immer wieder in Benommenheit versank. Wenn er dann wieder auftauchte, und die Gedanken sich ordneten, dann sah er manchmal im Fensterviereck die Wolkenlandschaft. Ein großes blaues Himmelsfeld wurde von Wolken umrahmt. Das könnte ein großer See sein. Es kam am linken Ufer etwas in Bewegung. Kleine Wolkenfetzen am Uferrand täuschten Menschen vor, die am Ufer standen. Eine kleine Wolke löste sich von der Wolkenformation, sie schwamm in das große blaue Wasser hinein, ein Schiff vielleicht. Es wurde offenbar in immer größerer Geschwindigkeit vom Ufer fortgetrieben. Er, Brunngrabe, befand sich in diesem Schiff. Die Menschen winkten. Brunngrabe wollte, daß seine Frau nicht zu den anderen Menschen am Ufer gehörte. Sie würde versuchen, ins Wasser zu steigen, um zu ihm zu kommen. Sicher würde sie es versuchen. Das könnte das kleine Schiff sein, das sich ebenfalls vom Ufer löste. Aber es erreichte ihn nicht mehr. Das Wasser war hunderte Meter tief.

Der Sturm über dem See. Jesus auf den Wellen gehend. Sebastian auf einer Kanzel mit erhobenem Zeigefinger:

„Liebe Brüder und Schwestern!

Wenn Sie das verständlicherweise doch nicht glauben können, daß er auf den Wellen gegangen ist, dann müssen Sie wissen, daß damals, als das aufgeschrieben wurde, es war ja siebzig Jahre nach dem Tode Jesu, vieles in Bildern ausgedrückt wurde."

Brunngrabe lief nach vorne zur Kanzel. Er wollte den Pfarrer Sebastian da herunterholen. „Waren Sie schon mal im Sturm auf dem Mittelmeer? Was heißt hier See Genezareth? Das ist doch wirklich völlig unwichtig, ob Mittelmeer oder dieser See. Sie begreifen gar nichts, Herr Pfarrer! Er hat Sie doch aus diesem Sturm geholt, hören

Sie? Er hat Sie doch gerettet, oder etwa nicht. Reden Sie doch nicht so einen Blödsinn von Bildern. Sie müssen das mal erleben, das mit dem Sturm."

Als er wieder wach war, dachte er an die Lebensrettung auf der Via Vittorio Veneto.

Brunngrabe lag auf dem Rücken. Er wendete seinen Kopf nach links zum Nachttisch hin, wo das Bild von ihr stand. Er versuchte, sich ganz auf die Seite zu drehen. Es war eine übergroße Anstrengung, und er hatte Schmerzen. Darum fiel er wieder zurück. Er wollte nichts anderes als das Bild seiner Frau, das dort auf dem Nachttisch stand. Wiederum wandte er das Gesicht, diesmal noch weiter nach links, bis er das Bild schräg von der Seite und darum verzerrt sah. Brunngrabe stöhnte. Er wollte Lebensrettung sagen, aber der erste Laut, den er hervorbrachte, war rauh und unverständlich. Er konnte es nur denken:

Wenn sich alle zurückziehen, wenn sie es bewußt taten, weil sie Angst hatten, dann war das eine andere Angst als seine Angst. Es gab verschiedene Formen der Angst. Die Angst der anderen war ebenfalls eine Furcht vor dem Tode, aber sie war ganz anders. Sie wollten nichts mit seiner Angst zu tun haben und zogen sich ganz bewußt zurück.

Kann denn ein Mensch, der einen sehr lieb hat, folgen, oder wenigstens den Versuch unternehmen? Kann er ihm nicht wenigstens in Gedanken folgen in das Kranksein? Das wäre dann Liebhaben bis zur letzten Konsequenz.

Brunngrabe streckte seinen Arm nach dem Bild seiner Frau aus. Er bewegte den halb ausgestreckten Arm nach hinten. Dabei fiel der Ärmel des Schlafanzuges zurück. Jetzt reichte die Hand bis zur Kante des Nachttisches. Sie zitterte, weil die Anstrengung so groß war. Die Hand wurde angehoben, sie versuchte, sich an dem Wasserglas vorbeizuschieben, welches das Bild teilweise verdeckte. Dann, als die Finger bereits den Bilderrahmen faßten, stürzte das Glas um. Wasser verbreitete sich auf dem Nachttisch, tropfte von der Kante auf den Boden. Das war ein in der Stille deutlich hörbares, tropfendes Rinnsal. Schließlich hatte er das Bild erfaßt, und als er es an sich nehmen wollte, setzte sich das Glas in Bewegung, bis es mit schrecklichem Gepolter über den Rand auf den Boden fiel.

Das Foto, das er jetzt in Händen hielt, war vor einem Jahr gemacht worden. Da hatte sie sich ihre Haare kurz schneiden lassen. Er hatte ihr gesagt, daß sie das doch bitte nicht tun solle, aber sie hatte gesagt, daß man mit 45 Jahren nicht so tun solle, als ob man noch ganz jung sei. Er hielt das Bild immer noch in beiden Händen, und der Rahmen wurde feucht, weil er vor Anstrengung schwitzte. Auf der Via Vittorio Veneto hatte sie gesagt, daß das Liebhaben bis zum Schluß da wäre.

Dann hörte er Schritte und Stimmen vor der Tür auf dem Gang. Er ließ das Bild auf die Bettdecke sinken, aber er hielt es immer noch in beiden Händen.

Doktor Sebastian und Johannes kamen zur Visite. Sie sahen das Bild und das Glas am Boden, und sie wußten nun, daß er zu schwach gewesen war, um das zu verhindern.

Aber sie sagten nichts. Vermutlich wäre es auch peinlich gewesen. Sie blickten beide in die Krankenpapiere, und erst nachdem sie alles besprochen hatten, sagte Sebastian:

„Ich habe mit Ihrer Frau gesprochen. Sehr lange haben wir miteinander gesprochen. Sie ist fast genauso wichtig wie alles, was wir hier mit Ihnen tun. Ihre Frau kann jetzt sehr viel helfen, und sie möchte es auch."

Zuerst antwortete Brunngrabe nicht. Er war offensichtlich zu schwach, etwas Zusammenhängendes zu sagen, und als er dann doch sprach, machte er lange Pausen. Immer, wenn er einen Satz gesprochen hatte, holte er Luft, und manchmal schloß er dabei die Augen.

„Lebensrettung."

„Wie meinen Sie das?"

„Eine sehr lange Geschichte."

Sie dachten beide, er sei wieder verwirrt.

Brunngrabe sagte nur das, und dann hatte er die Augen geschlossen, weil er wieder die Schwäche spürte. Sie standen immer noch am Bett und warteten darauf, daß er vielleicht doch etwas sagte.

Auch wenn er es gekonnt hätte, so hätte er es nicht tun dürfen. Die Via Vittorio Veneto ging niemanden etwas an.

Dann fing er an zu sprechen. Abgehackt kamen die Sätze.

„Wenn alles an der Grenze ist", sagte er, „ich meine, wenn es vielleicht zu Ende geht, dann ist man immer mehr allein. Da kann ja niemand hinkommen, wo man ist, wenn man vielleicht sterben muß. Es gibt dann nur noch einen, der versucht, dabei zu sein."

„Ich rede nicht vom Sterben", sagte Sebastian.

Später kam Maria. Sie wollte nach ihm sehen und die Kissen aufschütteln. Brunngrabe sah sie durchdringend an, und es schien so, als fiele ihm selbst das schwer, und als sähe er sie nicht wirklich an, sondern durch sie hindurch. Er atmete tief ein und nahm dabei jedesmal Anlauf, um den Wörtern, die er sprechen wollte, die nötige Lautstärke zu verschaffen, und indem er ausatmete, fielen dann Töne aus seinem Munde heraus. Man mußte sich zu ihm herunterbeugen, um ihn zu verstehen, und wenn er den Mund öffnete, dann zog er die Lippen hoch, und man sah seine Zähne und das Zahnfleisch. Dann sah er so fremd aus. Maria erschrak.

„Ich weiß ..., daß ich sterben muß", sagte er, und dann bat er sie, daß sie ihm endlich helfen solle, damit es schneller ginge.

Sebastian hatte in allem Ernst gesagt, daß er nun, da er die Nährlösungen, die sie in den Dünndarm infundierten, bei sich behielt, eine reelle Chance habe.

„Bitte tun Sie es, Maria." Dann schloß er die Augen.

„Helfen Sie mir, daß es ... schneller geht. Tun Sie es heute. Ich habe mich von allen verabschiedet."

Sie konnte nicht antworten. Es gab nichts zu antworten, denn sie konnte doch jetzt nicht „ja" sagen, und sie wußte nicht einmal, wie sie es machen sollte, obwohl sie so viel darüber nachgedacht hatte. Maria wollte weglaufen. Sie wollte fliehen. Dann dachte sie wieder an den Vortrag. Manchmal müsse man es tun, und es wäre dann immer eine ganz einsame Entscheidung.

Sie war aus dem Zimmer über den langen Gang und in das Treppenhaus gelaufen, die einzige Zuflucht auf der Station, wenn man allein sein wollte.

Der Brunngrabe war wirklich schon ganz weit weg. Das war also der Zug, der aus dem Bahnhof fuhr. Das war gar kein Traum oder irgendein Bild. Das war wirklich so.

Sie erschrak noch mehr, weil sie zwischen den Treppengeländern der einzelnen Stockwerke bis in die Tiefe und bis zu dem dunklen Betonboden im Keller hinabsehen konnte. Sie packte mit den Händen das Geländer und machte die Augen zu.

Nein, das hatte er nicht gesagt, daß sie ihn töten solle. Niemand sagte so etwas. Alle sprachen nur von Sterbehilfe. Und wie war das mit der Injektion eines Medikamentes in tödlicher Dosis? Man punktierte die Vene und schob den Kolben langsam vor.

# 49

# 1500 Kalorien

Brunngrabe hatte wirklich starke Schmerzen im Brustkorb, dort, wo das Plastikrain in den Brustkorb eingeführt war. Sebastian wollte diesen dicken Schlauch außergewöhnlich lange liegen lassen. Es war noch nicht ganz geklärt, ob die Verschattung des Rippenfells im Röntgenbild nicht doch Ursache der immer noch hohen, wenn auch jetzt wesentlich niedrigeren Temperaturen war. Dieser Schmerz wurde vom Patienten wegen der langen Dauer der Erkrankung und der Schwäche übersteigert empfunden; so das Urteil der Ärzte. Aber was änderte das an der so quälenden Situation. Dieser Körper war tatsächlich am Ende seiner Kräfte. Er verzehrte sich selbst. Er hatte bereits so ziemlich alle Fett- und Eiweißreserven aufgebraucht. Er begann, sich selbst aufzufressen. Dieser Prozeß mußte über kurz oder lang zum Zusammenbruch aller Organfunktionen und somit schließlich zum Tode führen. Sebastian beurteilte die Stoffwechsellage seines Patienten, soweit er noch dazu fähig war, nüchtern und sachlich. Der Kulminationspunkt dieser Entwicklung war offenbar, seit er die Nährflüssigkeit bei sich behielt, überschritten, und sie ging nun, was alle nicht wahrhaben wollten, in die positive Richtung. Der Körper konnte in dieser Situation beginnen, sich aufzubauen. Hinzu kamen mindestens 1500 Kalorien, die über die Venen einflossen. Obwohl also der äußere Anschein ganz gegen diese positive Entwicklung sprach, bestand zu diesem Zeitpunkt eine ganz reelle Chance. Alle diejenigen, die Brunngrabe bereits aufgegeben hatten, waren nicht willens, oder auch nicht interessiert genug, diese schwierige Situation zu analysieren und daraus Konsequenzen zu ziehen.

Johannes war Sebastians einziger Bundesgenosse. Allen äußeren Anzeichen und Symptomen zum Trotz glaubte Johannes ihm. Der Chef hatte ihm alles erklärt, wobei er freilich auch die Möglichkeit eines eigenen Irrtums nicht ausgeschlossen hatte. Natürlich konnte man diese positive Entwicklung nicht garantieren, und natürlich stand es nach wie vor auf des Messers Schneide. Sebastian tat es gut, daß Johannes bemüht war, sich in all diese medizinischen Zusammenhänge hineinzudenken. Die Einsamkeit, in der er sich selbst bei allen Entscheidungen befand, war so leichter erträglich. Und noch etwas hatte er nun zum zweiten Mal zu Johannes gesagt:

„Wir müssen auf Maria aufpassen."

Johannes wußte nicht recht, wie er das meinte.

„Sie leidet so sehr mit. Sie kann ihn überhaupt nicht aufrichten. Sie braucht selbst Hilfe."

Sie sei sehr durcheinander, hatte er noch zum Schluß gesagt, und Johannes konnte das nur bestätigen. Sebastian hatte also ihn, Johannes, ins Vertrauen gezogen und nicht Maria. Sebastian hatte ihn in die Hintergründe eingeweiht, nur ihn allein.

# 50

# Um Mitternacht

Am kommenden Abend kam bei einbrechender Nacht ein schweres Gewitter auf, dem ein orkanartiger Sturm folgte. Zuerst erleuchteten Blitze den Himmel über der Stadt, denen die Kranken ebenso wenig Beachtung schenkten wie das Personal. Dann aber, als der Orkan durch nicht geschlossene Fenster in die Krankenzimmer fegte, als er Blumenvasen von den Nachttischen riß und über den Boden rollen ließ, kam Angst auf. Maria hatte Nachtdienst. Sie lief durch die Zimmer und schloß die Fenster, um das Schlimmste zu verhindern. Dann endlich war Ruhe eingekehrt, und wolkenbruchartig strömte der Regen über pechschwarze Fensterscheiben. Die Personen, die an den Ereignissen dieser Nacht beteiligt waren, erinnerten sich danach, daß dieses Gewitter wie der Auftakt zu allem war, was später geschehen sollte.

Die Tür zum Zimmer 207 stand halb offen. Brunngrabe lag bewegungslos in seinem Bett. Maria sah ihn dort von der Tür aus nur in Umrissen. Er lag im Halbdunkel der Notbeleuchtung. Offenbar schlief er. Er hätte sonst bei ihrem Erscheinen etwas geflüstert oder die Hand gehoben.

**22 Uhr**
Johannes hatte Pflegerdienst für die gesamte Abteilung. Er mußte im Hause schlafen und sich für besondere Aufgaben bereit halten. Um diese Zeit saß er in der Telefonzentrale mit dem diensthabenden Pförtner vor dem Fernsehgerät. Es gab ein Fußballspiel der Bundesliga.

Oberarzt Seidel hatte Bereitschaftsdienst. Wenn er gerufen wurde, mußte er ins Krankenhaus kommen. Er saß zu Hause vor dem Fernsehapparat und sah ebenfalls das Bundesligaspiel. Der Sigi hatte Nachtdienst im Operationssaal.

In dieser Nacht geschah es. Maria wußte, daß es nun nicht mehr aufzuhalten war. Brunngrabe hatte geklingelt, und sie hatte versprochen, noch einmal zu ihm zu kommen. Sie wußte, worum er bitten würde.

**23 Uhr**
Johannes war in das Dienstzimmer der Krankenpfleger gegangen. Er legte sich auf das Bett, stellte das Radio an und überlegte, wann er Maria besuchen sollte, um ihr in der Nacht Gesellschaft zu leisten. Vielleicht wäre es besser, noch ein wenig zu warten, bis sie dort mit den Routinearbeiten fertig war. Sebastian hatte bis spät abends operiert und war nach Hause gefahren. Julia hatte auf ihn gewartet und richtete das Essen. Aber bevor er anfing, die Suppe zu löffeln, rief er doch noch einmal auf der Station an, um sich zu erkundigen, wie es Brunngrabe ging. Er ließ es zehn Mal klingeln. Dann gab er es auf. Maria war vermutlich in einem der Krankenzimmer beschäftigt.

Maria machte sich in dem kleinen Nebenraum des Stationszimmers eine Tasse Nescafé. Es war nun nicht mehr aufzuhalten. Jetzt mußte sie zu ihm gehen.

Die Nacht stand schwarz vor der Fensterscheibe, und die Regentropfen suchten sich in vielen kleinen Rinnsalen ihren Weg.

Und wenn das alles nicht die Wirklichkeit war, wenn es lediglich ein Film wäre, in dem sie die Hauptrolle spielte? Es kann doch nicht wirklich so sein, daß sie ihn tötet.

**23.30 Uhr**
Sie saß im Halbdunkel an seinem Bett, und es war kein einziges Wort gefallen. Dann, als er zu sprechen begann und als er so schrecklich mit den Zähnen knirschte, da dachte sie nicht mehr an die Hauptrolle in einem Film. Sie spürte ihr Herz schlagen. Durch die halbgeöffnete Tür fiel ein Schein auf sein Gesicht. Die Augen von Brunngrabe lagen so tief hinter halbgeschlossenen Augenlidern, daß es aussah, als wären sie in dem großen Kopf untergetaucht, und sie glaubte zu wissen, daß das Anzeichen des nahen Endes waren. Es gab keinen Zweifel.

*Können Sie die Anzeichen der Agonie erkennen, und können Sie sicher voraussagen, wann etwa der Tod eintreten wird?* Das stand in dem Fragebogen, den Sebastian jedem geben wollte, der in der Öffentlichkeit von Sterbehilfe sprechen wollte.

Es ist gut, daß ich nun allein mit ihm im Zimmer bin, dachte sie. Niemand kann beobachten, was ich tue. Ich könnte ihn auch streicheln, und ich könnte alles sagen, sogar beten könnte ich, aber das kann ich doch nicht. Oder sollte ich es doch tun? Ich wollte immer mit ihm davon sprechen, was nach dem Tode kommt. Man könnte es nur, wenn man selber daran glaubte, daß es weitergeht ... Nur dann könnte man davon sprechen. Sie streichelte seine Hand. Sie war kühl, nicht schweißig wie bei einem Kreislaufversagen.

Maria legte die Blutdruckmanschette um den mageren Oberarm und blies sie auf. Da hob er die Augenlider nur so weit, daß ein schmaler Schlitz entstand. Darin war das Weiße zu sehen, nur das Weiße, nicht mehr. Also sah er sie nicht an. Er schüttelte nur den Kopf, und der Kopf fiel von einer Seite zur anderen. Dann sagte er:

„Nein, nicht mehr, lassen Sie das doch, Maria. Es hat keinen Sinn. Ich kann nicht mehr, und ich habe so starke Schmerzen in meinem Brustkorb. Ich will nicht mehr."

Er zerbrach die Sätze und Worte. Sie fielen aus dem groben dunklen Mund heraus.

Sie maß den Blutdruck dennoch. Es gab tatsächlich noch keinerlei Anzeichen für einen Kreislaufkollaps. Der Druck war niedrig, aber nicht bedrohlich. Das beunruhigte sie auf einmal.

*Können Sie sicher beurteilen, ob jemand sterben muß? Können Sie den Todeszeitpunkt abschätzen?*

Auch das stand in dem Fragebogen.

„Ich bitte Sie, helfen Sie mir, helfen Sie mir jetzt.

Sie stand auf, ging hinaus und lief an das Fenster am Ende des langen Krankenhausganges; die beleuchteten Straßen unter ihr, Kirchtürme, das Rathaus, die dunklen Bäume des Parks. Wenn sie sich umdrehte, konnte sie den ganzen Gang und sämtliche Türen auf der Station übersehen. Sie spürte eine Schwäche in ihren Beinen und in den Kniegelenken. Sie legte die Hände auf das Fensterbrett und war mit ihrem Gesicht der dunklen regennassen Fensterscheibe so nahe, daß sie es wegen der herabrieselnden Wassertropfen nur verschwommen vor sich sah. Wenn sie jetzt laut und vernehmlich gesagt hätte: „Tu es nicht!", dann hätte sie vielleicht die Entscheidung ganz neu überdacht, aber sie sagte es nicht. Die Entscheidung war gefallen. Eine richtige Entscheidung dürfte sich durch Gefühle doch nicht beeinflussen lassen. Wieder sah sie in die dunkle Fensterscheibe. Regentropfen rannen über ihr Gesicht.

Sie dachte noch einmal an den kleinen Hund, der nicht sterben konnte, und wie er sie angesehen hatte.

Im Stationszimmer öffnete sie den Giftschrank. Der Schlüssel lag in einer Schublade im Schreibtisch, und sie zitterte als sie fünf Morphiumampullen entnahm.

Es klingelte.

Sie mußte zu dem alten Mann gegenüber des Stationszimmers. Er hatte Schmerzen und bat um eine Spritze. Ja, sie würde gleich zu ihm kommen. Sie holte die Fieberkurven von fünf Patienten aus der Hängekartei. Drei dieser Patienten waren Frischoperierte, die noch über Schmerzen klagten, und bei denen sie vor einer Stunde je eine Ampulle eines Schmerzmittels injiziert hatte. Ein Eintrag war noch nicht erfolgt, und sie trug bei allen diesen Patienten eine Morphiuminjektion ein. Möglicherweise würde Johannes sie am nächsten Tage darauf ansprechen, sofern es ihm überhaupt auffiel. Sie hatte also eigenmächtig ohne Anordnung des Arztes injiziert, aber es würde keinerlei Folgen haben, allenfalls eine Diskussion. Zwei weitere Morphineintragungen machte sie bei alten inoperablen Karzinompatienten. Sie hatte niemandem Schaden zugefügt. Als sie die für Brunngrabe bestimmten fünf Ampullen in die Spritze aufzog zitterten ihre Hände wieder.

Maria lief in das Zimmer des alten Mannes und gab ihm die Injektion. Die beiden anderen Männer im Zimmer schliefen, und sie hörte ihre tiefen Atemzüge. Es dauerte etwa drei Minuten, bis sie wieder das Stationszimmer betrat. Wenn jetzt in der Zwischenzeit jemand gekommen wäre und den offenen Giftschrank und die fünf leeren Morphiumampullen gesehen hätte, wäre sie überführt worden. Sie dachte, daß sie nun nichts mehr falsch machen durfte, und warf die leeren Ampullen in den Abfalleimer. Später überlegte sie, ob sie sie nicht besser zwischen dem anderen Abfall hätte vergraben sollen.

Es begann wieder stärker zu regnen, und weil es so still war, hörte man das sehr leise Klopfen an die Fensterscheiben. Maria blickte durch die Scheiben in die Dunkelheit und obwohl sie doch wußte, daß sie ganz allein war, drehte sie sich ruckartig um. Es hätte ja doch jemand plötzlich unbemerkt in das Stationszimmer kommen können. Dann ging sie bis zur Tür und sah den Gang entlang. Er war leer. Eine Tür jenseits des Aufzuges wurde geöffnet. Einer der Kranken ging schlaftrunken auf die Toilette. Sie ging noch einmal zurück, um den Schlüssel vom Giftschrank an seinen Platz in der Schublade zu legen, denn sie durfte ihn nicht in ihrer Tasche behalten.

Gestern hatte Sebastian gesagt, daß es nun wahrscheinlich mit Brunngrabe schrittweise aufwärts gehen würde. Er hatte nicht gesagt, daß er das ganz sicher wußte, *wahrscheinlich* hatte er gesagt. Also wußte auch er es nicht sicher, und außerdem hatte Sebastian den Brunngrabe auch nie in einer solchen Nacht gesehen. Mit ihr hatte er in den vergangenen Tagen nie gesprochen. Nur Johannes hatte er alles erklärt. Er fürchtete sich vermutlich, mit ihr allein zu sein.

Maria ging mit der Spritze auf das Zimmer 207 zu. Sie spürte wiederum das merkwürdig kribbelnde Gefühl von Schwäche, und dazu kam ein Anflug von Schwindel. Sie ging wie auf einem Polster.

Dann saß sie am Bett von Brunngrabe und spürte sehr heftig und klopfend den Pulsschlag am Hals und in der Kehle. Das verstärkte sich noch, als sie das Licht der Nachttischlampe anknipste. Sie brauchte mehr Licht, um den Venenschlauch abzuklemmen, der von dem Infusionsgefäß über dem Bett bis in die Vene von Brunngrabe führte. Sie trennte den Infusionsschlauch von dem Zugang an der Vene und setzte die Spritze an.

Sie drückte sehr langsam den Stempel herunter. Wieder wollte er etwas sagen. Er zog die Lippe hoch und machte die Augen auf einmal ganz weit auf. Er versuchte zu lächeln. Dann sagte er:

„Ja?"

Er hatte also gefragt, ob sie es tun wollte.

„Es ist gut." Er atmete ganz tief ein. „Meine Frau ...", mehr konnte er nicht sagen.

Die beiden Worte hatte er doch ganz klar gesagt, wenn auch sehr leise und abgehackt. Sie mußte sich über ihn beugen, um es zu verstehen, aber es war ganz klar.

Jetzt, in diesem Augenblick, wollte sie es nicht mehr tun. Warum konnte er das so klar und deutlich aussprechen? Sie wollte ihn doch nicht töten, aber sie hatte es vermutlich bereits getan.

Maria hielt seine Hand und zählte den Puls, und dann zählte sie die Atemzüge. Sie wußte, daß die Atemfrequenz jetzt sehr schnell zurückgehen würde, weil das Morphin das Atemzentrum im Gehirn lähmte. Sie sah das Weiße in seinem Auge, weil er die Lider nicht ganz geschlossen hatte. Die Atmung, die anfangs 16 pro Minute betrug, war auf 8 in der Minute zurückgegangen.

**0.15 Uhr**
Johannes war auf seinem Bett fast eingeschlafen. Das Martinshorn weckte ihn. Der heulende Ton kam immer näher. Mit einem Ruck stand er auf. Er sah in den Spiegel und kämmte sich die Haare. Maria mußte jetzt wohl mit den wichtigsten Arbeiten auf der Station fertig sein. Er war in den vergangenen Wochen nie ganz allein mit Maria gewesen. Sie würde ihm einen Nescafé kochen. Über Telefon erfuhr er, daß ein schwerer Unfall von der Autobahn gemeldet wurde. Der Patient war auf dem Wege in das Krankenhaus. Darum also das Martinshorn des nahenden Krankenwagens.

Im selben Augenblick, als Johannes das Treppenhaus betrat, sah er die hell erleuchteten Fenster des Operationssaales, und dahinter Oberarzt Seidel. Man hatte ihn also zu dem Unfall gerufen. Er wartete dort auf das Eintreffen des Verletzten. Neben der instrumentierenden Schwester ging Sigi hin und her.

Als Johannes die Station betrat, sah er in der Mitte des Ganges die offene Tür des Zimmers 207. Sie stand in den Nächten immer auf, weil der ständige Kontakt mit den Schwerkranken so besser gewährleistet war. Der Gang war menschenleer. Auch das war gegen Mitternacht nichts Besonderes, und doch lag etwas in der Luft. Johannes ahnte ein Unheil. Vielleicht war Brunngrabe bereits gestorben. Im Zimmer 207 war Licht. Vermutlich war Maria dort am Bett beschäftigt, oder sie saß einfach so am Bett. Jedenfalls war sie nicht im Stationszimmer.

Auf dem Anrichtetisch neben dem Waschbecken sah Johannes die abgesägten Glaspartikel der Ampullen. Sein Blick fiel auf den Abfalleimer. Oben auf dem Abfall lagen fünf Morphinampullen Johannes war hellwach.

Das also war das Unheil.

Johannes sah auf einmal wie damals im Traum Palisaden im Urwald und die Menschen aus dem Krankenhaus, die zu ihm herüber kletterten, und er sah, wie sie Maria schlugen, und das alles nur einen Atemzug lang.

Maria kniete neben dem Bett von Brunngrabe. Ihre Hand suchte den Puls am Handgelenk. Das sah Johannes sehr deutlich. Sie tastete ihn nicht, sie suchte ihn, und sie hatte nicht bemerkt, daß Johannes eingetreten war. Jetzt richtete sie sich auf und beugte sich über den Mann. Der hatte die Augen nur halb geöffnet, und Johannes bemerkte, wie sich einmal der Brustkorb bei der Atmung hob, nur einmal, solange er hinsah. In Kürze konnte die Atmung aussetzen. Maria hatte das Stethoskop am Brustkorb angesetzt. Offenbar wollte sie hören, ob das Herz noch schlug. Da berührte er sie an der Schulter.

Sie sprang auf. Sie sah ihn so schrecklich angstvoll an. Sie ahnte, daß er jetzt alles wußte, weil er nur dieses eine Wort sagte:

„Morphium."

Und weil sie nicht antwortete und zitterte, darum war es jetzt ganz sicher, daß sie es getan hatte. Er lief zurück in das Stationszimmer. Die Tür hatte er hinter sich geschlossen. Sie sollte doch nicht hören, was er sagte, wenn sie jetzt womöglich eintreten würde. Aber sie stand immer noch neben dem Bett von Brunngrabe.

Sebastian konnte nicht schlafen. Er dachte an Brunngrabe. Und wenn alles ein großer Irrtum wäre, wenn er die Situation völlig falsch beurteilt hatte? Vielleicht war der Mann tatsächlich ein Sterbender, allen medizinischen Hinweisen zum Trotz, die darauf hindeuteten, daß die Erholungsphase einsetzte? Er dachte an das Mädchen Maria.

Dann schrillte das Telefon.

Sebastian war unmittelbar nach dem ersten Tonzeichen am Apparat. Johannes legte beim Sprechen die Hand über die Muschel, weil er fürchtete, sie könne jeden Augenblick eintreten.

„Woher wissen Sie, daß es Morphium ist?"
„Ich weiß es."
„Spritzen Sie ihm Lorfan, das Gegenmittel, schnell, und geben Sie ihm Sauerstoff bis ich komme."
Und dann sagte er noch, daß er, Johannes, auf Maria aufpassen solle, aber wie sollte er das denn tun?
Johannes zählte, während er das Medikament spritzte, vier Atemzüge pro Minute.
Sie ließ ihn alles machen. Sie lehnte jetzt an der Wand. Ihr Gesicht war ganz weiß. Sie ließ ihn das alles tun, aber sie sagte, daß er ihn doch sterben lassen solle.
„Bitte tu das mit dem Sauerstoff nicht", sagte sie, „tu es doch nicht, bitte nicht."
Aber dabei war sie so willenlos. Sie widersetzte sich nicht, sie lehnte nur bewegungslos dort an der Wand und bedeckte ihr Gesicht mit den Händen, und als er die Sonde durch die Nase geschoben und den Sauerstoff angeschlossen hatte, da ging er zu ihr und streichelte sie. Er sagte, daß alles wieder gut werden würde, und daß sie doch bitte keine Angst haben solle.
Sebastian kam sechs Minuten später. Die Atemfrequenz war wieder auf zehn pro Minute angestiegen, und Brunngrabe öffnete die Augen.
Sebastian war so, wie er von der Straße gekommen war, in das Zimmer gelaufen. Er hatte sein Jackett auf das leere Nachbarbett geworfen und Brunngrabe abgehorcht. Einmal sah er zu Maria hinüber. Sie war sehr blaß, und es sah so aus, als ob sie zitterte.
„Warum hast du das getan?", flüsterte er. Sie waren allein im Zimmer.
Der Blutdruck war unter hundert abgefallen, aber der Puls war regelmäßig und kräftig. Johannes holte alles, was Sebastian in fliegender Eile angeordnet hatte, und injizierte es in den Venenschlauch.

## 1 Uhr
Maria verließ geräuschlos das Zimmer, unbeachtet von Sebastian und Johannes. Beide waren über den Patienten gebeugt mit der Stabilisierung von Atmung und Kreislauf beschäftigt. Sie ging zunächst mit

langsamen Schritten in Richtung Bad, aber dann begann sie zu laufen. Sie wollte das Badezimmer erreichen, bevor die beiden Männer ihr Verschwinden bemerkten. Jetzt fürchtete sie sich vor deren fürsorglicher Zuneigung.

Sie schloß die Tür hinter sich ab. Wenn sie sie suchen sollten, würden sie möglicherweise an die Tür klopfen, oder vielleicht hämmern, aus Angst, sie könnte sich etwas antun. Sie schaute in den Spiegel über dem Waschbecken. *Das bin ich nicht selber, dachte sie.*

Sie ließ Wasser in das Waschbecken laufen, solange, bis es kalt über ihre Hände rann. Noch einmal den Blick in den Spiegel. Tränenspuren oberhalb und unterhalb der Augenlider. Sie beugte das Gesicht dem Wasser zu, ließ kaltes Wasser in die hohlen Hände rinnen und überspülte das fremde Gesicht. Immer wieder tat sie das.

Wiederum der Blick in den Spiegel, langsames Erkennen. Was habe ich getan?

Warum, sag mir doch, warum habe ich es getan? Von neuem lief das Wasser in die Schale ihrer Hände. Sie tauchte darin wieder ihr Gesicht ein, immer wieder von neuem. Schließlich hob sie das Gesicht, das noch zur Hälfte von den Händen bedeckt war, dem Spiegel zu. Erstaunen jetzt über die Blicke, die einander begegneten.

„Maria." Sie selbst hatte ihren Namen deutlich ausgesprochen, und dann noch einmal, nicht geflüstert, aber sehr deutlich hörbar: „Maria."

Sie suchte ein frisches Handtuch, trocknete das Gesicht, sie öffnete vorsichtig die Tür, sah prüfend zum Zimmer von Brunngrabe. Die Tür stand immer noch weit offen. Sie waren nach wie vor mit ihm beschäftigt. Es waren ja nur wenige Minuten vergangen. Dann lief sie zum Treppenhaus. Es war halb dunkel. Stufe für Stufe ging sie hinunter bis zum Absatz vor dem dritten Stock und zu dem großen Fenster. Gegenüber sah sie den erleuchteten Operationssaal. Die nächtliche Notoperation schien noch im Gang zu sein. Es ging sie nichts an. Sie war unbeteiligt. Sie befand sich außerhalb all dessen, was um sie vorging. Über dem Seitentrakt des Operationssaales der Nachthimmel. Nach Adaption an die Schwärze über den Dächern nahm sie Sterne wahr.

Johannes war in das Stationszimmer zurückgegangen. Er erfuhr telefonisch, daß Oberarzt Seidel den Sigi beauftragt hatte, über die

Stationen zu gehen und ihm als Diensthabendem Bericht zu erstatten, ob es etwas Neues gäbe. Er selbst, Seidel, stand immer noch am Operationstisch. Sigi befand sich also auf dem Rundgang. Johannes rief die Station im ersten Stock an. Ja, Sigi sei soeben dort gewesen. Dies war der Augenblick, auf den er so lange gewartet hatte. Er würde etwas Besonderes für Maria tun. In fliegender Hast holte er die Fieberkurve von Brunngrabe aus der Hängekartei. Das Ereignis dieser Nacht ließ sich kaum verheimlichen. Also mußte er einen Betrug begehen. Einen Augenblick schloß er die Augen. Nicht daß ihm wirklich schwindelig wurde, aber es drehte sich alles in seinem Kopf. Er trug mit entsprechender Uhrzeit einen Fieberschub auf 40° ein und vermerkte, daß der Patient eine Eiweißlösung infundiert bekommen hatte. Dann zeichnete er in die Kurve einen Blutdruckabfall und machte einen Eintrag mit folgendem Wortlaut:

*Schockzustand, offenbar durch Unverträglichkeit von Humanalbumin.*

Johannes suchte den Schlüssel zum Giftschrank und kontrollierte anhand des Giftbuches den Bestand. Die fünf Ampullen waren noch nicht eingetragen worden. Er sah die Fieberkurven der fünf Patienten. In fliegender Hast trug er ihre Namen ein. Die Ampullen im Mülleimer verteilte er zwischen den Abfällen und entschloß sich dann, den gesamten Inhalt in den großen Container zu schütten. Es war zwar sehr unwahrscheinlich, daß eine Untersuchung dieser Ampullen stattfinden würde, aber er wollte absolute Sicherheit haben.

Er rannte ins Treppenhaus. Von hier aus konnte man in die Fenster des zweiten und dritten Stockes sehen. Sigi war offenbar im Stationszimmer des zweiten Stockes.

Wiederum in großer Eile lief er in das Zimmer 207. Er flüsterte Sebastian zu, daß er die Eintragungen zur Entlastung von Maria geregelt habe, und dann bereitete er in fliegender Eile eine Infusionsampulle von Humanalbumin vor. Er schloß einen Infusionsschlauch an, hängte die Ampulle an einen Infusionsständer und ließ die Hälfte des Inhaltes ins Waschbecken laufen. Dann lief er in das dunkle Treppenhaus, um Sigi abzufangen, aber es war zu spät. Sigi war offenbar mit dem Aufzug heraufgefahren. Jetzt stand er im Stationszimmer neben den Papieren am Arbeitstisch.

„Hallo, Johannes."

„Hallo."

„Gibts was Besonderes?"

„Was willst du hier?"

„Seidel hat mich geschickt."

„Was soll das?"

„Er hat bis eben operiert und will wissen, was auf den Stationen los ist."

„Was geht ihn das an?"

„Spinnst du, Johannes? Er hat Dienst. Also muß er wissen, was auf den Stationen los ist."

„Na, von mir aus. Der Brunngrabe hatte einen Schock."

„Der mit der großen Speiseröhrenoperation?"

„Ja."

„Ich dachte, der hätte sich längst verabschiedet."

„Er hat sich nicht verabschiedet."

Sigi hatte sich auf den Tisch gesetzt und blickte seitlich auf die Fieberkurve. Mit der rechten Hand hielt er sich an dem Infusionsständer fest, an dem die Ampulle mit Humanalbumin hing. Seine Faust war um den Holm geschlossen. Johannes war auf der Hut. Was gehen den Idioten die Papiere und Protokolle an? Johannes wischte mit der Hand über sein Gesicht. Dann zog er die Papiere und die Schockkurve zur Seite. Er machte sich daran zu schaffen. Dieser Idiot sollte nicht länger Einblick haben.

„Warum bist du eigentlich hier? Ich denke, Maria hat heute Nachtdienst, dein Bild Maria."

„Weil sie mich gerufen hat. Ich habe Haus-Nachtdienst."

„So, so, ein kleiner Nachtflirt. Auch nicht schlecht."

„Halt deine Schnauze."

„Und wo ist sie jetzt, deine Maria?"

„Sie ist mit dem Chef beim Patienten."

„Und warum holt ihr den Chef? Hat doch gar keinen Dienst."

„Er hat ihn operiert, er wollte benachrichtigt werden, wenn mit diesem Patienten etwas los ist."

Es konnte überhaupt nichts geschehen. Auch wenn Sigi die Krankenpapiere von Brunngrabe gründlich studieren würde, so könnte er den Vorgang nicht durchschauen, aber obwohl das so einleuchtend war, wurde Johannes von einer großen Angst vor den eventuellen Konsequenzen befallen. Im übrigen konnte Sigi in der Kürze der Zeit die Fieberkurve vermutlich überhaupt nicht gründlich lesen. Johannes wußte nicht, ob der andere einen Verdacht geschöpft hatte. Was sollte aber diese ganze Fragerei. Sigi lächelte spöttisch.

„Machs mal gut alter Junge, ich werde jetzt nach Maria sehen", sagte er.

„Das wirst du nicht tun!", sagte Johannes und verstellte ihm den Weg.

„Du bist wohl verrückt geworden, du Idiot. Jetzt reicht es aber."

„Sie ist fix und fertig –", sagte Johannes, „er wäre beinahe gestorben, der Brunngrabe. Das nimmt sie fürchterlich mit. Wenn du willst, dann spreche doch mit dem Chef selber."

Sigi tippte an die Stirn und ging.

„Ich glaube, ihr spinnt hier alle ein bißchen."

Sigi war bereits an der Tür, als Maria kam. Er sah ihr aschfahles Gesicht und schüttelte den Kopf. Sie sah über ihn hinweg, wendete sich um und ging zurück in das Zimmer von Brunngrabe.

Sebastian war immer noch gebeugt über den Kranken und kontrollierte den Blutdruck.

Als Kreislauf und Atmung normalisiert und Brunngrabe wieder bei vollem Bewußtsein war, nahm Sebastian Maria bei der Hand und führte sie in die kleine Teeküche neben dem Stationszimmer. Sie ließ alles mit sich geschehen. Sie zitterte immer noch, und dann nahm sie die Hände vor das Gesicht. Es schüttelte sie am ganzen Körper. Sebastian legte den Arm um sie. Er versuchte, sie zu beruhigen. Das Schütteln hörte auf.

„Ich wollte ihm helfen, damit es schneller geht."

„Ich weiß es doch", sagte er.

Dann sagte er eine ganze Weile nichts, bis das Zittern ganz aufhörte.

„Du warst nicht kompetent, Maria", flüsterte er.

„Aber..."

„Nichts sagen. Wer ist schon kompetent von uns? Vielleicht ist niemand kompetent. Wir wissen es nicht."

Er brachte sie mit seinem Auto nach Hause, weil er sie nicht allein lassen wollte. Johannes hatte ihren Dienst für den Rest der Nacht übernommen. Er würde also auch die Morphiuminjektionen bei den anderen Patienten auf seine Kappe nehmen.

Bis sie zur ersten Verkehrsampel kamen, sprach sie nicht. Was geschehen war, der Versuch einer Tötung, war unwiderruflich. Im Entsetzen überstürzten sich die Gedanken und riefen eine unbeschreibbare Verwirrung hervor.

Maria hatte die Hände am Armaturenbrett, sie hielt sich dort fest, eine erstarrte Bewegung. Ihre Hände waren weiß. Er bemerkte es, als er vor der Ampel stoppte.

Sie wußte nicht, daß er sie ansah, weil sie in ihrer Erstarrung nur nach vorne auf die nächtliche Straße blickte. Sie hatte den Sicherheitsgurt nicht angelegt.

Er legte seine Hand auf ihren Arm. Da sah sie ihn an, und ihr Blick war fremd, so groß war die Angst und das Entsetzen darin. Er streichelte ihren Arm, dann mußte er anfahren, weil der nächste Fahrer hinter ihm hupte und die Ampel auf Grün stand.

„Warum hast du mir nicht einmal gesagt, daß wir nicht kompetent sind?"

„Ich weiß es doch selbst nicht sicher."

„Warum hast du es nicht gesagt, wer kompetent ist?"

„Man fürchtet sich, es auszusprechen."

Jetzt fuhren sie unter Bäumen, die zwischen den Straßenlaternen standen. Die Schatten der Zweige huschten langsam über die Windschutzscheibe und über ihre Gesichter.

Das erste, was sie klar denken konnte, war, daß Brunngrabe vermutlich trotz Wiederbelebung an seiner Krankheit doch sterben mußte. Darum gerieten die Gedanken erneut in eine bestürzende Unordnung.

„Du hast nur mit Johannes gesprochen, ihm alles erklärt. Ich dachte, du wolltest es einfach nicht wahr haben, daß Brunngrabe sterben muß. Du wußtest doch, daß ich es ganz anders sehe."

„Und wenn ich mit dir gesprochen hätte?"

„Ich glaube, ich hätte alles getan, was du für richtig gehalten hättest. Ich glaube, ich hätte dich verstanden."

Maria fühlte eine große Schwäche und lehnte den Kopf an die Nackenstütze.

„Aber du wußtest nicht, daß er eine reelle Chance hatte weiterzuleben", sagte Sebastian.

„Ich glaube auch jetzt noch, daß er sterben muß. Ich bin sicher, auch dann, wenn er die nächsten Wochen überstehen sollte."

Das hatte sie leise, aber ganz klar und deutlich gesagt. Er wunderte sich, weil es auf einmal nicht mehr hilflos klang.

„Wenn es nicht die ganze moderne Infusions- und Antibiotikabehandlung gäbe, dann wäre er längst gestorben. Er hätte sich nicht so quälen müssen."

„Maria, ich kann doch den Fortschritt in der Medizin nicht zurückschrauben. Er hat die Chance."

„O, mein Gott, aber wenn er sich erneut quält und dabei am Ende doch stirbt?"

Wieder eine Ampel. Er hielt. Sie sahen sich an. Es war auf einmal alles anders geworden. In der Tat hatte das Geschehen dieser Nacht alle seine verwirrten Gedanken, die wie dunkle Vögel seit Tagen um ihn waren, in ruhigere Bahnen gelenkt. Dennoch blieb der Widerspruch: Er hatte wirklich geglaubt, daß er der Schönheit und der Liebe dieser jungen Frau widerstehen könnte und hatte sich dennoch jeden Tag nach ihr gesehnt.

„Woher weißt du eigentlich, wo ich wohne?"

„Ich war schon mehrmals dort."

Er fuhr wieder an und sah sehr angestrengt auf die Fahrbahn, aber es gab dort um diese Nachtzeit keinerlei Verkehr. Es war eine leere Straße.

„Du warst also bei mir?"

„Ich war nicht bei dir, ich wollte zu dir."

„Warum bist du dann nicht gekommen?"

„Ich habe dann mit meinem Auto vor der Haustür gestanden. Ich habe lange dort gestanden, und dann bin ich zurückgefahren."

„Warum? Warum?"

„Ich konnte nicht."

Jetzt fuhr er in ihre Straße. Sie sagte noch einmal:
„Warum?"
Dann blieb er vor der Tür stehen. Er schaltete das Licht ab. Sie saßen im Dunklen.
„Du zitterst wieder", sagte er.
„Ja."
„Ich möchte dich trösten ... Du sagst nichts."
„Es ist so, daß ich nichts sagen kann. Du kannst mich nicht wirklich trösten."
Sie saß sehr weit vorgebeugt und hatte die Hände vor ihren Knien gefaltet. Ihr Kopf berührte dabei fast die Windschutzscheibe. Er sah nur ihre dunklen Haare, die über die Schulter fielen und ihren entblößten Nacken. Sie war ihm so nahe, daß er den Duft ihrer Haare roch.
Er berührte die Haare mit seinen Lippen und glaubte, daß sie es nicht spürte.
„War das nach dem Vortrag, als du hier warst?"
„Ja. Man hat jemand sehr lieb, aber man darf es nicht sagen."
„Du hast nicht mit mir gesprochen, weil du Angst hattest?"
„Du zitterst immer noch."
Er legte seinen Arm um sie.
„Es wird immer schlimmer."
Sie richtete sich auf, lächelte ihn an, aber er konnte es nicht sehen, weil er seinen Kopf auf die Nackenstütze zurückgelegt hatte.
„Wann hat es angefangen", fragte er. „Damals nach dem Vortrag?"
„Nein, schon viel früher."
„Ich werde keine Vorträge mehr über dieses Thema halten. Nie mehr. Man kann es nicht. Es ist Indiskretion. Verstehst Du?"
Sie stiegen aus. Vor der Haustür riß er ein Streichholz an, damit sie aufschließen konnte. Er ging hinter ihr die Treppe hinauf, und er sah ihre Gestalt vor sich und die Bewegungen ihres Körpers.
Sie hatte Licht in der Wohnung gemacht und stand jetzt vor ihm. Sie ließ die Arme hängen, und sie versuchten beide zu lächeln.
Maria hob ihre Hand. Sie streichelte seine Wange. Da spürte sie das Kratzen an ihren Fingern.
„Ich werde uns einen Tee kochen."

Er nickte. Dann setzte er sich auf das Sofa vor dem runden Tisch. Durch die offene Küchentür sah sie seine langen Beine unter dem Tisch und schräg gegenüber die Käthe-Kruse-Puppe. Jetzt, in diesem Augenblick, wußte sie, daß er das Bild aus der Zeitung sehen würde, sein eigenes Bild. Sie lief in das Wohnzimmer, holte zwei Tassen, wollte das Bild, das auf ihrem Schreibtisch stand, an sich nehmen, aber es war zu spät. Sie blieb in der Tür stehen, sah, wie er zum Schreibtisch ging und das Bild in die Hand nahm...

Da ging sie in die Küche, um den Tee aufzugießen.

Auf einmal war es wieder da, das Entsetzen. Sie hatte jemanden töten wollen und jetzt wußte sie, daß sie es das nächste Mal wieder tun würde, wenn Brunngrabe sie darum bitten würde.

Bei diesen Gedanken waren die Träume in Gefahr. Es gab also in diesem Falle keine Übereinstimmung? Jetzt hätte sie zu ihm sagen können:

Bleib bei mir, was immer das in dieser Nacht bedeutet hätte.

Oder sie hätte sagen können:

Ich habe Angst, allein zu sein.

Oder:

Ich will alles tun, was du dir wünschst.

Nein, das hätte sie nicht sagen dürfen.

Sie hätte sich jetzt seitlich auf die Lehne des Sofas ganz nahe neben ihn setzen können, aber sie blieb einen Augenblick unschlüssig stehen; dann sagte sie:

„Ich habe Angst, allein zu sein."

„Hast du etwas Zucker zum Tee?", fragte er.

# 51

# Beweise

Sebastian kam im Morgengrauen nach Hause. Pünktlich um 7 Uhr machte er Visite auf der Intensivstation. Erst im Laufe des Tages erfuhr er, daß die Unterlagen über Brunngrabe zum Gegenstand heftiger Diskussionen geworden waren.

Eine Schwesternschülerin war gegen 7 Uhr 30 auf die Station gekommen. Sie hatte den Auftrag, die Krankenpapiere von Brunngrabe ins Sekretariat zu bringen. Judith wußte nichts von dem, was in der Nacht geschehen war. Sie alle hatten nur von dem angeblichen Kreislaufkollaps erfahren, als sie heute morgen zum Dienst kamen. Sie schöpfte keinen Verdacht. Daß das Sekretariat um diese Zeit noch nicht besetzt war, bedachte sie nicht. Sie gab der jungen Schwester die Unterlagen samt Fieberkurve. Eine halbe Stunde später brachte die Schwester die Unterlagen zurück. Da Johannes an diesem Vormittag frei hatte, und Sebastian zu dieser Zeit Visite auf der Intensivstation machte, blieb dieser scheinbar so unbedeutende Vorgang zunächst unbemerkt. Die Unterlagen waren bei Oberarzt Seidel gelandet.

## 52

## Via Vittorio Veneto

Sie saßen sich im Arztzimmer am Schreibtisch gegenüber, Sebastian und Brunngrabe. Das geschah zwei Monate nach dessen Entlassung aus dem Krankenhaus, und es war so wie damals, als Brunngrabe erfuhr, daß er einen bösartigen Tumor hatte.
„Sie haben es überstanden", sagte Sebastian.
„Was heißt das, Doktor?"
„Die Krankheit haben sie überwunden."
„Das glaube ich nicht."
„Warum sagen Sie das immer wieder?"
„Weil es so ist. Ich spüre es."
„Was heißt das: ich spüre es? Mann, Brunngrabe! Wie oft muß ich es Ihnen sagen. Sie sind seit acht Wochen entlassen. Alle Blutwerte sind in Ordnung. Die neue Speiseröhre funktioniert einwandfrei. Ich habe Ihnen die Röntgenbilder gezeigt."
„Ich bin nur ein Architekt, ein Techniker. Ich bin kein Arzt, aber ich habe mich belesen. Ich kenne die Statistik."
„Sie haben eine reelle Chance."
„Dieselben Worte wie damals."
„Ja, dieselben Worte, dieselbe Chance."
„Drei Prozent höchstens. Nennen Sie das eine Chance?"
„Nein, Sie haben viel mehr. Der Tumor befand sich im Anfangsstadium. Er hatte noch nicht einmal die Muskelschicht durchwachsen. In dieser verdammten Statistik, in diesen drei Prozent sind doch alle Fälle enthalten, die fast hoffnungslosen und die günstigen. Sie sagt doch nichts über den Einzelfall. Das sollten Sie als Techniker doch wissen."
„Herr Doktor Sebastian! Ich war schon gestorben."
„Nein."

„Aber ich war schon viel weiter, als sie alle ahnen, und es war gut so. Es war keine Angst dabei. Ich habe das andere schon vor mir gesehen."

„Was?"

„Ich kann es nicht beschreiben."

Sebastian sagte nichts mehr. Er hatte es zur Genüge getan. Die Beharrlichkeit, mit der der andere von seinem unabwendbaren Tode sprach, war ihm zum Ärgernis geworden. Also schwieg er.

„Ich weiß, was sie alle für mich getan haben."

„Schon gut, Brunngrabe. Warum sagen Sie das jetzt? Es ist schon gut."

„Nein, es ist nicht gut."

„Wie meinen Sie das?"

„Sie begreifen mich nicht."

Sebastian stand auf, ging zum Fenster und wendete dem anderen den Rücken zu. Jetzt sagte er:

„Ich habe versucht, Sie zu begreifen. Sie wollten sterben, weil es unerträglich schien. Sie wollten sterben, weil Sie glaubten, daß es absolut aussichtslos war. Aber Sie leben. Irgendetwas stimmt nicht, Brunngrabe. Gehen Sie zu ihrer Frau."

„Was hat meine Frau damit zu tun?"

Sebastian drehte sich mit einem Ruck um.

„Sie haben eine wunderbare Frau, Brunngrabe."

„Ja."

„Ich habe lange mit ihr gesprochen. Sie wartet darauf..."

„Worauf wartet sie?"

„Daß Sie so leben mit ihr wie bisher."

„Das tue ich."

„Nein, nicht so wie früher. Sie denken an sich und an den Tod. Sie will mit Ihnen weiterleben, jeden Tag, sie will es."

„Leicht gesagt."

„Mann, Brunngrabe! Hören Sie endlich auf, jeden Tag vom Sterben zu reden."

Brunngrabe war aufgestanden. Sebastian ging auf ihn zu. Er packte ihn an den Schultern. Er schüttelte ihn, und in diesem Augenblick spürte er, wie mager der andere noch war, er spürte diese knochige

armselige Schulter, und in diesem Augenblick kam das große Mitleid über ihn.
 Es überfiel ihn ganz plötzlich.
 Johannes erschrak. Brunngrabe stand plötzlich hinter ihm im Stationszimmer, und obwohl er wußte, daß er an diesem Tage zur Nachuntersuchung bei Doktor Sebastian gewesen war, sah er ihn so an, als ob alles nicht vor zwei Monaten, sondern eben in diesem Augenblick geschehen wäre.
 Sie gaben sich die Hand. Brunngrabes Hand war sehr knochig, aber die Augen lagen nicht mehr tief, auch die Backenknochen sprangen nicht mehr vor.
 „Zugenommen", stellte Johannes fest.
 „Ja."
 „Na also."
 Sie hatten so viel miteinander erlebt, aber seit damals bei der Entlassung war etwas zwischen ihnen.
 Johannes, du bist ein guter Junge, dachte Brunngrabe, und ich weiß, was du alles für mich getan hast. Du hast das alles vermutlich auch ganz selbstlos getan. Ja doch, widersprich mir nicht, ich weiß das doch, aber das mit Gott, das hättest du nicht sagen sollen. Weißt du noch, was du gesagt hast? Nein? Dann will ich es dir sagen. Du hast gesagt: Sie müssen Gott danken, das hast du gesagt, und du hast zwei oder drei Mal gesagt, Sie müssen ihm danken, daß Sie wieder lebendig geworden sind. Das eben hättest du nicht sagen sollen, denn woher weißt du denn eigentlich, was Gott mit mir wollte.
 Ihr seid so verdammt sicher. Das stört mich, diese verdammte Sicherheit von euch. Ihr wißt ja nicht einmal, was Angst ist, ich meine die Angst, daß es doch wieder alles von vorne anfängt und dann dennoch zu Ende ist. Das mit Gott hättest du nicht sagen sollen, Johannes. Ich war doch dem allen schon ganz nahe. Weißt du das denn nicht? Nein, natürlich wißt ihr es nicht, auch Doktor Sebastian begreift es nicht, und ihr könnt es auch nicht wissen, wie das ist, wenn man schon fast in einer ganz anderen Welt ist. Da fängst du doch schon an zu schweben, und wie es so weit war, da wollte ich auch nur noch in diesem Zustand bleiben. Das war in dieser Nacht.

Maria wußte, daß es so für mich besser war. Aber ihr habt mich lebendig gemacht. Lassen wir das.

„Ich soll zum EKG kommen."

„Ja, aber Sie müssen noch etwas warten, Herr Brunngrabe."

„Ja, ich werde am Ende des Ganges warten, vor dem großen Fenster."

„Ja, ich werde Sie rufen."

Brunngrabe ging sehr langsam den Gang entlang. Er spürte sein Herz klopfen. Er sah die halb geöffnete Tür des Zimmer 207. Dann konnte er einen Blick in dieses Zimmer werfen – sein Zimmer. Es kam ein feiner süßlicher Geruch aus dem Zimmer. Er stand ganz nahe an der Tür, und es wurde ihm etwas übel. In seinem Bett lag ein Schwerkranker. Er hatte ganz tiefe Augen. Dieser Mann war vielleicht ein Sterbender, dachte er. Er lag ganz allein im Zimmer, und er sah so aus, als würde er es nicht mehr lange machen. Um die Türklinke hatten sie wie damals ein Handtuch gewickelt, damit die Tür nicht zuklappte.

Das ist so wie es damals bei mir war. Sie wollen, daß die Tür offen bleibt, damit man den Kranken besser beobachten kann.

Brunngrabe sah zurück zum Stationszimmer. Die Übelkeit wurde stärker, und er war froh, als er das große Fenster am Ende des Ganges erreicht hatte, ohne sich übergeben zu müssen. Er stützte sich mit den Ellenbogen auf das Fensterbrett, weil seine Knie weich wurden.

Es tut mir leid, Johannes, daß ich dich betrübt habe. Es tut mir wirklich leid, aber denk doch darüber nach: Bald werde ich wieder in diesem Zimmer liegen, und es wird so riechen, wie es jetzt riecht, und ihr werdet auf Zehenspitzen hereinkommen, und ihr werdet vielleicht glauben, daß ich es nicht merke, daß ihr mir die Schmeißfliegen aus dem Gesicht treibt. Natürlich habe ich das alles gemerkt, aber ich war doch zu schwach, es selbst zu tun.

Übrigens spüre ich, daß der Krebs in mir weiter wächst. Was? Ihr glaubt das nicht? Man kann das nicht spüren? Es sei nur Einbildung, sagt ihr. Ich glaube, man spürt es, und irgendwann werden wir ja sehen, ob ich recht hatte.

Brunngrabe stand am Fenster, er blickte auf die Stadt und in einen auffallend blauen Himmel mit einzelnen weißen Wolken. Im Park unter ihm fielen die Blätter. Er konnte sie einzeln zu Boden schweben sehen. Wenn ein Windstoß kam, dann wurden sie noch einmal nach oben geweht. Dann begann das sanfte Gleiten von neuem. Er stand sehr lange dort.

Er erlebte eine Veränderung. Es war eigentlich nach dem Gespräch mit Doktor Sebastian nicht anders zu erwarten. Als Sebastian ihn eben so angesehen hatte und kein Wort mehr sagen konnte, da war Brunngrabe unsicher geworden. Hinzu kam dieser Hinweis auf seine Frau. Brunngrabe versuchte sehr mühsam, seinen Widerstand gegen das Lebendigsein abzubauen, Schritt für Schritt und zunächst noch widerstrebend. Er war noch ganz am Anfang.

Brunngrabe ging an den Haselnußstauden und an den Rosenrabatten entlang zum Hause. Die Kinder waren in der Schule. Sie hatte vom Fenster aus gesehen, daß er da mit so langsamen Schritten heraufkam. Sie wollte ihn erst ins Krankenhaus begleiten, aber dann dachte sie, daß es besser sei, wenn er allein mit Doktor Sebastian spräche.

Jetzt ging sie ihm entgegen. Als er eintrat, fiel sie ihm um den Hals. Er spürte ihren Körper.

„Ich habe eine Überraschung für dich."

„Was für eine Überraschung?"

Er sah nicht ihre Augen, er spürte nur ihre Wange und die Haare und sah über ihre Schulter. An der Wand gegenüber der Tür hing seit heute ein großes Poster von Rom mit der Via Vittorio Veneto.

## 53

# Und nichts als die Wahrheit

Es gab nur drei Menschen, die von dem Tötungsversuch wußten, Sebastian, Maria und Johannes, und es gab zwei Männer, Sigi und Seidel, die einen Verdacht hätten schöpfen können. Sebastian wußte um die Eigendynamik eines Gerüchtes, und er wußte, daß insbesondere nach dem Ausscheiden von Maria eine Vielzahl dieser Gerüchte auch aus dem Hause nach außen dringen konnten. Maria hatte eine neue Stelle im Krankenhaus einer benachbarten Stadt angenommen.

Hinzu kam die Aktualität des Problems, denn der Prozeß gegen die Krankenschwester, welche wegen der Tötung einer krebskranken Frau angeklagt und verurteilt worden war, war in aller Munde.

Sebastian hatte Angst vor den Enthüllungen, und er sah, daß Johannes sehr nervös war, als er das Zimmer betrat. Er war blaß und hatte Augenränder. Wie sich herausstellte, hatte er zwei Nächte schlecht geschlafen und schwere Träume gehabt. Er berichtete Sebastian von dem Gerücht. Maria habe versucht, Brunngrabe von seinem Leiden zu befreien – so lautete das Gerücht, aber es gab sehr unterschiedliche Versionen. Nicht, daß dieses behauptet wurde oder etwa durch vermeintliche Zeugen belegt wurde, nein, es war nur überall die Vermutung geäußert worden. Über angebliche Differenzen zwischen Maria und Sebastian im Falle Brunngrabe sei gemunkelt worden.

Sebastian sah die Angst in Johannes Gesicht und wußte, daß er jedes Wort überlegen mußte. Es war Johannes zuzumuten, daß er ein Geständnis ablegte, nur um endlich wieder in Ruhe leben zu können.

„Hören Sie Johannes", sagte er dann. „Was Sie getan haben, hätte ich auch getan. Wir haben es gemeinsam getan, und wir haben es aus Mitleid mit Maria getan. Niemand kann Ihnen, kann uns auch nur die kleinste Kleinigkeit nachweisen – ich sage niemand."

„Und wenn ich irgendwann als Zeuge auftreten muß, wenn ich schwören muß: Ich sage die Wahrheit und nichts als die Wahrheit?"

„Das ist doch die Wahrheit!"

„Was?"

„Daß sie nur helfen wollte. Weiter nichts. Sie wollte helfen aus Mitleid, nicht töten. Und noch etwas: Maria hat hier im Hause mit Sicherheit keine Feinde."

„Doch, Sigi", antwortete Johannes.

„Sigi? Das gibt es doch nicht."

„Doch, Chef. Er ist ihr nachgestiegen, und als es ihr zuviel wurde, da hat sie ihm mit einer Zeitung links und rechts ins Gesicht geschlagen. Das haben mehrere von uns gesehen."

„Wann war das?"

„Vor einigen Wochen."

Sebastian überlegte.

„Das ändert nichts daran, daß er nichts in der Hand hat. Überlegen Sie doch einmal. Nehmen wir einmal an, man würde anhand der Fieberkurve feststellen, daß die Eintragungen mit dem Humanalbumin nicht von Maria gemacht wurden. Das bedeutet gar nichts. Sie, bzw. wir beide, haben diese Eintragungen gemacht; basta. Und nehmen wir einmal an, jemand, sagen wir Seidel, hätte die fragliche Humanalbuminflasche zur Untersuchung geschickt und es wäre ein negatives Ergebnis herausgekommen, das heißt, es würden keine pyrogenen Keime gefunden. Selbst das besagt nichts, gar nichts. Es handelte sich lediglich um eine Vermutung von uns, daß die Temperatur durch das Humanalbumin entstanden ist. Es gibt nur ein Problem: Maria."

„Maria?"

„Ja, Maria. Sollte es zu einer Untersuchung kommen, so dürfte sie kein Geständnis ablegen."

„Wie wollen Sie das verhindern, Chef?"

„Ich werde es mir überlegen."

Johannes hatte nasse, kalte Hände, als sie sich verabschiedeten.

Das alles war sehr beunruhigend, dennoch aber bedeutungslos, solange es sich nur um Gerüchte handelte.

Das Angstgefühl blieb.

Wenige Tage nach dem Gespräch mit Johannes meldeten sich zwei Kriminalbeamte bei Sebastian. Man habe bei ihnen Anzeige gegen Unbekannt erhoben wegen des Verdachtes auf versuchte Tötung eines schwerkranken Patienten.

Das Gespräch verlief in guter und freundschaftlicher Atmosphäre, war doch die jahrelange Zusammenarbeit zwischen Sebastian und diesen ihm persönlich wohlbekannten Beamten im Zusammenhang mit Unfalldelikten und Verletzungsfolgen bei Straftaten äußerst vertrauensvoll. Man sei im übrigen von vornherein davon ausgegangen, daß diese Anzeige bedeutungslos sei, man müsse ihr aber von Rechts wegen nachgehen. Nein, den Namen des Klägers dürfe man leider nicht preisgeben, wenngleich sich daraus vielleicht wesentliche Anhaltspunkte für die Entstehung des Gerüchtes ergeben würden. Man bat um Verständnis.

Unverzüglich wurden sämtliche schriftlichen Unterlagen über den Fall Brunngrabe fotokopiert und die Originale den Beamten übergeben.

## 54

# Der Staatsanwalt

Maria wußte mittlerweile, daß es einen Mann im Leben ihrer Mutter gab, und sie wußte, daß dieser Mann der Staatsanwalt war, der jenen spektakulären Fall bearbeitete, der in großer Aufmachung die Zeitungen füllte. Was sie aber nicht wußte, war, daß ihm der Fall Brunngrabe ebenfalls übertragen worden war.

Vor Tagen hatte sie von Dr. Grabner erfahren, daß die Staatsanwaltschaft den Fall untersuchte, und er hatte davon berichtet, daß man den Krankenpfleger Johannes in der Klinik vernommen hatte. Die Angst um Maria bemächtigte sich ihrer. Es war wie eine unheimliche dunkle Bedrohung.

Martin war erschöpft aus dem Dienst zu ihr gekommen. Sie hatten Tee getrunken und waren voller Erwartung. Sie freuten sich auf den gemeinsamen Abend. Dann war sie auf einmal aufgestanden und ans Fenster getreten.

„Es ist schrecklich!", sagte sie.

Er war zu ihr getreten und hatte sie in den Arm genommen.

„Was ist schrecklich?", fragte er.

„Das mit Maria. Alles ist schrecklich, und daß deine Beamten sie verhören werden."

Ich hätte das nicht sagen sollen, dachte sie, aber jetzt habe ich es gesagt und kann es nicht mehr zurücknehmen und ich bin im Begriff, ihn zu täuschen. Nein, nicht eigentlich zu täuschen, aber ich sage ihm nicht offen, was ich von ihm erfahren möchte.

„Sie hat so viel Angst davor. Es ist so, als sei sie ein Verbrecher. Das hat sie nicht verdient."

Er hielt sie fest und spürte, daß sie zitterte.

Sie weiß es, dachte er, sie weiß alles, und ich könnte sie jetzt fragen und wüßte auf einmal vielmehr, als meine Kriminalbeamten durch mühevolle Befragungen versuchten aufzudecken. Ich könnte sie küssen und sagen ‚du weißt doch alles – sag es mir', aber er sagte es nicht, durfte es nicht, und auch, wenn sie ihm alles anvertraut hätte, so hätte er es nicht verwenden können – niemals.

Er spürte ihre Angst, die sie vor ihm zu verbergen suchte. Viel später, als sie beim Abendbrot saßen, sagte er:

„Ich werde mit den Beamten sprechen, bevor sie deine Maria vernehmen."

„Und wann wird das sein?"

Im Augenblick, als sie das gesagt hatte, wurde ihr bewußt, daß sie im Begriffe war, ihn zu einer unerlaubten Indiskretion zu veranlassen. Sie hatte eine Grenze überschritten. Wenn sie den Termin der Befragung erfahren hatte, könnte sie die nötigen Schritte unternehmen. Marias Aussagen würden alles entscheiden. Darum mußte sie dasselbe aussagen wie Johannes.

„Morgen wird es sicher nicht geschehen", sagte er, „aber irgendwann in den nächsten Tagen."

Was aber sollte er antworten, wenn sie ihn fragen würde, was man Maria zur Last legte. Er fürchtete sich seit Tagen vor dieser Frage, und jetzt in diesem Augenblick sagte sie es:

„Was wollt ihr da eigentlich untersuchen?"

„Es muß geklärt werden, ob es sich um eine versuchte Tötung handelte."

Sie mußte sich setzen. Sie verbarg ihr Gesicht in den Händen.

Nein, er würde ihr nicht sagen, daß eine Anzeige vorlag. Auf keinen Fall würde er es tun, und da er sich ziemlich sicher war, daß sie wußte, daß es um Euthanasie ging, würde er auch nicht sagen, was der Paragraph 216 des Strafgesetzbuches über aktive Euthanasie besagte: *Ist jemand durch das ausdrückliche und ernstliche Verlangen des Getöteten zur Tötung bestimmt worden, so ist auf Freiheitsstrafe von 6 Monaten bis 5 Jahren zu erkennen. Auch der Versuch ist strafbar.*

Und wenn sie nun doch fragen würde, wenn sie in ihn dringen würde? Er liebte sie zu sehr, als daß er ihr das ganze Ausmaß eines solchen Strafverfahrens hätte ausmalen können. Er hoffte, daß es nicht dazu kommen würde. Aber wenn Maria es denn wirklich getan hätte, was noch in keiner Weise fest stand, so hätte sie es doch aus reinem Mitleid und in einem vermeintlichen Endstadium der Erkrankung getan. Es war ein Tötungsversuch, der verhindert wurde. Es gab keinen so gearteten Fall, in dem nicht mildernde Umstände geltend gemacht würden und auch keinen Fall, in dem man nicht auf Bewährung plädieren könnte.

Sie fragte nicht.

Sie liebten sich, und als sie ihn später in der Dunkelheit fragte, was man denn von Maria eigentlich wissen wolle – schließlich habe man doch in der Klinik alles erfahren – da wußte er, daß sie die ganze Zeit daran gedacht hatte.

Er sagte ihr jetzt alles, was im schriftlichen Protokoll der Vernehmung des Krankenpflegers vermerkt war. Er hatte eine Indiskretion begangen.

Mitten in der Nacht war sie unbemerkt aufgestanden. Sie hatte kein Auge zugetan, weil sie sich schämte, daß sie ihm ihren Plan verheimlichte, aber jetzt glaubte sie, eine Lösung gefunden zu haben. Später einmal, wenn alles vorbei sein würde, würde sie ihm alles sagen, eine späte Beichte. Zugegeben, das war ein betrügerisches kleines Schlupfloch, das sie benützte, um ihr Gewissen zu beruhigen. Was blieb denn einer klugen Frau übrig, die liebte?

# 55

# Die Schockkurve

Die Mutter hatte sehr lange nachgedacht. Ihr Plan stand fest, aber dennoch zögerte sie, den Hörer abzunehmen. Sie kannte doch diesen Krankenpfleger Johannes gar nicht. Wenn er nun völlig anders reagierte als erwartet? Würde er bereit sein, über die Ereignisse jener Nacht zu berichten? Vielleicht würde er sich fürchten, ihr Auskunft zu geben? Sie hatte schließlich die Station verlangt, in der Maria gearbeitet hatte.

Er war am Apparat. Es ginge um Maria, sagte sie.

„Wer sind Sie?" fragte er.

„Ich bin die Mutter von Maria".

Es folgte eine Pause, und sie dauerte wenige Atemzüge. Erneut kamen Zweifel auf. Sie hörte sein Atmen.

„Ist Maria bei Ihnen?"

„Nein. Ich wollte Sie bitten, zu mir zu kommen." – sie sagte „Herr Johannes", weil sie seinen Familiennamen nicht kannte.

Ja, er würde kommen.

Er war nach dem Dienst gekommen und saß kerzengerade ihr gegenüber an dem kleinen runden Tisch.

Ob sie ihn Herr Johannes nennen dürfe, sie habe doch schon so viel von ihm gehört.

„Maria hat mir so viel von ihnen erzählt."

„Auch das mit den Blumen?" Er wollte herausbekommen, ob sie alles wußte. Wenn Maria es ihr erzählt hatte, dann würde sie ihn belächeln. Er wollte nicht, daß sie über ihn lächelte.

Nein, von Blumen wisse sie nichts, sagte sie, es sei alles so verwirrend. Sie hätte ihn hergebeten, weil sie Maria helfen wolle.

Sie bemerkte, wie er das Bild von Maria betrachtete, das neben dem Tisch auf dem Bücherbord stand.

„Geht es ihr gut?", wollte er wissen.

„Sie hat große Angst davor, daß sie von dem Kriminalbeamten vernommen wird."

„Ich hatte auch Angst", sagte Johannes, und nun war sie sich sicher, daß er ihr alles anvertrauen würde.

„Also waren sie bereits bei Ihnen?"

„Ja, sie wollten alles wissen."

„Auch das mit dieser Lösung – ich meine mit der Infusion und dem Fieber, das den armen Kerl fast umgebracht hat?"

Johannes überlegte einen Augenblick. Entweder wußte sie nicht die volle Wahrheit, oder sie spielte ihm etwas vor. Johannes war sich nicht sicher. Er antwortete nicht direkt auf ihre Frage.

„Ich habe ihnen gesagt, daß Maria ganz fertig gewesen wäre, weil er ja fast sozusagen unter ihren Händen gestorben wäre."

„Ich verstehe, aber sagen Sie, Herr Johannes, warum sagt Maria, daß Sie ihr geholfen hätten?"

„Das war so: Ich habe ihr gesagt, daß sie nach Hause gehen solle, und daß ich ihren Dienst weitermachen wolle."

„Und das wollten die Kriminaler alles wissen?"

„Ja".

„Und was wollten sie noch wissen?"

„Sie wollten wissen, ob ich es war, der die Schockkurve ausgefüllt hätte."

Er war im Begriff, die entscheidende Aussage zu machen.

„Das verstehe ich nicht", sagte sie, „warum sollte das denn so wichtig sein?"

Er sah sie lange fragend an. Hatte Maria ihrer Mutter alles bis in die Einzelheiten erzählt? Wußte sie, daß sie ihn töten wollte? Johannes legte die Hände vor das Gesicht. Es ging um Maria – nur um sie.

Er war so hilflos als er weiter sprach, dachte sie.

„Hat Maria Ihnen alles gesagt?"

Sie zögerte, bevor sie antwortete.

„Ja", sagte sie.

„Alles?", fragte er noch einmal.

„Ja alles. Ich weiß alles, Herr Johannes".

„Ich werde es Ihnen erklären. Als sie gegangen war, habe ich die Schockkurve ausgefüllt. Ich habe eingetragen, daß etwa 20 Minuten nach Anlegen der Infusion der akute Fieberschub kam und der Kreislaufzusammenbruch. Und jetzt glauben die Kriminaler vielleicht, daß da etwas manipuliert wurde. Verstehen Sie das?"

„Ja ich verstehe es, natürlich verstehe ich, aber wissen Sie, Herr Johannes, ob Maria dasselbe sagen wird, wenn sie sie verhören?"

„Dann müßte ich mich mit ihr sprechen – wollen Sie das von mir?"

„Ich glaube, es wäre besser, wenn Sie nicht dorthin zu ihr führen. Ich werde es ihr sagen."

Jetzt, da sie sich beide zu erkennen gegeben hatten, konnten sie alle Einzelheiten besprechen.

Sie kochte Kaffee.

Später, als er gegangen war, hat sie Maria angerufen. Wenn sie die Autobahn benutzte, konnte sie in einer Stunde bei ihr sein.

# 56

# Das große Abenteuer

Im kleinen Zimmer vor dem geöffneten Nachtfenster las Grohmann in Gedichten von Rilke:
*Und in den Nächten fällt die schwere Erde aus allen Sternen in die Einsamkeit.*
Er beschrieb in seinem Tagebuch Zwiesprachen mit den Büchern, die er für die Einsamkeit ausgewählt hatte.
Er begann wieder Aquarell zu malen, den paradiesischen Morgen. Das Meer blauviolett, oder aber smaragd über seinen Untiefen. Er machte erste Versuche, die Wellen darzustellen, die blendende Sonnenlichter auf ihren Schultern trugen und ins Meer schütteten. Viele dieser Versuche mißglückten, aber er versuchte es immer wieder und war zufrieden ...
Vor dem Bogenfenster und am Rande des Abgrundes über dem Meer lange messerscharfe Blätter der Agaven, darunter rote und gelbe Blütensterne und Gräser wie bewegte Schleier über dem Meer.
Der uralte Johannisbrotbaum ebenfalls vor dem Bogenfenster. Zwischen seinen Armen ein Fischerboot mitten im Blau von Meer und Himmel. Wie könnte man jemals diese Schattierungen von blaugrün bis zum blendenden Weiß der Sonnenlichter malen. Wiederum, auch hier, vermochte er nicht auszudrücken, was er erlebte. Im Himmel wehten Federwolken.
Er wußte nicht, ob er auf feuchtem Grund malen sollte, und ob er den Vordergrund mit Gräsern und mit dem Johannisbrotbaum auf trockenes Papier bringen sollte. Der große Himmel, das und das Wasser, das mußte natürlich feucht gemalt werden. Das stand fest.
Am Ende der vierten Woche plagten ihn Erinnerungen. Und er hatte geglaubt, daß er die Vergangenheit für kurze Zeit wenigstens

ausschalten könnte. Wenn er sich der Bilder aus der Wirklichkeit nicht mehr erwehren konnte, dann fuhr er im Autobus nach Forio zur Wallfahrtskirche von Soccorso. Er saß unter Sonnenschirmen an der Hafenstraße in Lacco Ameno, trank Cappuccino, tauchte bisweilen unter im Lärmen und Gelächter auf den Straßen der Insel.

An Tagen wie diesen sagte er sich schuldbewußt, daß er bisher alles dem großen Abenteuer überlassen hatte. Er hatte buchstäblich nichts unternommen, seinen Verstand einzuschalten und er hatte nie ernstlich über einen beruflichen Neuanfang nachgedacht.

Auf einer schmalen gewundenen Straße erlebte er als Zuschauer einen Straßenunfall. Erst zwei Tage später schrieb er in sein Tagebuch, daß dieses Ereignis möglicherweise ein Fingerzeig des Schicksals gewesen sei.

Der Autobus mußte vor dem Ort Forio an der Westküste der Insel stoppen, und da Grohmann in der ersten Reihe hinter dem Fahrer saß, konnte er durch die großen Frontscheiben alles beobachten. Auf der Straße lag bewußtlos ein Junge, neben ihm ein zerstörtes Moped und quer zur Fahrbahn ein Personenkraftwagen. Grohmann sah, wie Passanten versuchten, den Bewußtlosen an den Straßenrand zu transportieren. Er war im Begriffe aufzuspringen, um die unsachgemäße Behandlung zu unterbrechen und die Sache selbst in die Hand zu nehmen, aber er fürchtete, sich auf diese Weise in den Vordergrund zu spielen und dem Fahrer in seinem mangelhaften Italienisch klarzumachen, daß er Chirurg sei. Das Krankenauto kam, zwei weißgekleidete Krankenfahrer und ein Arzt bemühten sich um den Verletzten. Grohmann war ausgeschlossen. Er war kein Chirurg, sondern unbeteiligter Passant, ein Mann, der malend und schreibend dem allen längst entflohen war. Er hatte keinen Anteil, und er fühlte es wie einen kleinen Stich, der eine Wunde setzte.

Immer noch glaubte er, die Vergangenheit überlisten zu können.

In der fünften Woche rief ihn Judith in seiner Pension an, nicht vom Krankenhaus aus, natürlich nicht. Sein Aufenthaltsort sollte ja weiterhin geheim bleiben.

„Schwester Judith möchte Sie sprechen, Herr Doktor."

Er spürte sein Herz schlagen.

Judith am Telefon – die süße lustige Judith. Nein, sie sei nicht böse, daß er nicht angerufen habe, er habe ja angekündigt, daß er vom Erdboden verschwinden würde.

Grohmann erfuhr alles über die Wiederbelebung von Brunngrabe, über den Fortgang von Schwester Maria, und auch über die Aktivitäten der Kriminalpolizei. Ja, Brunngrabe habe alles überstanden. Nein, sie könne nicht ganz offen sprechen. Offenbar war Besuch ins Zimmer gekommen. Er würde von sich aus heute abend zu Hause anrufen.

Die Wirklichkeit hatte ihn eingeholt.

Judiths Stimme klang ernst. Jemand aus dem engsten Mitarbeiterkreis hatte Anzeige gegen Unbekannt wegen Verdacht auf versuchte Tötung eines Schwerkranken gestellt. Maria war in Gefahr, ebenso Sebastian. Judith kannte keine Einzelheiten, aber die umlaufenden Gerüchte verdichteten sich immer mehr.

„Wann wirst du wiederkommen?"

Er kam wieder etwas ins Stottern: „Iich wwerde koommen." Er hatte vier Wochen lang nicht gestottert.

Er ging bergan durch S. Angelo auf nunmehr vertrauten Gassen, und er sprach mit sich selbst. War die Entscheidung nicht bereits gefallen an der Unfallstelle auf der Fahrt nach Forio? Und jetzt die unausgesprochene Bitte Judiths, bald nach Hause zu kommen?

## 57

# Der Doktor hat gelächelt

Sebastian saß in Gedanken versunken im Licht der Lampe am Schreibtisch. Seine breite Gestalt wirkte wie eine Barriere im Lichtkegel und nur die seitlichen Strahlen erreichten noch das Gemälde von Fildes hinter seinem Rücken. Das Bild hing wieder an der alten Stelle.

Sebastian hatte seinen Kopf über dem Tisch in die Hände gestützt, als Doktor Grabner eintrat.

Er hatte ihn also überrascht, obwohl er sich angemeldet und außerdem angeklopft hatte. Und noch etwas bemerkte er: Sebastian hatte in der gleichen Haltung dort unter der Lampe gesessen, wie der Arzt im Gemälde von Fildes. Sebastian stand auf.

„Ich habe Sie gestört", sagte Grabner.

„Nein, ganz und gar nicht", aber dabei schüttelte Sebastian so heftig den Kopf, als müsse er sich endgültig von seinen Gedanken befreien.

„O nein, Sie stören ganz und gar nicht", sagte er noch einmal, wurde dann aber unruhig und fragte fast erschreckt:

„Brunngrabe?"

Er befürchtete eine schlechte Nachricht. Nicht, daß er auf die Anzeichen einer Metastasierung gewartet hätte, aber trotz aller günstigen Voraussagen mußte man damit rechnen. Er sah Grabner erwartungsvoll an.

Grabner lächelte.

„Nein, nicht Brunngrabe", erwiderte Grabner. Nein, Brunngrabe ginge es soweit gut. Es ginge nicht direkt um Brunngrabe, und da er offenbar unschlüssig war, wie er das Gespräch beginnen sollte, und weil er wie so oft bei seinen Besuchen das Bild von Fildes betrachtete, welches so dominierend die Blicke aller Besucher lenkte, sagte er:

„Der alte Mann in ihrem Bild denkt immer noch nach. Und er hat Mitleid", fügte Grabner hinzu. „Ihre Frau hat sich große Mühe gegeben mit dem alten Herren. Ich habe sie hier getroffen, als sie versuchte, den Mörtel zu beseitigen."

„Sie hat es mir erzählt."

„Wissen Sie, Sebastian, das mit dem Mitleiden nimmt möglicher weise mit dem Alter zu. Vielleicht ist es auch Folge unserer Erfahrungen. Wir haben zu oft erlebt, daß wir es nicht schaffen. Wir kennen mittlerweile die Grenzen der Medizin."

„Ich bin mir nicht so sicher, daß das, was uns an diesem Bild so anrührt, nur das Mitleiden ist –", sagte Sebastian, „mir scheint, der Mann verkörpert in seiner Art eine Synthese von Naturwissenschaft und Humanität. Das Mitleid ist selbstverständlich eingeschlossen. Sie kommen aber nicht, um sich das Bild von Fildes anzusehen? Hab ich recht?"

„Ich will eine Patientin zur Operation anmelden. Es handelt sich um die Mutter von Schwester Maria."

Offenbar war Sebastian bemüht, seine Fassung zu bewahren.

In wenigen Worten berichtete Grabner, daß er die alte Dame vor einigen Wochen wegen Kreislaufbeschwerden behandelt habe, daß sich aber sehr bald herausgestellt habe, daß es sich eigentlich um unbedeutende Funktionsstörungen gehandelt habe, so jedenfalls habe er damals vermutet, aber nunmehr seien ähnliche Beschwerden aufgetreten und zusätzlich eine Gelbsucht. Der erste Gedanke sei gewesen, daß möglicherweise bei dem Alter der Patientin ein bösartiger Tumor der Bauchspeicheldrüse die Ursache sei, dann aber habe die sonografische Untersuchung eindeutig ergeben, daß es sich um zwei größere Gallensteine im Gallengang handelte, die den Abfluß der Gallenflüssigkeit in den Zwölffingerdarm durch einen ventilartigen Verschluß behinderten, woraus ein Rückstau der Galle in die Leber und die Gelbsucht resultiere.

„Eine klare Operationsindikation", sagte Sebastian.

„In der Tat, und die alte Dame besteht darauf, daß ich Sie bitte, diese Operation durchzuführen."

„Warum besteht sie darauf?"

„Sie hat vermutlich ihre Gründe", und Grabner lächelte.

Grabner wußte, was in jener Nacht vorgefallen war. Das wurde Sebastian während des Gespräches klar. Unklar blieb, ob die Mutter oder Schwester Maria selbst den alten Hausarzt ins Vertrauen gezogen hatten, und ebenso unklar war, ob Grabner etwas ahnte von seiner Beziehung zu der jungen Schwester.

„Und Sie wissen also, warum Maria weggegangen ist?"

„Ich vermute es", sagte Grabner und fügte nach kurzem Atemholen hinzu:

„Die Wiederbelebung von Brunngrabe, und was dazu geführt hat."

Bei dieser Feststellung hätte man es ja eigentlich belassen können. Man könnte jetzt schweigen, dachte Sebastian, warum sollte man weiter fragen. Der ältere Kollege vor ihm würde dennoch nie sprechen, wenn ihm Stillschweigen auferlegt würde. Er würde nie eine Indiskretion begehen.

Sebastian hatte mit keinem Menschen über Maria gesprochen, und er konnte sich nicht erinnern, jemals in seinem Leben einem anderen seine intimsten Probleme anvertraut zu haben. Er erinnerte sich, daß Maria gesagt hatte, daß sie glaubte, in dem Doktor auf dem Bilde den alten Grabner zu erkennen.

„Nur das? Sie glauben, daß es der einzige Grund ist, warum sie gegangen ist?"

„Nein, nicht nur das. Mein lieber Sebastian, ich bin ein alter Mann. Das Allermeiste liegt bereits hinter mir, und ich glaube, daß ich Ihre Frage offen beantworten sollte. Ich bin nicht bibelfest, aber da steht im Korintherbrief die Liebe ist freundlich und sanftmütig und sie sucht nicht das ihre. Aber ich glaube, so einfach ist das nicht. Sie kann auch egoistisch sein, fast rücksichtslos, und daß die Liebe nicht das ihre sucht, auch das stimmt nicht, denn sie will ihr Ziel erreichen, sie will besitzen. Sie kann zwei Menschen quälen bis der, der nicht mehr ein noch aus weiß, ins Wasser gefallen ist. Ich weiß das doch."

Sebastian wollte etwas einwerfen.

„Nein, Sebastian, lassen Sie mich ausreden. Es steht ja noch etwas dort: Sie ist das größte, größer als alles, und wenn das so ist, dann."

„Dann?"

„Dann muß es eine Lösung geben."

„Und was ist die Lösung?"

„Ich weiß es nicht. Das wissen nur die, die sich lieben."

Grabner hatte Sebastian die ganze Zeit über angesehen.

Das konnte ein Zufall sein, daß sie dann beide auf das Gemälde von Fildes sahen, aber der alte Grabner glaubte nicht mehr an Zufälle. Er hatte dem Jungen keinen Rat gegeben, er hatte Allgemeines gesagt. Er hatte sehr weise Worte gesagt. Es traf nicht die Situation. Ein frommer Allgemeinplatz, kein Rat, keine Hilfe, nichts als ein weiser Allgemeinplatz. Er betrachtete also das Gemälde und sagte:

Übrigens: Vielleicht wüßte ein Mann wie dieser auch für Sie eine Lösung. Ich fürchte nur, er ist auch nicht klüger als wir."

Jetzt stand Grabner auf, ging einen Schritt auf das Gemälde zu, betrachtete es aus einem anderen Gesichtswinkel. Er mußte irgendetwas entdeckt haben.

„Bitte kommen Sie zu mir Sebastian", sagte er. Er war erregt.

Beide hatten sie eine Position eingenommen, in der das Licht der Lampe Farbe und Konturen auf dem Bild zu verändern schien.

„Das ist verrückt", sagte Grabner, „ihre Frau hat sich große Mühe gegeben, den Mörtel abzulösen, aber sehen Sie hier: kleine winzige Defekte. Fällt ihnen etwas auf?" fragte Grabner und fügte hinzu: „Das Gesicht des Doktors."

„In der Tat. Ich habe den Eindruck, daß er nun nicht mehr nur das Kind ansieht."

„Aber das allein meine ich nicht. Sehen sie den Mundwinkel an. Da muß ein kleiner Brocken gesessen haben. Ihre Frau hat ihn abgelöst."

„Der Doktor lächelte", sagte Sebastian.

„Sie haben recht."

„Es könnte sein, daß er uns meint mit seinem Lächeln. Schließlich hat er ja alles mitbekommen."

# 58
# Krankenbesuch

Aus zweierlei Gründen schien es geboten, die Mutter von Maria noch am selben Abend zu besuchen. Einmal der dringende Wunsch von Grabner, der ihm so überzeugend vorgetragen worden war, daß Sebastian noch einen anderen Grund dafür vermutete, den der alte Kollege nicht nennen wollte, und ferner etwas völlig Irrationales: Sebastian wurde getrieben, so als ob Maria selbst diese dringende Bitte ausgesprochen hätte. Außerdem würde er vermutlich mehr über sie erfahren. Er wußte lediglich, daß sie eine Stelle in einem großen Krankenhaus der Nachbarstadt angenommen hatte.

Sebastian konnte die Diagnose von Grabner voll bestätigen. Die Gelbfärbung der Augen war bei Lampenlicht schwer zu beurteilen. Eine stärkere Verfärbung konnte jetzt allerdings ausgeschlossen werden.

Das Polaroidbild der Sonografie ergab einwandfrei zwei Steine im Hauptgallengang, und eine bösartige Erkrankung im Bereich der Bauchspeicheldrüse konnte auf Grund der Voruntersuchungen mit größter Wahrscheinlichkeit ausgeschlossen werden.

Sebastian untersuchte die alte Dame im Beisein von Grabner. Dann stand er auf, trat an das Fenster, nicht ohne seinen Blick auf die Bilder zu werfen, die an der Wand hingen, die Bilder von dem Mädchen Maria.

„Wir werden Sie sobald als möglich operieren müssen", sagte Sebastian, und die alte liebenswerte Dame lächelte, als ob es sich um die angenehmste Sache der Welt handelte.

Nein, das sagte sie natürlich nicht, daß sie diese Operation für einen harmlosen Eingriff hielt, aber die freudige Erwartung, mit Dr. Sebastian in näheren Kontakt treten zu können, konnte sie dennoch nicht verbergen.

Sebastian wollte sich die Bilder von Maria ansehen, die ihm in diesem Zimmer aus allen Ecken ins Gesicht sah, und während er es tat, verfolgten ihn die Blicke der alten Dame. Als ob sie alle seine Schritte und Eindrücke mit mütterlicher Zuneigung begleiten wollte. Es war wirklich zum Verrücktwerden. Sie gab noch ihre Kommentare ab.

Das Kind Maria mit einer Puppe. Die kleinen runden Beine mit den herabgerutschten Ringelsocken.

„Das ist Maria am ersten Schultag."

Die große Tüte, das kleine so ernste Gesicht. Diese idiotischen süßen Zöpfe.

Maria beim Klavierspielen. Marias Hände.

„Wissen Sie, sie hatte so einen weichen Anschlag."

Maria auf dem Pferde. Fliegende zerzauste Haare. Ihre Schenkel fest an den Leib des Tieres gepreßt.

Und dann das junge Mädchen am Strand im Bikini. Die alte Dame sagte nichts. Warum zum Teufel sagte sie jetzt nichts. Sie weidet sich daran, wie ich das Bild betrachte, dachte Sebastian. Bleib bitte nicht zu lange davor stehen. Du mußt so tun, als ob du es nur flüchtig betrachtest. Präg es dir doch ein. Du kannst schließlich später daran denken.

Die große Portraitaufnahme.

„Ach ja, Doktor Sebastian. Das war vor einem Monat. Ein gutes Bild, finden Sie nicht auch?"

Sie quält mich, die charmante alte Dame. Sie will mich auf die Folter spannen.

Sieh mich um Gottes willen nicht so an, Maria.

Und dann war da noch ein Bild eines Mannes, der ihm bekannt schien, ohne daß es ihm bei der flüchtigen Betrachtung gelang, ihn wiederzuerkennen. Er wollte sie fragen, unterließ es aber. „Setzen Sie sich bitte noch einmal, lieber Doktor!", sie sagte „lieber" Doktor.

Ich kann ihnen das nicht verheimlichen. Die Kriminalpolizei war bei ihr. Sie war vor drei Tagen bei ihr. Sie haben sie abends in ihrer Wohnung aufgesucht. Sie wollten wissen, wie das damals alles gewesen ist, als sie den Patienten, um den es ging, wiederbelebt haben. Die Männer von der Polizei waren sehr freundlich."

Sebastian sackte förmlich in sich zusammen. Er saß zwar da vor ihr, aufrecht und scheinbar so sicher, was die Diagnose und die Behandlung der Krankheit anbetraf, aber er hatte einen Atemzug lang die Augen geschlossen, nur einen Augenblick, und dann sah er an ihr vorbei, wer weiß wohin und auch, als er seinen Blick wieder auf sie richtete, da sah er sie eigentlich gar nicht richtig an. Jetzt hätte sie noch mehr sagen können, aber sie wartete, bis auch er etwas sagen würde.

Sebastian wußte, daß die Katastrophe unvermeidlich war, wenn Maria vor den Beamten ein Geständnis abgelegt hätte. Der Täuschungsversuch und die falschen Eintragungen wären entdeckt worden. Er war wie erstarrt.

„Und was hat Maria den Herren gesagt? Wissen Sie es?"

„Eigentlich hat sie gar nicht viel gesagt. Man könne ja alles aus den Papieren ersehen. Sie habe ihm eine Injektion gegeben, wie es an jedem Abend geschehen sei, und er habe wegen einer Infusion hohes Fieber bekommen ... Und dann hat sie noch etwas gesagt."

„Noch etwas?" Stimme klang sehr unsicher.

„Sie hat nur gesagt, daß der Mann vermutlich gestorben wäre, wenn Sie nicht rechtzeitig gekommen wären."

Sebastian atmete tief ein und aus.

Das hatte ich Maria gar nicht zugetraut. Besser hätte sie nicht reagieren können.

„Die Beamten wollten wissen, ob er, der Patient damals sterben wollte, und ob er es ihr gesagt habe. Maria hat ihnen gesagt, daß es viele Menschen gäbe, die sich den Tod wünschten, wenn sie sehr leiden müßten und besonders dann, wenn es sich um eine bösartige Krankheit handele."

Es war keineswegs klar, ob Maria sich der Mutter offenbart hatte, ob sie ihr die volle Wahrheit gesagt hatte. Sicherlich hatte sie es getan.

Die alte Dame sah, als Sebastian aufstand, daß sein Blick wiederum auf das Bild über dem Sekretär fiel – Maria mit weißen Söckchen, die sich an den Beinen ringelten, mit den am Körper herabhängenden Ärmchen, das Bild, das einen so merkwürdig rührte.

Sebastian hatte erwartet, daß jetzt keine weiteren Enthüllungen kämen. Es war doch schließlich alles über diesen Besuch der Kriminalbeamten gesagt, aber da fing sie doch noch einmal an:

„Sagen Sie, Doktor Sebastian, was ist das für ein Mensch, dieser Krankenpfleger in Ihrer Klinik?"

„Sie meinen den Johannes?" Warum nahm er eigentlich an, daß die alte Dame die Namen der Kollegen von Maria kannte?

„O nein, den meine ich nicht. Ich meine diesen groben unangenehmen Menschen..."

„Sie meinen den Operationspfleger Sigi?"

„Ja, den meine ich. Er muß irgendetwas mit dieser ganzen Angelegenheit zu tun haben, unter der Maria so leidet."

Sebastian zuckte die Achseln. Er wollte auf keinen Fall weiter forschen. Vielleicht hatte Maria den Verdacht, daß Sigi der Ankläger war. Aber eines war jetzt klar. Die Mutter war in alles eingeweiht. Sie kannte sogar die Namen der Mitwirkenden.

Man verabredete, daß die Operation in zehn Tagen durchgeführt werden sollte. Diese Wartezeit war gerechtfertigt, weil die Einklemmung der Steine zumindest vorübergehend behoben war. Sollte sich in der Zwischenzeit eine Verschlechterung einstellen, das hieße, daß einer der Steine sich wiederum wie ein Kugelventil vor den Ausgang des Gallenganges legen würde, so müßte sie allerdings sofort aufgenommen werden, sagte Sebastian.

„Wird Maria dabei sein – wird sie hierher kommen?" fragte er.

„O ja, natürlich wird sie hier sein."

Die alte Dame lächelte. Sie wußte alles, dachte Sebastian.

Sie gingen die Treppe hinunter. Sebastian und Grabner hörten, wie oben die Haustür geschlossen wurde. Sebastian war sich sicher, daß Grabner in alles eingeweiht war, und er bereute es nicht einen Augenblick lang.

Unten auf der Straße vor der Haustür sagte Grabner:

„Sehen Sie, was habe ich Ihnen gesagt. Die Liebe ist nicht immer selbstlos, sie gibt nicht auf."

Sie gaben sich auf der dunklen Straße die Hand, und Grabner sagte:

„Bitte grüßen Sie Ihre Frau von mir", er zögerte, „Sie haben eine wunderbare Frau."

# 59

# Kriminalpolizei

Der Anruf des Kriminalbeamten kam völlig überraschend. Sebastian saß an seinem Schreibtisch, er war allein.

„Wir brauchen eine Auskunft, Herr Doktor; es geht um eine Infusionslösung."

„Was für eine Lösung?", fragte Sebastian zurück und wußte, daß es sich nur um das Humanalbumin handeln konnte. Er hatte mittlerweile erfahren, daß Seidel die halbleere Infusionsflasche in der Nacht mitgenommen hatte, und es gab somit keinen Zweifel, daß Seidel sie zur Untersuchung eingesandt hatte. In dieser Sekunde war ihm klar, daß es Seidel gewesen sein mußte, der Anzeige erstattet hatte, Seidel und Sigi.

„Es steht auf dem Einsendeschein an das bakteriologische Institut, daß es sich um *Humanalbumin* handelt." Der Mann buchstabierte den Namen langsam und während er das tat, machte sich Sebastian klar, daß er kein falsches Wort sagen durfte. Der Kriminalbeamte durfte nicht merken, daß er von dieser Untersuchung nichts wußte.

„Die Ampulle ist bei Ihnen?", fragte Sebastian.

„Nein, sie befindet sich im bakteriologischen Institut. In der Anzeige spielt diese Ampulle eine Rolle, Herr Doktor, und der Haken ist, daß die Sendung wohl aus Ihrer Klinik kommt, aber unter dem Anforderungsschein steht keine Unterschrift, zumindest ist sie unleserlich."

„Die Ampulle wurde von uns in das Institut geschickt, um auszuschließen, daß es sich möglicherweise um eine kontaminierte Lösung handelte, eine Routineuntersuchung. Es tut mir leid. Meine Mitarbeiter haben eine schlechte Schrift. Tragen Sie am besten ein, daß der Absender in der Klinik Oberarzt Dr. Seidel oder ich selber bin."

„Die Untersuchung hat nichts ergeben, Herr Doktor."

„Ich sagte ihnen ja, eine Routineuntersuchung. Der Fieberschub des Patienten, der zu der lebensbedrohlichen Situation geführt hatte, könnte auf einer Überempfindlichkeitsreaktion beruhen. Wir wollten ja lediglich ausschließen, daß Krankheitskeime in der Lösung enthalten sind. In diesem Falle hätten wir die gesamte Sendung aus dem Verkehr ziehen müssen. Ich bin ihnen dankbar für den Anruf."

„An wen sollen wir das Ergebnis der Untersuchung schicken?"

„An meinen Vertreter, Dr. Seidel, oder an mich."

„Ich danke Ihnen für die Auskunft, Her Doktor."

Es entstand eine winzige Pause. Dann sagte Sebastian:

„Vielleicht wäre es in diesem besonderen Fall wichtig, daß sie ein Protokoll über dieses Gespräch anfertigen."

Er hatte den Hörer aufgelegt. Es bestand also kein Zweifel, daß Seidel derjenige war, der Anzeige erstattet hatte. Nur Johannes könnte vermutlich Auskunft darüber geben, unter welchem Vorwand Seidel die Flasche mitgenommen hatte. Erstaunlich, daß Johannes diesen so wesentlichen Tatbestand vergessen hatte, ein Zeichen dafür, daß er nicht klar denken konnte.

# 60

# Judith

Als Schwester Judith da plötzlich in seinem Zimmer stand, mußte Sebastian unwillkürlich an jenen Tag denken, als Maria zum ersten Mal hier neben seinem Schreibtisch auf dem Stuhl saß.

Sie wolle ihn um etwas sehr Großes bitten. Das kam sehr zögernd und verlegen heraus. Er bat ihr den Stuhl an. Judith wußte nicht, wie sie beginnen sollte, obwohl sie doch in Gedanken die Worte schon zurecht gelegt hatte.

Sie verwarf ihren Plan, als der Chef sie jetzt so erwartungsvoll ansah.

Sie saß links neben dem Schreibtisch, so nahe an der seitlichen Wand desselben, daß Sebastian nicht sehen konnte, wie sie ein Taschentuch in ihren Händen hielt und wie sie es hin und her wendete und zerknüllte.

Es ginge um Doktor Grohmann. Sie wisse, daß alles nicht gut gewesen sei, das mit der Flucht aus dem Krankenhaus; und daß er erst drei Tage später an den Chef geschrieben hatte, daß er seinen Chef verlassen hätte, obwohl ...

„Obwohl?", fragte Sebastian.

„Obwohl er sie sehr gern hat", sagte Judith.

„Und Sie haben ihn auch gern?"

„Ja."

„Wo ist er?"

Er sei in Italien und es sei tatsächlich eine richtige Flucht gewesen, weil er doch nicht wußte, ob er sein Leben so weiterleben könnte, und er habe das alles ja wohl auch in seinem Brief erläutert, warum er mit ihm vorher nicht habe sprechen können.

„Sie sind sein großes Vorbild, Sie sind das immer gewesen, Chef Er verehrt sie. Er hat es nicht angekündigt, weil er vorher wußte, daß Sie ihn davon abhalten würden. Er mußte fliehen. Ich kann ihn verstehen", sagte Judith.

Sebastian lächelte und sagte:

„Ich kann ihn auch verstehen. Ich bin schon mehrfach geflohen – in Gedanken – und habe es immer wieder aufgegeben."

Aber Judith könne ganz beruhigt sein, sagte Sebastian, er habe, als er den Brief erhalten habe, die sogenannte Kündigung nie angenommen und seinerzeit bei der Verwaltung einen unbezahlten Urlaub für Grohmann beantragt. Die Stelle sei noch frei.

Jetzt mußte er aufstehen, weil es an der Tür geklopft hatte, und da sah er, wie sie in ihren Händen ein Taschentuch zerdrückte, die kleine lustige Judith.

Sie wollte ihm um den Hals fallen. Sie hätte es getan, wenn nicht ein angemeldeter Besuch eingetreten wäre.

## 61

# Mehr Zwang als Pflicht

Grohmann hatte sich zu weit von seinem früheren Leben entfernt, als daß er in dieses wie in eine vertraute Wohnung zurückkehren konnte.

Sechs Wochen nach Beginn seiner Flucht betrat er die Klinik an jenem Morgen mit gedämpften Erwartungen wie ein sehr interessierter kritischer Beobachter. Keinerlei Wiedersehensfreude. Es bestand die Möglichkeit eines Neuanfanges, mehr nicht. In seinem Tagebuch berichtete er von einem Gastspiel. Er war bereit, es lange auszudehnen, aber er wollte sich die Entscheidung, ob er dauerhaft bleiben würde, vorbehalten. Alles, was er in nächster Zeit beobachten würde, alle seine Empfindungen, würde er seinem Tagebuch anvertrauen, und indem er dem Geschehen eine sprachliche Form gab und es kritisch analysierte, sollte der notwendige Abstand auch von seinem immer noch bewunderten Vorbild gewahrt bleiben. Das Tagebuch, ein Instrument der Unabhängigkeit. Dennoch: es gab einen Ort in der Klinik, an dem es ihm schwer fiel, seinen kritischen Abstand aufrechtzuerhalten: das Arbeitszimmer von Sebastian.

Es war am Tage seiner Rückkehr. Er kam in das Zimmer und fürchtete sich. Er wollte ja nicht wieder in die alte Abhängigkeit fallen.

Ich darf nicht Freundschaft und Verehrung mit Abhängigkeit verwechseln, sagte er sich. Das darf ich auf keinen Fall.

Der Chef war aufgestanden, ging ihm entgegen und forderte seinen Gast auf, sich zu setzen. Es war also nicht so wie früher. Am Anfang war es jedenfalls so, eine vornehme zurückhaltende Freundlichkeit war das. Der Ältere wartete ab, was der Jüngere zu sagen hatte. Grohmann bedauerte das einen Augenblick lang. Erst dann, als der Chef aufstand und ihm die Arme auf die Schultern legte, erst von da an war es fast so wie früher.

Sebastian wußte also alles über die Flucht durch das Gespräch mit Judith. Grohmann bedankte sich, daß er die Stelle freigehalten hatte. Er wollte von der Flucht anfangen, wollte es alles noch einmal erklären, aber der andere winkte ab. Er habe auch schon fliehen wollen, sagte Sebastian.

„Aber ich habe nicht gedacht, daß ich eine Pflicht verletze, wenn ich aufhöre. Ich hätte es nicht über Nacht tun dürfen, aber die Chirurgie ist keine Pflicht."

„Es kommt darauf an, was jeder als seine Pflicht versteht", sagte Sebastian.

„Das ist der Punkt, Chef. Müssen wir nicht selbst die Grenzen der Pflicht bestimmen, jeder für sich? Ist sie denn etwas Absolutes, das uns aufoktroyiert wird. Von wem?"

Sebastian wußte offenbar nicht, was er antworten sollte. Vielleicht hatte er ja zu wenig darüber nachgedacht. Der Assistenzarzt Doktor Grohmann hatte nie so mit ihm geredet, aber er, Sebastian, hatte geahnt, daß er es irgendwann einmal tun würde.

„Sie meinen, es ist mehr ein Zwang als eine Pflicht?"

„Ich fürchte mich davor, von Erfolgen getrieben zu werden. Sie sind wie eine Droge."

Sebastian wandte sich auf seinem Drehschemel dem Gemälde zu.

„Vielleicht haben sie es vor hundert Jahren leichter gehabt."

„Vielleicht, Chef, aber dieser Arzt dort auf dem Bilde, der denkt nach. So lange ich ihn jetzt kenne, denkt er nach. Er hat Zeit zum Nachdenken. Wir haben keine Zeit."

Sebastian berichtete, daß die Untersuchungen der Kriminalpolizei über den Fall Brunngrabe weiterliefen. Er zog jetzt Grohmann ganz bewußt ins Vertrauen.

„Irgendjemand hat eine Anzeige erstattet."

„Sigi", sagte Grohmann, ohne zu überlegen.

„Woher wissen Sie das?"

„Ich weiß es nicht, ich nehme es an. Vor zwei Monaten etwa stand ich mit ihm allein im Vorraum vom Operationssaal. Es ging um Brunngrabe. Wir haben oft über den Fall gesprochen, auch die Schwestern im Krankenhaus. Und dann fing er auf einmal an:

‚Diese exaltierte Kuh', sagte er, ‚als sie nichts anderes zu tun hätte, als nach dem Dienst dort bei dem Mann in der Intensivstation zu sitzen, wo sie gar nichts verloren hat.' Irgendetwas war da zwischen den beiden. Sie soll ihm einmal eine Zeitung um die Ohren gehauen haben. Ich habe ihm gesagt, daß er gefälligst die Schnauze halten solle, aber er fing von vorne an:

‚Wenn ich könnte, ich würde sie fertigmachen', hat er gesagt, ‚Was bildet die sich ein. Schönheit schützt vor Strafe nicht.' Das ging immer so weiter. Wer anders sollte es gewesen sein? Wer denn?"

Sebastian wollte jetzt sagen, daß es auch Seidel gewesen sein könnte, aber er wollte Grohmann nicht mit dieser Vermutung weiter belasten.

„Und was werden Sie tun, Grohmann? Irgendwann müssen Sie sich definitiv entscheiden, ob sie bei der Chirurgie bleiben."

„Ich weiß es, Chef."

## 62

# Der Putzeimer

Am ersten Arbeitstag von Grohmann half er dem Chef bei einer schweren Operation, und am zweiten Tage übertrug ihm der Chef eine Magenresektion mit Entfernung der Milz.

Grohmann wußte, daß es eine Auszeichnung war.

Oberarzt Seidel hatte die erste Assistenz, ein jüngerer Kollege die zweite.

Es hatte drei Stunden gedauert, und es war alles glatt gegangen. Als sie zunähten, stellte sich jenes Glücksgefühl ein, das er so oft empfunden hatte, wenn eine große Operation gelungen war.

Seidel und der andere Kollege waren in den Waschraum gegangen, er selbst, Grohmann, blieb mit Sigi allein im Operationssaal. Die Türen zum Waschraum und zum Vorbereitungsraum standen weit offen. Alle sahen, was geschah.

„Du hast Anzeige erstattet", sagte Grohmann.

„Woher weißt du das?", wollte Sigi wissen.

„Es kann nicht anders gewesen sein. Du hast mir doch gesagt, daß du sie fertigmachen willst. Es gibt keinen, der es hätte tun können. Niemand außer Seidel war in dieser Nacht auf der Station."

„Und wenn schon, Mann, Doktor, halten Sie sich da raus. Sie hätte es verdient."

Neben ihnen stand der Eimer mit Spülwasser. Die Frauen hatten soeben den Fliesenboden aufgewischt.

Grohmann bückte sich. Ganz langsam tat er das, so, als würde er irgendetwas suchen. Aber dann ging alles ganz schnell. Er hob den Eimer auf und stülpte ihn Sigi über den Kopf. Der wollte ausweichen, aber es traf ihn dennoch mit Wucht.

Seidel kam aus dem Waschraum gelaufen und wollte eingreifen, als er sah, daß Sigi die Fäuste hob, aber niemand hatte mit Quentin gerechnet, dem alten Quentin, der noch nie gewalttätig geworden war in seinem Leben und der ebenfalls einen Eimer in der Hand hatte. Er stellte sich Seidel in den Weg.

„Eine Bewegung Herr Oberarzt, und Sie sind genau so naß wie der da", sagte Quentin, „Sie Intrigant."

Sigi wischte sich das schmutzige Abwaschwasser aus dem Gesicht. Er verließ zusammen mit Seidel schweigend den Saal.

„Einmal mußte es so weit kommen", sagte Quentin zu Grohmann, „ich habe es vor Wochen dem Chef angekündigt."

# 63

# Vom Winde verweht

In einer benachbarten Stadt war ein Vortrag von Sebastian über das Thema der Speiseröhrenerkrankungen angekündigt.

Als Johannes davon erfuhr, stand für ihn fest, daß er diesen Vortrag anhören würde, obwohl Frau Renate ihm abgeraten hatte. Sie wußte, daß ihn die Sache mit Brunngrabe in große Verwirrungen gestürzt hatte. Sie wußte mehr, als Johannes wahrhaben wollte.

In der Nacht vor diesem Ereignis träumte Johannes von einem großen Plakat, das den Film „Vom Winde verweht" ankündigte, und das Gesicht von Clark Gable verwandelte sich in das von Doktor Sebastian. Er lächelte nicht Vivien Leigh, sondern Maria zu.

Allein diese Verwandlung hätte ihn, so stellte er sehr viel später fest, von seinem Vorhaben abhalten sollen. Der Traum führte ihn in den großen Saal, von dem aus er von einem Polizisten in einen Nebenraum geleitet wurde, der jenem Polizeirevier glich, in dem er kürzlich als Zeuge eines Verkehrsunfalles hatte aussagen müssen. Auf einem Tisch, hinter dem wohl sonst der Wachtmeister vom Dienst saß, war Maria aufgebahrt, nein, festgeschnallt wie auf einem Operationstisch. Sebastian hielt ein Skalpell in der Hand und begann mit der Operation, während Sigi als Polizist assistierte und Instrumente anreichte.

Johannes schlief so leicht, daß er das Lächerliche dieser Verkleidung von Sigi bereits während des Traumes empfand. Dennoch war es nicht möglich zu erwachen, und schließlich wollte er ja auch wissen, wie es weiter ging.

Am Ende dieser schrecklichen Prozedur erschien Brunngrabe als Geistlicher in schwarzem Habit und machte das Kreuzzeichen. Johannes befand sich auf einmal unter der frisch erbauten Pergola und erwachte diesmal nicht mit einem Schrei, sondern lächelnd.

Er dachte darüber nach, ob Renate nicht doch recht hatte. Sicher hatte sie recht, er wußte es, aber das andere, das Bild von Maria, war immer noch stärker in ihm als die Vernunft.

## 64

# Der Vortrag

Doktor Grabner war außer den Beteiligten der einzige, der etwas über die dramatischen Ereignisse jener Nacht wußte. Er hatte in Erfahrung gebracht, in welcher Klinik in der Nachbarschaft Maria arbeitete, und die Mutter hatte ihm berichtet, daß ihre Tochter bei dem Vortrag anwesend sein würde. Ihre neue Arbeitsstelle lag unweit von dem Vortragssaal entfernt.

Dr. Grabner erschien das, was sich damals im Krankenhaus ereignet hatte, so einmalig, daß er sich daraufhin intensiv mit den Erkrankungen der Speiseröhre und des oberen Magenanteiles beschäftigte. Er fischte alte Kenntnisse auf und machte sich mit allen modernen Methoden der Erkennung und Behandlung des Speiseröhrenkrebses vertraut. Was lag also näher, als sich den Vortrag von Sebastian anzuhören, der in der Ärztezeitung angekündigt worden war.

Aber es gab noch einen weit wichtigeren Grund für seinen Besuch. Grabner war nicht allein erschienen. Er wurde von einem älteren Mann begleitet, der ihm mehrfach während des Vortrages etwas zuflüsterte, wobei es sich, wie die neben ihnen sitzenden Zuhörer feststellten, zweifellos nicht um einen Arzt handelte.

Die Veranstaltung fand in einem großen Saal statt. Grabner hatte Sebastian kurz vor Beginn des Vortrages begrüßt, ihn und den Krankenpfleger Johannes, der Sebastian offenbar begleitet hatte. Aber Grabner konnte nicht wissen, daß Johannes eigentlich heimlich und gegen den sehr dringenden Rat seiner Frau hier hergekommen war, weil er hoffte, Maria zu treffen.

Erst nach Beginn des Vortrages bemerkte er, daß Maria den Raum betreten hatte. Sie setzte sich auf einen der freien Plätze in der Bankreihe vor ihm und nickte ihm zunächst freundlich zu. Dann aber wurde ihr Gesicht sehr ernst. Es wurde nachdenklich. Sie hatte den

Mann neben Grabner erkannt. Es war der Mann, dessen Bild sie bei ihrer Mutter entdeckt hatte. Es war der Staatsanwalt, der in einer führenden Tageszeitung zum Prozeß gegen die wegen Mordes verurteilte Krankenschwester Stellung genommen hatte. Was tat er hier zusammen mit Doktor Grabner beim Vortrag von Sebastian?

Da Grabner schräg hinter ihr saß, konnte er sie sehr genau beobachten. Sie ließ den Redner nicht aus den Augen. Ihr Gesicht war gerötet. Er spürte, daß sie auf besondere Weise ergriffen war. Der Pfleger Johannes saß in einer der vorderen Bankreihen und konnte Marias Erscheinen nicht bemerkt haben.

Sebastian sprach sehr sachlich über das Thema, über die gutartigen und entzündlichen Erkrankungen der Speiseröhre und über Funktionsstörungen am Muskelapparat des Überganges zum Magen. Die bösartigen Geschwülste nahmen einen wesentlichen Raum in diesem Vortrag ein, wobei ihre schlechte Prognose besondere Erwähnung fand, und er sprach über äußerst seltene Fälle, bei denen eine radikale Behandlung möglich sei. Er sprach nicht über jene Grenzprobleme der Medizin, die heute in aller Munde waren.

Wie bei den meisten Veranstaltungen dieser Art wurde der Vortragende, nachdem er das Rednerpult verlassen hatte, von interessierten Kollegen umringt. Auch Grabner wollte mit Sebastian einige Worte wechseln und suchte zwischen den Menschen den Zugang zu ihm, wobei er sich von seinem Begleiter getrennt hatte. Dieser stand am Ende des Saals und beobachtete alles sehr interessiert.

Grabner hatte sich vorgenommen, Sebastian unter vier Augen zu sprechen. Im Kreise der Ärzte beantwortete Sebastian viele Fragen freundlich, aber distanziert. Er erschien zerstreut, seine Augen suchten zwischen den herumstehenden Kollegen Schwester Maria. Es gab eigentlich keinen Zweifel, daß er sie suchte. In diesem Augenblick bemerkte Grabner, wie sich der Krankenpfleger Johannes durch die Menschen einen Weg zu Maria bahnte, die im Begriffe war, den Saal zu verlassen.

Offenbar hatte auch Sebastian die Situation erkannt. Er verabschiedete sich etwas überstürzt, eine dringende Konsultation vorschiebend, die Augen immer noch auf Maria gerichtet, die soeben in der Tür verschwunden war.

Johannes hatte offenbar den Versuch, Maria zu begrüßen, aufgegeben. Er war da in der Nähe des Ausganges stehengeblieben. Einen Augenblick lang spürte Grabner Mitleid mit dem Krankenpfleger. Warum eigentlich?

Grabner war von Natur kein neugieriger Mensch, aber er hatte in diesem Falle eine Mission zu erfüllen. Langsamen Schrittes waren er und sein Begleiter Sebastian bis in das weitläufige Treppenhaus gefolgt.

Vom obersten Treppenabsatz konnten die beiden Männer die Straße vor dem Gebäude übersehen. Sie wollten offenbar den geheimnisvollen Ereignissen auf den Grund gehen.

Sie sahen, wie Maria sich auf der großen beleuchteten Straße zwischen den Passanten umdrehte, und wie sie weiter eilte. Dann, als sie bereits an der nächsten Verkehrsampel Halt machte, offenbar um die Straße bei grün zu überqueren, trat Sebastian auf die Straße, ohne Hut und Mantel, nach Maria Ausschau haltend, und weil er unmittelbar unterhalb des Fensters stand, von dem aus die beiden Männer alles beobachten konnten, sahen sie, wie Sebastian auf einmal die Hände hob und dann fallen ließ, eine fast verzweifelte Gebärde.

Ein junger Mann, ganz offensichtlich ein Ausländer aus den arabischen Ländern, trat zu Sebastian. Er wollte ihm Blumen verkaufen – rote Blumen. Sebastian, immer noch angestrengt Ausschau haltend, faßte zerstreut in die Tasche und gab dem Mann ein Geldstück.

Mit seinem Rosenstrauß in der Hand wirkte Sebastian verloren in dieser trotz der späten Stunde noch belebten Straße. Da entdeckte er Maria. Fünfzig Meter entfernt von ihm überquerte sie soeben die Straße und verschwand in einer dunklen Seitenstraße.

Sebastian lief zwischen wild hupenden Autos in dieselbe Richtung bis zu jener Seitenstraße.

Die beiden Männer wußten nicht, ob er sie in der dunklen Straße wiederfinden würde.

# 65

# Sauvignon

In einer Kneipe der Altstadt, die sie aus ihrer Studentenzeit kannten, saßen Grabner und sein Freund, der Staatsanwalt, bei Kerzenlicht. Sie tranken einen Chateau Bas aus der Provence, sprachen von Bergen und Wäldern der provenzialischen Hochebene, von den hohen Bergen im Osten der Haute Provence. Erinnerungen an Sommertage in einem Haus an der Küste.

Die Nische, in der sie sich zurückgezogen hatten, war in ihrem Rücken eingerahmt von Butzenscheiben. In einem geöffneten Fenster war über den Dächern der blaßgelbe Schein der Stadt unter schwarzblauem Nachthimmel. Sie sprachen sehr gedämpft miteinander, weil an den Nachbartischen Herren saßen, die ebenfalls den Vortrag von Sebastian gehört hatten. Sie sprachen über die vermeintlich versuchte Tötung von Brunngrabe.

„Der Fall ist nach wie vor ungeklärt", so begann der Oberstaatsanwalt. „Du hast das also heute abend arrangiert, damit ich die Beschuldigten kennenlerne."

„So ist es. Du wolltest dir ein Bild machen."

„Aber es geht nicht um Sympathie für den Arzt und die Schwester. Deine Sicht von den Dingen zeigt mir, daß du befangen bist."

Grabner konterte: „Hör mal. Du liebst die Mutter der Angeklagten. Du bist mehr befangen als ich es bin. Sie hat dir erzählt, was sie über den Fall weiß, und du weißt, was das für eine Frau ist, diese Maria."

„Eins zu null für dich, mein Lieber!", sagte der Oberstaatsanwalt.

„Im übrigen wolltest du ergründen, ob die Ereignisse um den Patienten Brunngrabe der einzige Grund waren, warum die junge Frau die Klinik verlassen hat. Wenn deine Menschenkenntnis nur annähernd so gut ist wie deine juristischen Fähigkeiten, dann kannst du es dir zusammenreimen."

„Prost, mein Lieber. Ich kann dir jedenfalls bescheinigen, daß du kein guter Jurist geworden wärst. Du hast zuviel Gefühl."

„Die beiden lieben sich", erwiderte Grabner. „Der Mann ist verheiratet. Er liebt seine Frau, und ich sage dir, er kann ihr nicht untreu werden, das kann der Mann nicht, aber er liebt diese Maria, wahrhaft ein Konflikt, der selbst einen Staatsanwalt interessieren muß. Hast du Jurist das nun heute endlich begriffen? Reicht dir nicht, was du gesehen hast? Die Frau im Zuschauerraum, wie sie ihn angesehen hat ... Gott nochmal! Das weißt du doch längst alles von ihrer Mutter."

„Mann, Grabner, es geht um den Verdacht einer versuchten Tötung."

„Ihr habt keinerlei Beweise dafür, daß hier ein Tötungsversuch vorlag, und ihr werdet sie vermutlich auch bei noch so exakten Nachforschungen nicht erhalten, und dennoch kannst du dich nicht entschließen, das Verfahren einzustellen."

„Was hältst du von diesem Wein?"

„Du sollst nicht ablenken. Übrigens kann ich Weine nicht beschreiben. Ich weiß nur ob er mir schmeckt oder nicht."

„Er hat den typischen Sauvignon-Geschmack", sagte der Staatsanwalt. Dann legte er seine Stirn in Falten, schloß einen Augenblick lang die Augen und sah dann Grabner gerade ins Gesicht.

„Du mußt mir nicht antworten, wenn du nicht willst, ich werde es auf keinen Fall juristisch verwerten: Hältst du es für möglich, daß hier doch eine aktive Euthanasie, eine Tötung auf Verlangen, stattgefunden hat?"

„Ja, das halte ich für durchaus möglich. Aber wenn es so wäre, dann wäre es aus Mitleid geschehen, und natürlich auf ausdrücklichen Wunsch des Kranken."

„Für die aktive Euthanasie auf Verlangen kommt zunächst einmal das geltende Recht nach § 216 Strafgesetzbuch in Betracht. Dabei ist auf Freiheitsstrafe von sechs Monaten bis zu fünf Jahren zu erkennen."

„Du willst doch nicht im Ernst behaupten, daß ein solches Strafmaß bei den Motiven Mitleid und bei einem unmenschlichen Leiden, das anders nicht gemildert werden kann ..."

„Ihr haltet uns Juristen immer noch für unmenschliche Paragraphenfuchser. Es wird heute darüber diskutiert, ob man statt einer Strafmilderung gegenüber dem Tatbestand der vorsätzlichen Tötung, wie er im § 216 ja bereits zum Ausdruck kommt, von einer Strafe ganz absieht. Vorausgesetzt, es liegt die von dir angesprochene Motivation zugrunde. Wir sprechen von einem sogenannten Rechtfertigungsgesichtspunkt des Notstandes und der überwiegenden Pflicht zu helfen usw. Die Diskussion ist noch nicht abgeschlossen, aber ich kann dir sagen, daß mir in den letzten Jahren in Österreich und Deutschland kein Fall bekannt ist, wo bei diesem Motiv jemand ins Gefängnis gekommen ist; bis auf einen Fall, über den ich dir berichtet habe und bei dem mir aus den verschiedensten Gründen die Verurteilung völlig verfehlt erscheint."

„Ich begreife nicht, warum du unter den dir bekannten Umständen den Fall nicht einstellst."

„Ich hab ihn eingestellt."

„Und das sagst du jetzt? Nachdem ich mir redliche Mühe gegeben habe, dich mit beiden zu konfrontieren?"

„Ich habe es soeben niedergeschlagen, jetzt, wo wir den Chateau Bas trinken."

„Ich trinke auf dein Wohl!", sagte Grabner. Er nahm einen Schluck, dann lehnte er sich zurück.

„Was wird aus diesem Oberarzt und dem Krankenpfleger?", wollte der Freund wissen.

„Dem Seidel hat er nahegelegt, sich um eine andere Stelle umzusehen. Der hat sich in einer namhaften Klinik in unserer Nähe beworben. Der dortige Chef hat Sebastian angerufen und um eine Stellungnahme gebeten.

„Und Sebastian hat ihn wärmstens empfohlen, um ihn loszuwerden."

„Nein, der hat dem Chefarztkollegen gesagt, daß er ihn nehmen könnte, wenn er einen Intriganten in seiner Klinik haben wolle."

„Bravo."

Durch das Fenster sah man, wie auf der anderen Straßenseite die Beleuchtung in den Schaufenstern ausgeschaltet wurden.

„Man müßte es Sebastian sagen."

„Er bekommt es schriftlich, und deine Maria auch", sagte der Staatsanwalt, dann beugte er sich über den Tisch dem Freund zu. Er hätte seine Stimme nicht dämpfen müssen. Die Nachbartische waren leer. Niemand hörte jetzt mehr, was sie sprachen.

„Was wird mit den beiden? Man kann nicht zwei Frauen lieben."

„Vermutlich nicht. Wie du siehst, versuchen es manche Leute, aber ob es gelingt, das ist eine andere Frage. Vielleicht können es nur sehr wenige Menschen. Ich habe sehr lange darüber nachgedacht", und Grabner sah das Gemälde von Fildes vor sich und den alten Arzt.

„Und zu welchem Ergebnis bist du gekommen?"

„Zu keinem. Das heißt, ich glaube, keiner wird in einen Abgrund stürzen", sagte Grabner.

„Was soll das heißen? Liebe ist kein Abgrund", sagte der Freund, „also was wird aus ihnen?"

„Ich sage es dir. Er wird seine Frau nicht verlassen, das geht nicht. Es wird nicht geschehen. Ich sage dir, es wird nicht geschehen."

„Das ist zu einfach, mein Lieber. Liebe zwischen Mann und Frau geht nicht platonisch. Es muß sich erfüllen bis zur körperlichen Liebe. Basta. Das ist eine Gewalt, das ist stärker als alles andere."

„Eine große Liebe kann die andere nicht fressen. Das ist ein Widerspruch in sich."

„Alles blanke Theorie. Ich bin Realist, mein Lieber. Ich glaube, sie frißt dich eher selbst auf."

Grabner schwieg. Er überlegte, ob er das mit dem Bild jetzt sagen sollte, weil er voraussah, daß sein Freund es kaum begreifen würde. Dann sagte er:

„Der Doktor auf dem Bild von Fildes hat gelächelt."

„Wie bitte?"

„Er hat gelächelt."

„Wieder dieses verrückte Bild aus der Tate-Galerie, von dem du mir erzählt hast? Ich bitte dich allen Ernstes: Vergiß es! Das kann doch nicht dein Ernst sein!"

„Irgendetwas ist daran – völlig irrational – ich gebe es ja zu. Aber der Doktor lächelt."

„Grabner, alter Junge, hör auf damit."

„Was wissen wir von diesen drei Menschen?"

„Endlich ein vernünftiges Wort, Grabner. Wir wissen nicht, wie sie sich lieben, und wir werden es nie erfahren."

„So ist es."

„Ich trinke auf deine Hoffnungen und auf den alten Knaben aus dem Bilde der Tate-Galerie. Prost, mein Lieber!"

Der Ober kam und brachte die zweite Flasche Sauvignon.

Grabner wollte nicht, daß der Ober die Kerze auf dem Tisch anzündete, weil der Mond soeben im Fensterviereck sichtbar wurde, und so tief über den Dächern stand, daß sein Licht sich über den Tisch ausbreite. Die Farbe des Weines in ihren Gläsern veränderte sich. Sie erinnerten sich an den Mond über den Hügeln der Provence.

„Kennst du die Verdonschlucht?", fragte Grabner.

„Ja, bei Aix-en-Provence. Sie ist siebenhundert Meter tief. Das Wasser in der Tiefe war dunkelgrün, als ich über dem Abgrund stand."

Ein neuer Verlag mit einem vielseitigen Programm und attraktiven Büchern

- Belletristik
- Populäre Sachbücher
- **Memoiren**
- Jugendbücher
- Hörbücher

## Hannelore Nawratil
# Doch mit des Geschickes Mächten
*Lebenserinnerungen*

Diese anschaulich geschriebenen Erinnerungen einer in Ostdeutschland aufgewachsenen Frau sind mit viel Herzenswärme und Lebenserfahrung verpackt. Sie sprechen Seele und Verstand an und werden sowohl die junge Generation als auch Zeitzeugen anrühren und begeistern.

*ca. 320 Seiten; gebunden mit Schutzumschlag*
*ISBN 3-936837-02-3*

**EDITION MEDIENHAUS**

Medienhaus Froitzheim AG
Ritterstraße 3
10969 Berlin
Telefon (030) 695 694 38
Telefax (030) 285 995 85

Ein neuer Verlag mit einem vielseitigen Programm und attraktiven Büchern

| Belletristik |

| Populäre Sachbücher |

| Memoiren |

| Jugendbücher |

| Hörbücher |

## Simon Reisig
## Der Garten des Paradieses
*Jugendbuch*

Irgendwann zwischen dem Jetzt und einer nahen Zukunft. Die Kellermanns, Eltern mit zwei Kindern, sind so etwas wie Auserwählte. Versuchspersonen, die abgeschirmt von der Außenwelt leben, um bei einer möglichen Weltkatastrophe als Überlebende eine neue Zivilisation zu begründen.

*320 Seiten; gebunden mit Schutzumschlag*
*ISBN 3-936837-03-1*

**EDITION MEDIENHAUS**

Medienhaus Froitzheim AG
Ritterstraße 3
10969 Berlin
Telefon (030) 695 694 38
Telefax (030) 285 995 85

Ein neuer Verlag mit einem vielseitigen Programm und attraktiven Büchern

| Belletristik |

| Populäre Sachbücher |

| Memoiren |

| Jugendbücher |

| Hörbücher |

## Simon Reisig
## Dr. DschungLung und die Computer-Kids

Zwei Jungen, Daniel und Hubs, lernen sich in der Schule kennen. Ihr Thema: Computer. Sie lesen in der Zeitung von einem Dr. DschungLung, der die Konten großer Banken abräumt. Per E-Mail nehmen sie Kontakt mit ihm auf.
Eine spannende Geschichte beginnt …

*Jugendbuch, 184 Seiten; gebunden, Schutzumschlag*
ISBN 3-936837-01-5

*Jugend-Hörbuch, 3 MC*
ISBN 3-936837-24-4

**EDITION MEDIENHAUS**

Medienhaus Froitzheim AG
Ritterstraße 3
10969 Berlin
Telefon (030) 695 694 38
Telefax (030) 285 995 85

## Herbert Reinecker

### Herzlich willkommen beim Jüngsten Gericht
Hörbuch
**Sprecher: Helmut Gauß**

Ein Bühnenautor sucht *die* Idee für ein Stück: Wenn es das Jüngste Gericht gäbe, was würden wir sagen, um bestehen zu können? Welchen Text würden wir aufsagen, um unsere Verhaltensweisen zu erklären? Die Suche nach dem Text ist das Stück.

2 MC

ISBN 3-936837-00-7

### Die Stunde der Poeten
*Dramatische Szenen*
Hörbuch
**Sprecher: Helmut Gauß**

Die Stunde der Poeten ist immer gekommen, wenn eine Zeit aus ihren Erklärungsgeschichten herausgewachsen ist. Und die Zeit, die wir jetzt haben, ist herausgewachsen aus ihren Erklärungen. Es ist, als habe die Zeit selbst ihren Lauf jäh angehalten, als erschrecke sie vor der Unbekanntheit ihrer Zukunft ...

1 MC

ISBN 3-936837-23-6

---

Ein neuer Verlag mit einem vielseitigen Programm und attraktiven Büchern

Belletristik

Populäre Sachbücher

Memoiren

Jugendbücher

**Hörbücher**

EDITION MEDIENHAUS

Medienhaus Froitzheim AG
Ritterstraße 3
10969 Berlin
Telefon (030) 695 694 38
Telefax (030) 285 995 85